우리 시대의 영웅

이 도서의 국립중앙도서관 출판예정도서목록(CIP)은 서지정보유통지원시스템 홈페이지(http://seoji.nl.go.kr)와
국가자료공동목록시스템(http://www.nl.go.kr/kolisnet)에서 이용하실 수 있습니다.
(CIP제어번호: CIP2010001458)

세계문학전집
032

Михаил Лермонтов : Герой нашего времени

우리 시대의 영웅

미하일 레르몬토프 장편소설

김연경 옮김

문학동네

작가 서문

어떤 책이든 서문은 처음인 동시에 마지막이다. 그것은 저작의 목적을 설명하거나 비평에 대한 변명과 답변 구실을 해준다. 하지만 보통 독자들은 도덕적 목적과 잡지의 공격 따위는 안중에도 없기 때문에 서문을 읽지 않는다. 유감스럽게도 정말 그렇다, 우리나라에서는 특히나 더. 우리의 대중은 아직 너무 젊고 순박해서, 우화의 말미에서 교훈을 발견하지 못하면 그 우화를 통 이해하지 못한다. 그들은 농담을 알아듣지 못하고, 아이러니를 감지하지 못한다. 그냥 교육을 제대로 못 받은 탓이다. 이들은 점잖은 사회와 점잖은 책에는 노골적인 욕설이 끼어들 공간이 없다는 것을 아직 모른다. 현대의 교양이 보다 더 날카로운, 눈에는 거의 보이지 않지만 그럼에도 치명적인 무기를, 아첨의 옷자락 밑에 감춰뒀다가 물리치지 못할 만큼 정확한 일격을 가할 수 있는 무기를 발명했음을 모르는 것이다. 우리 대중은 적대 진영에 속하는 두 외교관의 대화를 엿듣고 나서 그들이 서로 간의 지극히 부드러운 우정을 위해 각자 자신의 정부를 기만하고 있다고 확신할 법한 시골뜨기와 비슷하다.

이 책은 불행히도 아주 최근에 몇몇 독자들이, 심지어 잡지들까지 여기 적힌 말들을 곧이곧대로 받아들이는 바람에 곤욕을 치렀다. 어떤 이들은 『우리 시대의 영웅』처럼 비도덕적인 인간을 모범으로 제시했다며 정말 끔찍이도 성질을 냈다. 또 어떤 이들은 저자가 자신과 그 지인들의 초상화를 그렸노라고 아주 섬세하게 지적하기도 했다······ 케케묵은 애처로운 농담이다! 하지만 루시*는 본디, 이와 같은 터무니없는 일만 빼고 모든 것이 그 안에서 새롭게 활기를 얻도록 창조된 모양이다. 가장 으뜸가는 마법 동화도 우리나라에서는 인신공격을 시도했다는 비난을 피하지 못할 테니 말이다!

『우리 시대의 영웅』은, 친애하는 여러분, 정확히 초상이지만, 어느 한 인간의 초상은 아니다. 이것은 우리 세대 전체의 악덕들로 구성된, 그것이 완전히 발현된 초상이다. 이번에도 여러분이 인간이 이토록 고약할 수는 없다고 말한다면, 나는 다음과 같이 말할 것이다. 즉, 모든 비극적이고 낭만적인 악인들의 존재 가능성은 믿으면서, 대체 왜 페초린의 현실성은 믿지 않는가? 훨씬 더 끔찍하고 기괴한 허구에도 탐닉했으면서, 대체 왜 이런 캐릭터는 심지어 허구로서도 여러분의 자비를 받을 수 없는 것인가? 혹여 여러분이 바랐던 것보다 더 많은

---

* 고대 러시아의 명칭.

6

진실이 그 안에 들어 있기 때문은 아닐까……?

그런다고 도덕성이 무슨 득을 보는 건 아니라고 여러분은 말할 것인가? 죄송하다. 달착지근한 것이라면 사람들은 충분히 먹어왔다. 오죽하면 위장까지 망가졌을까. 지금 필요한 것은 쓴 약, 독한 진실이다. 하지만 이런다고 해서 이 책의 저자가 언제 인간의 악덕을 고치려는 오만한 꿈을 품은 건 아닌가 하고 생각하지는 말기 바란다. 부디 이런 무지몽매에서 그를 구해주시길! 그는 그저 동시대의 인간들을 그 자신이 이해하는 대로, 그에게도 또 여러분에게도 유감스럽지만, 너무나 자주 마주쳤던 모습 그대로 그려보는 것이 즐거웠을 따름이다. 병을 진단해낸 것만으로도 충분한 법, 그것을 어떻게 치유할지는 정녕 신만이 알리라!

차례 ▮

제1부

I. 벨라

나는 티플리스에서 역마차를 타고 오는 길이었다. 내 짐수레에 실린 짐이라곤 크지 않은 트렁크 하나가 전부였고, 그나마 절반이 그루지야 여행기로 꽉 차 있었다. 여행기는 여러분에게 다행스럽게도 대부분 분실되었고, 트렁크와 나머지 물건은 나에게 다행스럽게도 온전히 남아 있었다.

코이샤우르스카야 계곡에 들어섰을 때 태양은 이미 눈 덮인 산맥 뒤로 모습을 감추기 시작했다. 오세트인* 마부는 밤이 오기 전에 코이샤우르스카야 산 정상까지 오르기 위해 열심히 말을 몰며 목청껏 노래를 불러댔다. 이 계곡, 얼마나 멋진 곳인가! 사방에 접근을 허락하

---

* 캅카스 지방 산악지대에 사는 이란계 민족.

지 않는 산들, 초록빛 담쟁이를 드리운 채 플라타너스 숲을 월계관처럼 쓰고 있는 불그스름한 절벽들, 군데군데 구멍이 움푹 파여 있는 누런 낭떠러지들이 서 있고, 저쪽 높디높은 곳에서는 눈이 황금빛 술 장식처럼 빛나고, 저쪽 아래에서는 아라그바 강이, 암흑을 가득 품은 시커먼 협곡에서 소란스럽게 터져 나오는 이름 없는 다른 강과 포옹한 뒤 은빛 실처럼 몸을 뻗으며 뱀의 비늘처럼 반짝인다.

코이샤우르스카야 산기슭에 이르러, 우리는 선술집 근처에 말을 세웠다. 거기에는 그루지야인과 산악민이 스무 명쯤 무리를 지어 소란을 떨고 있었다. 가까이서 낙타 떼가 밤을 보내려고 길을 멈추었던 것이다. 짐수레를 이 빌어먹을 산으로 끌고 가기 위해 나는 황소를 빌려야 했는데, 벌써 가을이라 살얼음이 얼었고 또 이 산길은 2베르스타*는 족히 됐기 때문이다.

하는 수 없이 나는 황소 여섯 마리와 오세트인 몇 명을 고용했다. 그중 한 사람이 내 트렁크를 어깨에 둘러멨고 다른 사람들은 거의 고함만 질러대며 황소를 걸리기 시작했다.

나의 짐수레 뒤에서는 겨우 네 마리의 황소가 짐이 꼭대기까지 가득 찬 짐수레를 아무렇지도 않게 끌고 있었다. 이런 정황에 나는 깜짝 놀랐다. 그 뒤로 짐수레 주인이 은테를 두른 작은 카바르다산 파이프로 담배를 피우며 걸어가고 있었다. 그는 견장이 없는 장교용 프록코트를 입고 체르케스산 털모자를 쓰고 있었다. 나이는 쉰 살쯤 되어 보였다. 거무스름한 얼굴빛으로 봐서 그 얼굴은 자카프카지예의 태양을

---

* 1베르스타는 1,067킬로미터.

안 지 오래된 것 같았고, 나이에 비해 일찍 세어버린 콧수염은 그의 당당한 걸음걸이와 원기왕성한 모습과 그다지 어울리지 않았다. 나는 그에게 다가가 몸을 숙여 인사했다. 그는 말없이 나의 인사에 답하며 담배 연기를 자욱이 뿜어냈다.

"길이 같은 모양인데요?"

그는 이번에도 말없이 인사만 했다.

"분명히 스타브로폴로 가는 길이실 테죠?"

"맞소…… 관용 물자를 싣고 가는 길이오."

"그런데 말이죠, 당신의 저 무거운 짐수레는 겨우 네 마리의 황소로도 아무렇지도 않게 끌고 가는데, 나의 텅 빈 짐수레는 짐승 여섯 마리에다 이 오세트인들까지 합세했건만 왜 이리 간신히 움직이는 겁니까?"

그는 능청맞게 미소를 짓더니, 의미심장한 표정으로 나를 바라보았다.

"캅카스에 오신 지 분명히 얼마 안 되셨지요?"

"1년쯤 됩니다." 내가 대답했다.

그는 두번째로 미소를 지었다.

"그게 왜요?"

"그럼, 그렇지! 이 아시아인들은 끔찍한 악마들이라오! 저들이 고함을 지르면서 소를 모는 거라고 생각하는 거요? 뭐라고 고함을 지르는지 알게 뭐요? 황소만 저들 말을 알아듣지요. 스무 마리를 묶어놓아도 저들이 자기 식으로 고함을 지르면 황소들은 제자리에서 꿈쩍도 안 하거든…… 끔찍한 협잡꾼들이지! 하지만 저들을 어쩌겠소……?

여행객들한테서 돈 뜯어내는 걸 어찌나 좋아하는지…… 저 사기꾼들을 너무 오냐오냐해준 거요! 두고 봐요, 당신한테서도 보드카 값을 덤으로 우려낼 테니. 나야 이미 저들을 잘 아니까, 나를 속이지는 못할 거요!"

"여기서 복무하신 지 오래되셨습니까?"

"예, 알렉세이 페트로비치* 때부터 여기서 복무했소." 이렇게 대답하며 그는 어깨에 힘을 주었다. "그분께서 전선에 오셨을 때는 소위였는데, 그분 밑에서 산악민 토벌에 공을 세워 두 계급 승진했지요." 그가 덧붙였다.

"그럼 지금은……?"

"지금은 제3전선 대대에 소속돼 있지요. 그럼 당신은……?"

나는 그에게 얘기했다.

대화는 이것으로 끝났고, 우리는 나란히 서서 말없이 계속 걸었다. 산 정상에서 우리는 눈을 발견했다. 해는 졌고, 남쪽에서는 흔히 그렇지만, 낮이 끝나자 빈틈없이 곧장 밤이 찾아왔다. 하지만 눈의 반사광 덕분에 우리는 쉽게 길을 분간할 수 있었는데, 이미 그렇게 가파르진 않지만 계속 산으로 나 있는 길이었다. 나는 트렁크를 짐수레에 싣고 황소 대신 말을 매라고 명령한 뒤 아래쪽 계곡을 마지막으로 내려다보았지만, 작은 골짜기에서 물결처럼 밀려온 짙은 안개가 계곡을 완전히 덮어버려 저쪽의 그 어떤 소리도 더 이상 우리 귀까지 와 닿지 않았다. 오세트인들은 요란스럽게 나를 에워싸고 보드카 값을 달라고

---

* 1816년부터 1827년까지 캅카스 지역 부대의 총사령관이었던 A. P. 예르몰로프를 가리킴.

했다. 하지만 이등대위가 워낙 무섭게 고함을 쳤기 때문에 순식간에 흩어져버렸다.

"저런 족속하곤!" 그가 말했다. "러시아 말로 빵이 뭔지도 모르면서 '장교 나리, 보드카 값 좀 주쇼'는 다 외웠으니, 원. 내 보기엔 차라리 타타르인들이 더 나아요. 그네들은 그래도 술은 안 마시거든……"

역까지는 아직 1베르스타 정도가 남아 있었다. 주위는 조용해도 너무 조용해서 윙윙거리는 소리로 모기의 비행을 추적할 수 있을 정도였다. 왼쪽의 깊은 골짜기가 거무스름해지고, 그 뒤로, 또 우리 앞쪽으로는 짙은 푸른빛의 산꼭대기들이 깊은 주름과 몇 겹의 눈으로 뒤덮인 채, 아직도 저녁놀의 마지막 광채를 간직한 창백한 지평선 위로 펼쳐졌다. 어두운 하늘에 별이 반짝이기 시작했는데, 이상하게도 내 눈에는 우리 북쪽 지방*보다 훨씬 더 높은 곳에 떠 있는 것 같았다. 길의 양쪽을 따라 민둥하고 검은 돌들이 튀어나와 있었다. 여기저기서 관목들이 눈을 뚫고 삐져나왔지만 마른 잎사귀 하나 바스락거리지 않았다. 자연이 쥐 죽은 듯 잠든 가운데 피로한 파발마들의 힝힝대는 콧김 소리와 불규칙하게 짤랑대는 러시아 방울 소리를 듣는 건 즐거운 일이었다.

"내일은 날씨가 아주 좋겠는걸요!" 내가 말했다. 그러자 이등대위는 일언반구 대꾸도 없이 손가락으로 우리 바로 맞은편에 솟아 있는 높은 산을 가리켰다.

"저게 뭡니까?" 내가 물었다.

---

* 러시아를 말함.

"구드 산이오."

"아니, 그래서요?"

"산이 희뿌연 걸 보시오."

정말로 구드 산은 희뿌예 보였다. 산의 옆구리를 따라 뭉게구름이 물결처럼 흐르고, 그 정상에는 시커먼 먹구름이 드리워져 있었는데, 어찌나 시커먼지 어두운 하늘 위에 얼룩이 진 것처럼 보였다.

우리는 어느새 역관(驛館)과 그 주변의 오두막집 지붕들을 분간할 수 있었다. 마침 축축한 찬바람이 불고 골짜기가 윙윙 울리면서 가랑비가 듣기 시작했기 때문에, 우리 앞에서 반짝이는 불빛들이 마냥 반갑기만 했다. 내가 가죽외투를 걸치기가 무섭게 눈이 쏟아졌다. 나는 존경 어린 눈으로 이등대위를 바라보았다……

"아무래도 여기서 하룻밤을 묵어야겠군요." 그가 짜증스럽게 말했다. "이렇게 눈보라가 치는데 산을 넘을 수는 없지. 어떤가? 크레스토바야 산에 눈사태가 났었나?" 그가 마부에게 물었다.

"아니요, 나리." 오세트인 마부가 대답했다. "하지만 많이, 아주 많이 쌓여 있지요."

역관에 여행객을 위한 방이 따로 없었던 탓에 우리는 연기 자욱한 오두막에 숙소를 할당받았다. 나는 함께 차나 마시자며 내 동행을 불렀다. 마침 나한테는 주철로 된 찻주전자가 있었는데, 이것이 캅카스 여행에서 나의 유일한 낙이었다.

오두막은 한쪽 벽이 절벽에 면해 있고 축축하고 미끄러운 3단 계단이 문 앞에 나 있었다. 손으로 더듬어 안으로 들어가다가 나는 그만 암소와 부딪쳤다(이곳 사람들은 외양간을 행랑방으로 쓴다). 어디로 가야 할지 알 수 없었다. 이쪽에선 양 떼가 음매 울고, 저쪽에선 개가 으르렁대니 말이다. 다행히 한쪽에서 희끄무레한 불빛이 비쳐서, 문 비스름한 또 다른 구멍을 찾아 들어갈 수 있었다. 거기서는 상당히 흥미진진한 광경이 펼쳐졌다. 검게 그을린 두 기둥이 지붕을 떠받치고 있는 넓은 오두막에 사람들이 가득했다. 땅바닥 한가운데 지펴놓은 모닥불이 탁탁 소리를 내며 타올랐고, 지붕에 난 구멍으로 들어오는 바람을 맞아 되돌아온 연기가 두꺼운 휘장처럼 사방으로 쫙 퍼졌기 때문에 나는 한동안 주위를 둘러볼 수도 없었다. 모닥불 옆에는 두 명의 노파와 많은 아이들, 한 명의 깡마른 그루지야인이 죄다 누더기를 걸친 채 앉아 있었다. 하는 수 없이 우리는 모닥불 옆에 자리를 잡고서 파이프 담배를 피웠는데, 곧 찻주전자가 반가운 소리를 내며 펄펄 끓기 시작했다.

"저 사람들, 참 안됐군요!" 나는 이등대위에게 이렇게 말하며, 왠지 어리둥절한 눈으로 말없이 우리를 쳐다보는 저 지저분한 집주인들을 가리켰다.

"정말 멍청한 족속이지요!" 그가 대답했다. "믿기 어렵겠지만, 아무것도 할 줄 모르고, 뭐든 교육을 받을 능력도 없다니까요! 적어도 우리 쪽 카바르다인이나 체첸인은 강도에다 비렁뱅이이긴 해도 물불을 안 가리는 녀석들인 데 반해, 이들은 무기에도 전혀 취미가 없거든요. 누구 하나 멀쩡한 단검을 찬 꼴을 못 본다니까요. 정말 이 오세트인들이란!"

"체첸에는 오래 계셨습니까?"

"예, 10여 년쯤 중대를 거느리고 그곳 요새에 있었소만, 카멘니브로드 근처인데, 아는 곳이오?"

"들어본 적은 있습니다."

"거봐요, 형씨, 우리는 그 살인마들한테 넌덜머리가 났지 뭐요! 요새는 천만다행으로 좀 얌전해졌지만, 예전에는 성벽 너머로 100보만 나가도 이미 털북숭이 악마가 어디든 앉아서 망을 보고 있었지요. 자칫 방심했다간 금방 알아보곤 목에 올가미를 씌우거나 목덜미에 총알을 박는다니까요. 대단한 놈들이죠……!"

"그럼 모험담도 많으시겠군요?" 호기심이 동해, 내가 말했다.

"없을 리가 있나요! 많다마다요……"

그러고서 그는 왼쪽 콧수염을 쥐어뜯기 시작하더니 고개를 떨어뜨리며 잠시 생각에 잠겼다. 나는 그에게서 뭐든 이야깃거리를 얻고 싶어 안달이 났는데, 여행을 하며 글을 쓰는 사람이라면 누구나 갖는 바람이었다. 그사이에 차가 다 끓었고, 나는 트렁크에서 여행용 컵 두 개를 꺼내 차를 따른 뒤 하나를 그의 앞에 놓았다. 그는 차를 홀짝홀짝 마신 뒤 혼잣말처럼 "그럼요, 많다마다요!"라고 말했다. 그의 탄식은 나에게 큰 희망을 안겨주었다. 나는 늙은 캅카스인들이 잡담하고 이야기하기를 좋아한다는 걸 안다. 하지만 그런 기회는 참 드물게 찾아온다. 중대 하나를 거느리고 5년쯤 어디 벽지에 있어 본들, 그 5년 내내 그에게 "안녕하십니까?"라는 말을 건네는 사람 하나 없을 것이다(왜냐하면 상사 쪽에서 "안녕하신가?"라고 말하니까). 하지만 잡담거리라면 얼마든지 있을 것이다. 사방에 호기심을 자극하는 산악민이 있고 매일 위험이 도사리고 있고 불가사의한 사건들이 빈발하는데도 우리 중 기록으로 남기는 사람은 적으니 아무래도 애석한 일이 아닐 수 없다.

"럼주를 좀 넣어보지 않겠습니까?" 내가 나의 말벗에게 말했다. "티플리스에서 가져온 화이트럼주가 있거든요. 이제는 날도 춥고요."

"아니요, 고맙지만 술은 안 마신다오."

"왜요?"

"그냥요. 맹세를 했지요. 아직 소위였을 때 말이오, 한번은 우리끼리 좀 퍼마셨는데, 밤에 비상사태가 발생했지 뭐요. 우리는 거나하게 취한 상태로 싸우러 나갔는데, 알렉세이 페트로비치께서 아시는 바람에 죽도록 고생했지요. 말도 마시오, 어찌나 화를 내시던지! 하마터면 재판에 회부될 뻔했소. 사실 그래야 마땅하지요, 꼬박 1년을 지내도 사람 구경도 못하는데 이런 마당에 보드카까지 마신다면 볼 장 다 본 인간이 아니겠소."

이 말을 듣고서 나는 거의 희망을 상실했다.

"체르케스인들만 해도 말이오." 그가 말을 계속했다. "결혼식이나 장례식이 있으면 부자*를 얼마나 마셔대는지, 곧장 칼부림이 납니다. 한번은 내 간신히 빠져나왔소, 그것도 어느 중립파** 족장 댁에 갔던 길에 말이죠."

"아니, 어떻게 그런 일이?"

"그게 말이오(그는 파이프에 담배를 다져 넣고 한 모금 빤 뒤 이야기를 시작했다), 그러니까 나는 그 무렵 중대를 거느리고 테레크 강

---

* 캅카스 지역의 곡주와 포도주를 통칭하는 말.
** 러시아에 우호적인 부족.

너머 요새에 있었습니다. 이것도 곧 5년이 되는군요. 어느 가을날, 식량 보급 부대가 왔습니다. 그 부대에는 스물다섯 살쯤 된 젊은 청년 장교가 있었습니다. 그는 군복을 정식으로 차려입고 내 앞에 나타나, 나의 요새에 머물라는 명령을 받았다고 보고했습니다. 무척 야리야리하고 뽀얘서, 또 입고 있는 군복도 새 것이어서 나는 그가 우리 캅카스에 온 지 얼마 안 됐음을 금방 알 수 있었습니다. 내가 그에게 물었습니다. '아마 러시아에서 여기로 좌천된 모양이지요?' '예, 맞습니다, 이등대위님.' 그가 대답하더군요. 나는 그의 손을 잡으며 말했지요. '반갑소, 반갑다마다요. 조금 지루하긴 하겠지만, 우리 친구처럼 그렇게 지냅시다. 나를 부담 없이 막심 막시미치라고 부르고, 그리고 군복은 뭐하러 이렇게 정식으로 다 갖춰 입었소? 나한테 올 때는 늘 군모만 쓰면 돼요.' 그는 숙소를 배정받았고, 그렇게 요새에 거주하게 되었지요."

"그 사람 이름이 뭐였습니까?" 내가 막심 막시미치에게 물었다.

"이름은…… 그리고리 알렉산드로비치 페초린이었습니다. 참 멋진 청년이었지요, 정말로. 다만 좀 이상한 구석이 있었어요. 예를 들면 비가 오는 추운 날에도 하루 종일 사냥을 하는데, 다들 꽁꽁 얼고 피곤에 절었건만 그는 아무렇지도 않았던 거요. 그러다 또 한번은 자기 방에 틀어박혀 있는데 바람만 좀 불어도 감기에 걸렸다고 우겨댔습니다. 덧문만 덜컹대도 몸을 부르르 떨고 얼굴이 하얗게 질리더라고요. 그런가 하면 내가 보는 앞에서 일대일로 멧돼지한테 덤벼들더군요. 몇 시간 동안 말 한 마디 하지 않다가도 이따금씩 한번 얘기를 시작하면 배꼽이 빠질 만큼 웃겼지요. 예, 정말 이상한 구석이 많았고, 분명

히 부자였던 것 같아요. 값비싼 물건들이 가지가지로 어찌나 많았던
지……!"

"오래 같이 살았습니까?" 내가 다시 물었다.

"1년쯤 됩니다. 하지만 그 1년이 나에게는 기억에 남는 한 해였지
요. 나한테 골칫거리를 잔뜩 안겨줬거든요. 꼭 그 때문에 기억에 남은
건 아니지만! 아닌 게 아니라 정말로 온갖 특이한 일이 꼭 일어나는,
그런 팔자를 타고난 사람이 있나 봅니다."

"특이한 일이라고요?" 나는 그에게 차를 따르며 호기심에 찬 표정
으로 외쳤다.

"지금 얘기를 하지요. 요새에서 6베르스타 떨어진 곳에 한 중립파
족장이 살았습니다. 족장의 아들 녀석이, 열다섯 살쯤 된 소년이었는
데, 걸핏하면 말을 타고 우리에게 놀러 왔지요. 날이면 날마다 이 핑
계 저 핑계 대면서 말이죠. 사실, 나와 그리고리 알렉산드로비치가 요
녀석을 너무 오냐오냐해준 겁니다. 어찌나 날렵한 망나니인지, 뭐든
닥치는 대로 집적거렸습니다. 말을 타고 전속력으로 질주하는 와중에
도 모자를 집어 올리는가 하면 소총을 쏘아대기도 하고 말이오. 한데
녀석에겐 한 가지 좋지 않은 점이 있었어요. 돈이라면 사족을 못 썼지
요. 한번은 그리고리 알렉산드로비치가 장난 삼아 녀석에게 아버지의
숫염소 중 가장 좋은 놈을 훔쳐 오면 10루블짜리 금화 한 닢을 주겠다
고 약속했습니다. 그래서 어떻게 됐을 것 같습니까? 바로 다음 날 밤
에 숫염소의 뿔을 끌고 오더란 말이오. 우리가 녀석한테 약을 좀 올릴
궁리를 하면 눈에 쌍심지를 시뻘겋게 켜고 대뜸 단검을 쥐었지요. 그
러면 나는 '에이, 아자마트, 이러면 무사하지 못할걸, 네놈 모가지가

성치 못할 거라고!'라고 말해주었습니다.

한번은 늙은 족장이 몸소 우리를 결혼식에 초대하기 위해 찾아왔지요. 큰딸을 여의는 것인데, 우리가 또 막역한 사이라서, 아시겠지만, 그가 타타르인이라 해도 거절할 수 없더군요. 출발했지요. 마을에서는 수많은 개들이 컹컹 짖어대며 우리를 맞이했습니다. 여자들은 우리를 보자 숨어버렸고, 우리가 얼굴을 볼 수 있는 여자들은 미인하고는 아주 거리가 멀었지요. '체르케스 여자들은 훨씬 더 괜찮을 거라고 생각했는데요.' 그리고리 알렉산드로비치가 말하더군요. '좀 두고 봐요!' 씩 웃으면서 이렇게 대답해주었지요. 내 나름대로 생각이 있었거든요.

족장의 오두막에는 이미 많은 사람이 모여 있었습니다. 아시겠지만, 아시아인들은 온갖 어중이떠중이를 다 결혼식에 초대하는 풍습이 있지요. 우리는 정중한 영접을 받으며 객실로 안내되었습니다. 하지만 나는 그러니까 불의의 사태에 대비해 우리 말들을 세워둔 곳을 알아두는 것도 잊지 않았습니다."

"한데 그들은 결혼식을 어떻게 치릅니까?" 내가 이등대위에게 물었다.

"뭐 유별날 게 있나요. 우선 회교 승려가 코란 가운데 어디를 읽어주고, 그다음에는 젊은 남녀와 그들의 모든 친척들에게 선물을 주고, 음식을 먹고 부자를 마시고. 그다음에는 승마 묘기가 펼쳐지는데, 항상 땟물이 줄줄 흐르는 무슨 날건달이 비루먹은 절름발이 말에 올라타 몸을 뒤틀고 광대놀음을 선보이며 점잖은 좌중을 웃기는 것이지요. 그러고 나서 날이 어둑어둑해지면 객실에서, 우리 식으로 말하자면, 무도회가 열립니다. 가난한 노인이 3현짜리 악기를…… 저들 말로 뭐라더라, 잊어버렸군…… 뭐 하여간 우리의 발랄라이카* 같은 것을 연주합니다. 처녀들과 젊은 애들은 두 줄로 서서 서로 마주 보고 손뼉을 치며 노래를 부릅니다. 바로 그때 한 처녀와 한 남자가 가운데로 나와 되는대로 노래를 부르듯 서로에게 시를 읊어대고, 나머지 사람들은 합창을 하듯 그것을 받아 따라 합니다. 나와 페초린은 귀빈석에 앉아 있었는데, 주인집 작은딸이, 열여섯 살짜리 처녀가 그의 곁으로 다가와 노래를 부르더군요…… 거 뭐랄까……? 찬사 비슷한 것 말입니다."

"그녀가 무슨 노래를 불렀는지 기억나십니까?"

"대충 이랬던 것 같습니다. '우리네 젊은 기사들이 날씬하다고, 이들의 카프탄**엔 은장식이 붙어 있다고 하네. 하지만 러시아의 이 젊은 장교는 이들보다 더 날씬하다네. 그의 옷에는 금장식 끈이 달려 있네. 이들 사이에서 그는 백양나무와 같다네. 하지만 우리의 정원에서는 자랄 수도, 꽃을 피울 수도 없다네.' 페초린은 자리에서 일어나 이마와 가슴에 한 손을 갖다 대고서 그녀에게 인사를 한 뒤, 그녀에게 대답을 좀 해달라고 부탁했습니다. 나는 그들의 말을 잘 알았기 때문에 그의 대답을 통역해주었지요.

그녀가 물러가자 나는 그리고리 알렉산드로비치에게 속삭였습니다. '그래, 어떻소?'

---

* 러시아의 현악기. 만돌린과 비슷하다.
** 근동 지역에서 즐겨 입는 옷자락이 긴 상의.

'매력적이군요!' 그가 대답하더군요. '이름이 뭐죠?'

'벨라요.' 내가 대답해주었습니다.

정말로, 그녀는 참 예뻤지요. 키도 크고 날씬한 몸매에 알프스 산양처럼 새까만 두 눈은 흡사 사람의 영혼을 들여다보는 것 같았지요. 페초린은 생각에 잠긴 채 그녀에게서 눈을 떼지 못했고, 그녀도 제법 자주 그를 곁눈질로 쳐다보았습니다. 단, 이 예쁜 족장의 딸에게 도취의 시선을 준 건 페초린 하나만이 아니었지요. 방구석에서 또 다른 두 눈이 미동도 없이 이글이글 타오르며 그녀를 바라보고 있었습니다. 유심히 들여다봤더니 나의 오랜 지인 카즈비치더군요. 그는, 있잖습니까, 중립파도 아니고 그렇다고 중립파가 아닌 것도 아니었습니다. 무슨 못된 짓에 가담한 적은 없었지만 미심쩍은 구석이 많은 친구였지요. 우리 요새에 숫양 무리를 끌고 와 값싸게 팔곤 했는데, 단, 흥정을 받아주는 법은 절대 없었습니다. 일단 그쪽에서 값을 부르면, 칼로 찔러 죽인다 해도 더 깎아주진 않았지요. 그에 대해서는 산적들과 함께 쿠반 강 너머를 활보했다는 말도 있는데, 솔직히 그놈 영락없이 강도 낯짝이에요. 조그맣고 바짝 마른 녀석이 어깨는 어찌나 넓적한지…… 날렵하긴 또 어찌나 날렵한지 꼭 악마 같았지요. 베시메트*는 항상 찢어져 있고 군데군데 덧대져 있었지만 무기만은 은장식이었습니다. 녀석의 말은 카바르다 일대에서 명성이 자자했는데, 정말로 이보다 더 훌륭한 말은 결코 상상도 할 수 없을 정도였지요. 말 좀 탄다는 사람들이 전부 그를 부러워한 데는 다 이유가 있었고, 그 말을 훔치려는

---

* 주로 캅카스 지역 남성이 즐겨 입는 겉옷.

시도도 몇 번이나 있었지만, 단, 성공한 적은 없었습니다. 지금도 그 말이 눈에 선하군요. 칠흑처럼 새까만 데다가 두 다리는 악기의 현처럼 탱탱하고 눈도 벨라의 눈 못지않았지요. 힘은 또 어찌나 센지! 50베르스타도 단숨에 달릴 놈이었지요. 이런 녀석이 훈련은 또 어찌나 잘되었는지, 주인을 개처럼 졸졸 따랐고 심지어 주인 목소리도 알아들었다니까요! 카즈비치는 말을 매놓는 일이 절대 없었습니다. 강도에게 딱 걸맞은 훌륭한 말이었지요……!

그날 저녁 카즈비치는 어느 때보다도 더 침울했고, 나는 녀석이 베시메트 안에 갑옷을 입고 있는 것을 알아챘습니다. '갑옷을 괜히 입은 건 아닐 텐데.' 나는 생각했습니다. '분명히 뭔가 꿍꿍이가 있는 거야.'

오두막 안이 갑갑해져서 나는 바람이나 쐴 겸 밖으로 나갔습니다. 산에는 이미 밤이 내려앉았고 안개가 골짜기를 배회하기 시작하더군요.

나는 우리 말들이 있는 마구간에 들러 먹이는 제대로 주었는지 봐야겠다는 생각이 불쑥 들었는데, 아닌 게 아니라 늘 조심해서 손해 볼 건 없으니까요. 내 말도 멋진 놈이라서 탐스럽다는 눈빛으로 녀석을 바라보며 "야크쉬 트헤, 체크 야크쉬!"*라고 말하는 카바르다 사람이 한둘이 아니었거든요.

담장을 끼고 도는데, 갑자기 사람 목소리가 들립니다. 한 목소리는 즉시 알아들었지요. 우리 주인집 아들인 난봉꾼 아자마트였거든요. 또 다른 목소리는 더 드물게, 더 조용히 말하더군요. 나는 생각했습니

---

* 터키어로 "멋지군, 아주 멋져!"라는 뜻(원주).

다. '저놈들이 무슨 얘기를 하는 거지? 혹시 내 말 얘기를 하는 건 아닐까?' 나는 담장 옆에 앉아, 한 마디도 놓치지 않으려고 애쓰면서 귀를 기울였습니다. 이따금씩 오두막에서 노랫소리와 웅성대는 잡담 소리가 흘러나오는 바람에, 나의 호기심을 자극하는 이 대화가 더러 묻히곤 했지요.

'네 말 정말 멋진걸!' 아자마트가 말했습니다. '만약 내가 이 집 주인이고 300마리의 암말 떼를 거느리고 있다면, 그 절반이라도 내주고 너의 준마를 얻었을 텐데, 카즈비치!'

'아! 카즈비치군!' 이런 생각이 들자 갑옷이 기억났습니다.

'그야 그렇지.' 카즈비치가 잠깐 입을 다물었다가 대답하더군요. '카바르다를 다 뒤져도 이런 말은 못 찾을걸. 한번은, 테레크 강 너머에서 있었던 일인데, 산적들과 함께 러시아 말 떼를 무찌르러 다닌 적이 있었지. 하지만 운이 좋지 않아 제각기 되는대로 흩어졌어. 내 뒤에는 카자크 놈들 네 명이 전속력으로 따라오고 있었지. 등 뒤에서는 이미 이교도 놈들의 외침 소리가 들리고 내 앞에는 울창한 숲이 버티고 있었어. 나는 말안장에 몸을 꼭 붙이고 알라신께 모든 것을 맡긴 채, 생전 처음으로 마구 채찍질을 하며 말을 모욕했지. 녀석은 새처럼 나뭇가지들 사이를 오르락내리락했어. 날카로운 가시들이 내 옷을 찢고 마른 느릅나무 가지들이 내 얼굴을 마구 때렸어. 내 말은 그루터기를 뛰어넘어, 가슴팍으로 관목 숲을 헤쳐나갔지. 녀석을 숲 가장자리에 버리고 걸어서 숲 속에 숨어버리는 것이 더 나았겠지만, 녀석과 헤어지기가 참 아쉬웠거든. 그리고 예언자가 나에게 보답을 해주셨어. 총알 몇 알이 내 머리 위를 윙윙 날고 있었지. 이미 카자크 놈들이 서

두르며 내 뒤를 밟는 소리도 들리더군…… 갑자기 내 앞에 시퍼런 웅덩이가 나타났어. 나의 준마는 잠깐 생각에 잠기더니 훌쩍 뛰어넘었어. 한데 녀석은 뒷발굽이 반대편 기슭에서 미끄러지는 바람에 앞발로 매달린 셈이 됐지. 나는 말고삐를 내던지고 계곡 밑으로 날듯이 뛰어내렸어. 이게 또 내 말을 살렸지 뭐야. 녀석, 뛰어올랐거든. 카자크 놈들은 이 장면을 모두 보았지만, 단 한 놈도 나를 찾으러 내려오진 못하더군. 분명히 내가 죽도록 박살났을 거라고 생각했겠지. 놈들이 내 말을 잡으러 돌진하는 소리가 들렸어. 내 가슴팍은 피범벅이 되었지. 그렇게 계곡을 따라 무성한 풀밭을 기어가다 보니, 숲은 끝나고 거기서 몇몇 카자크 놈들이 들판으로 달려 나오는데, 바로 그때 나의 카라교즈가 놈들을 향해 곧장 달려가더군. 다들 녀석을 잡기 위해 고함을 지르며 달려들었어. 그놈들은 오랫동안, 참 오랫동안 말을 잡으러 쫓아다녔고 특히 한두 번은 거의 녀석의 목에 올가미까지 씌울 뻔했지. 나는 벌벌 떨면서 눈을 내리깔고 기도하기 시작했어. 잠시 후 눈을 들어보니 나의 카라교즈가 바람처럼 자유분방한 꼬리를 흩날리며 달리고 있고 이교도 놈들은 저 멀리, 기진맥진한 말을 탄 채 초원을 따라 줄을 지어 가고 있더군. 알라신의 이름을 걸고! 정말 그랬어, 진짜 있었던 일이라고! 밤늦도록 나는 그 계곡에 죽치고 있었어. 갑자기 무슨 일이 일어났는지 알아, 아자마트? 암흑 속에서 계곡의 기슭을 따라 말이 뛰어다니는 소리가, 힝힝거리고 울부짖으며 발굽으로 땅을 치는 소리가 들리는 거야. 나의 카라교즈 소리라는 것을 금방 알았지. 그 녀석이 바로 이 녀석이야, 내 친구지……! 그때 이후로 우리는 서로 떨어져본 적이 없어.'

그리고 그가 온갖 다정한 애칭을 불러가며 준마의 미끈한 목을 한 손으로 톡톡 치는 소리가 들려왔습니다.

'만약 나한테 천 마리 암말 떼가 있다면, 그걸 전부 내놓고라도 너의 카라교즈를 얻겠어.' 아자마트가 말하더군요.

'이요크*, 싫어.' 카즈비치가 무심하게 대답했습니다.

'이봐, 카즈비치.' 아자마트가 그를 구슬리며 말했습니다. '너는 착한 사람이잖아, 또 용맹스러운 기사잖아, 우리 아버지는 러시아인이 무서워서 내가 산에 가는 것도 말리는데. 나한테 네 말을 주면 네가 원하는 건 전부 해줄게, 네가 마음만 있으면 너를 위해 아버지의 훌륭한 라이플총이나 검도 훔쳐다 줄게. 아버지의 검은 진짜 구르다**거든. 칼날을 손에 살짝 갖다 대기만 해도 칼이 제가 알아서 온몸으로 파고들지. 네 갑옷 같은 건 맥도 못 춘다고.'

카즈비치는 말이 없었습니다.

'네 말을 처음 보았을 때,' 아자마트가 말을 계속하더군요. '녀석이 너를 태운 채 콧구멍을 벌름거리고 빙빙 돌며 뛰어다니고 말발굽 밑으로 부싯돌을 물보라처럼 탁탁 튕길 때, 내 마음속에 뭔가 이해할 수 없는 것이 생겨났고, 그때 이후로 모든 것이 다 싫증났어. 우리 아버지의 훌륭한 준마들도 한심해 보였고 그런 걸 타고 다니는 것도 창피하고 괜히 서글퍼지더란 말이야. 그렇게 서글퍼하며 날이면 날마다 벼랑 위에 앉아 있었는데, 매순간 늘씬한 몸놀림에 화살처럼 미끈하

---

* 터키어로 "안 돼"라는 뜻.
** 고급 강철로 만든 값비싼 무기.

고 곧은 등뼈를 자랑하는 너의 새까만 준마가 내 머릿속을 떠나지 않더라고. 녀석은 예의 그 생기발랄한 눈으로 꼭 하고 싶은 말이 있는 양 내 눈을 바라봤어. 카즈비치, 네가 그 녀석을 나한테 팔지 않으면 나는 죽어버릴 거야!' 아자마트가 떨리는 목소리로 말했습니다.

나는 요 녀석이 울음을 터뜨리는 소리를 들었습니다. 한데 꼭 말해 둬야 할 것이 있는데, 아자마트는 워낙 고집불통이라서 무슨 일이 있어도 절대 눈물을 흘리는 법이 없었지요, 심지어 더 어렸을 때도 말입니다.

녀석의 눈물에 대한 대답으로 뭔가 웃음소리 같은 것이 들려왔습니다.

'좀 들어봐!' 아자마트가 단호한 목소리로 말했습니다. '있잖아, 나는 뭐든지 할 작정이야. 너를 위해 우리 누나를 훔쳐다준다면, 어때? 우리 누나가 춤을 얼마나 잘 추는데! 노래는 또 어떻고! 금실로 수를 놓는 솜씨도 일품이라니까! 터키의 황제도 그런 아내는 가진 적이 없을걸…… 어때? 내일 밤 저기, 물살이 빠른 골짜기에서 나를 기다리고 있어. 내가 누나와 함께 이웃 마을로 가는 길에 그 근처를 지나갈 테고, 누나는 네 것이 되는 거야. 설마 벨라가 너의 준마만 한 가치도 없겠어?'

오랫동안, 오랫동안 카즈비치는 말이 없었습니다. 마침내, 대답 대신 예스러운 노랫가락을 반쯤 속삭이듯 뽑아냈습니다.*

---

* 카즈비치의 노래는 물론 산문 형식으로 나에게 전해졌지만 그것을 운문으로 개작한 점에 대해서는 독자의 용서를 구하는 바이다. 하지만 습관이란 제2의 천성이 아니겠는가 (원주).

우리 마을에는 미녀가 많다네,

그들의 칠흑 같은 두 눈에는 별들이 반짝이네.

그들을 사랑하는 건 달콤한 일, 부러운 운명이여.

하지만 사내의 자유는 더 즐거운 법.

황금만 있으면 여자는 네 명도 살 수 있지만,

씩씩한 말은 그 값을 매길 수 없는 법.

이런 말은 황야의 회오리에도 물러서지 않지,

이런 말은 변절하는 법도, 기만하는 법도 없다네.

아자마트는 그렇게 하자며 계속 조르고 울고불고 아첨하고 맹세를 퍼부었지만 다 소용없었습니다. 마침내 카즈비치가 참다못해 그의 말을 끊었습니다.

'썩 꺼져버려, 이 미친 자식아! 네가 어떻게 내 말을 타겠어? 세 발짝도 못 가서 녀석이 너를 내동댕이칠 테고, 너는 목덜미가 돌멩이에 부딪혀 산산조각 날걸.'

'나한테 이러기야!' 아자마트가 미쳐 날뛰며 소리를 내질렀고, 소년용 단검의 쇠붙이가 갑옷에 부딪혀 소리가 났습니다. 힘센 손이 그를 저리로 밀치자 그는 울타리에 처박혔고 그 바람에 울타리가 흔들렸습니다. '재미있겠군!' 나는 이런 생각을 한 뒤 마구간으로 달려가 우리 말들에게 재갈을 물려 뒤뜰로 끌어냈습니다. 2분 뒤, 오두막에서는 벌써 끔찍한 소란이 일어났습니다. 무슨 일이었느냐 하면, 아자마트가 베시메트가 갈기갈기 찢어진 채로 그리로 달려와선 카즈비치가 자기를 찔러 죽이려 했다고 말한 것이지요. 다들 벌떡 일어나 소총을 거머쥐었고, 한바탕 난리가 났습니다. 고함 소리, 소음, 총성이 난무했습니다. 오직 카즈비치만이 악마처럼 말을 타고 검을 휘두르며 군중을 뚫고 거리를 질주했습니다.

'괜히 남의 일에 끼어들었다가는 좋은 꼴 못 봐요.' 나는 그리고리 알렉산드로비치에게 이렇게 말하며 그의 손을 잡았습니다. '우리는 어서 빨리 물러나는 것이 좋지 않겠소?'

'어떻게 끝날지 좀 두고 봅시다.'

'분명히 고약하게 끝날 거요. 이 아시아인들은 늘 그렇거든. 부자를 들이켰으니 칼부림이 나지!' 우리는 그 길로 말을 타고 집으로 떠났습니다."

"카즈비치는 어떻게 됐습니까?" 내가 참다못해 이등대위에게 물었다.

"그 족속이 달리 수가 있나요!" 그가 찻잔을 비우며 말했다. "감쪽같이 내뺐죠!"

"부상을 입지도 않고요?" 내가 물었다.

"누가 알겠소! 강도들은 불사조거든요! 내가 전투 중에 봤는데 어떤 놈들은 예를 들어 온몸이 총검으로 벌집처럼 난자당했건만 계속 검을 휘둘러대더군요." 이등대위는 잠깐 말이 없더니, 한쪽 발로 땅을 탁 친 뒤 말을 이어나갔다.

"한데 나 스스로도 결코 용서할 수 없는 일이 하나 있어요. 무슨 귀신에 씌었는지, 요새에 도착한 뒤 그리고리 알렉산드로비치에게 내가 담장 뒤에서 들은 얘기를 전부 해버렸지 뭐요. 그는 약간 웃었지만 ─ 어찌나 교활한 사람인지! ─ 속으론 뭔가 곰곰 생각하더군요."

"그게 무슨 소리입니까? 말씀 좀 해보시지요."

"뭐, 할 수 없지! 일단 이야기를 시작했으니 계속할밖에요.

나흘쯤 뒤 아자마트가 요새로 왔습니다. 습관대로 녀석은 자기한테 늘 맛있는 음식을 내주는 그리고리 알렉산드로비치한테 들렀어요. 나도 마침 그 자리에 있었습니다. 말 얘기가 화제가 되자 페초린은 카즈비치의 말을 칭찬하기 시작했습니다. 대단한 준족(駿足)에 아름답기는 또 산양 같고, 뭐 간단히, 그의 말에 따르면 세상을 다 뒤져도 이런 말은 없다는 거죠.

어린 타타르 녀석의 두 눈이 번득였지만, 페초린은 알아채지 못하는 것 같더군요. 내가 다른 얘기를 꺼내려 해도, 당장 화제를 카즈비치의 말로 돌리더라고요. 이런 일이 아자마트가 올 때마다 매번 계속됐습니다. 3주쯤 지난 뒤 나는 아자마트가 상사병에 걸린 소설 속 인물처럼 창백해지고 바싹바싹 말라가는 것을 슬슬 알아챘습니다. 이 무슨 얄궂은 일입니까……?

그게 말입니다, 나중에야 나는 그 속사정을 전부 알게 됐습니다. 그리고리 알렉산드로비치가 녀석에게 어찌나 살살 약을 올렸던지, 녀석은 당장 물에라도 뛰어들 태세였지요. 한번은 그가 녀석에게 이런 말을 한 겁니다. '아자마트, 보아하니 너는 그 말이 죽도록 마음에 든 모양인데, 자기 목덜미를 볼 수 없는 것처럼 너는 그 녀석을 볼 수도 없는 처지야! 자, 누가 너한테 그 말을 선물해준다면 너는 그 사람한테 뭘 주겠어……?'

'그 사람이 원하는 건 전부요.' 아자마트가 대답했습니다.

'그렇다면 내가 그 말을 갖다주지, 단 조건이 있는데…… 맹세해,

꼭 지키겠다고⋯⋯'

'맹세해요⋯⋯ 아저씨도 맹세해요!'

'좋아! 맹세코, 너는 그 말을 갖게 될 거야. 단, 그 대가로 너는 벨라 누나를 나에게 바쳐야 해. 카라교즈가 벨라의 몸값이 되는 셈이지. 이 홍정이 너에게 이득이 되면 좋겠군.'

아자마트는 말이 없었습니다.

'싫어? 그럼 마음대로 해! 나는 네가 남자라고 생각했는데 아직 어린애로군. 하긴 말을 타고 다니기엔 아직 이르지⋯⋯'

아자마트는 발끈했습니다. 그러곤 '우리 아버지는요?'라고 말하더군요.

'그 아버지는 외출하는 일도 없다니?'

'하긴⋯⋯'

'그럼 된 거냐⋯⋯?'

'예, 됐어요.' 아자마트는 죽음처럼 창백해져서 이렇게 웅얼대더군요. '그럼 언제?'

'바로 다음번에 카즈비치가 여기 올 때야. 숫양 열 마리를 몰고 오기로 했거든. 그다음은 내가 알아서 할게. 두고 보라고, 아자마트!'

이렇게 그들은 이 일을 조율했지만, 말이야 바른 말이지, 참 좋지 못한 일이지요! 내가 나중에 페초린에게 이런 얘기를 했더니, 그는 야생의 체르케스 처녀는 자기 같은 사랑스러운 남자를 가져야 행복하다는 대답만 하더군요. 그들 식으로 보면, 자기는 어떻든 그녀의 남편감이지만 카즈비치는 처벌받아 마땅한 강도에 불과하다고요. 직접 판단해보시지요, 내가 이런 말에 어떻게 응수할 수 있었겠습니까⋯⋯?

한데 그때만 해도 나는 그들의 음모에 대해서는 아무것도 몰랐어요. 그러다 한번은 카즈비치가 와서 양과 꿀이 필요하지 않느냐고 묻기에, 다음 날 갖고 오라고 했지요. '아자마트!' 그리고리 알렉산드로비치가 말했습니다. '내일이면 카라교즈가 내 손에 들어온다. 오늘 밤에 벨라가 여기 없으면, 너는 그 말을 못 볼 줄 알아……'

'좋아요!' 아자마트는 이렇게 말한 뒤 말을 타고 마을로 달려갔지요. 저녁이 되자 그리고리 알렉산드로비치는 무장을 하고서 요새를 빠져나갔습니다. 그들이 이 일을 어떻게 처리했는지 모르겠지만, 어쨌든 한밤중에 그들 둘은 돌아왔고, 보초병이 본 바로는 아자마트의 안장에는 손발이 묶이고 머리에 차도르가 칭칭 감긴 여자가 가로누워 있었다더군요."

"그럼 말은요?" 내가 이등대위에게 물었다.

"지금, 지금 이야기하지요. 다음 날 아침 일찍 카즈비치가 왔는데 숫양 열 마리를 팔려고 몰아왔지요. 말을 담장 옆에 묶어두고 그는 내 방으로 들어왔습니다. 나는 그에게 차를 대접하곤 했지요. 강도라고 해도 어쨌거나 나한테는 쿠낙*이었으니까요.

우리는 이 얘기 저 얘기 잡담을 하기 시작했습니다. 그런데 갑자기, 카즈비치가 몸을 부르르 떨더니 안색이 확 변해 창문 쪽으로 달려가더군요. 하지만 창문은 불행히도 뒷마당 쪽으로 나 있었지요. '무슨 일인가?' 하고 내가 물었습니다.

'내 말……! 말이!' 그는 온몸을 떨면서 말했습니다.

---

* 쿠낙은 '친구'라는 뜻임(원주).

36

정말로 말발굽 소리가 들렸습니다. '카자크 놈이 온 모양인데……'

'아니야! 우루스 야만, 야만*!' 그는 이렇게 울부짖으며 야생 표범처럼 날쌔게 밖으로 돌진했습니다. 두 걸음에 그는 벌써 뜰에 나와 있었습니다. 요새의 문을 지키던 보초병이 소총으로 그의 길을 막았지만, 소총을 뛰어넘어 열심히 길을 달렸지요…… 멀리서 자욱이 먼지가 일더군요. 바로 아자마트가 씩씩한 카라교즈를 타고 달리고 있었던 것이지요. 카즈비치는 총집에서 소총을 꺼내 쏘았고, 빗나갔음을 확신하기까지 잠깐 동안은 꼼짝도 않고 있었습니다. 그다음엔 찢어질 듯 비명을 지르더니 소총을 바위에다 내려쳐 산산조각 내버리고 땅바닥을 나뒹굴며 어린애처럼 엉엉 울었습니다…… 곧 사람들이 요새에서 나와 그의 주위로 몰려들었지만 그의 눈에는 아무도 보이지 않지요. 다들 그렇게 서서 이러쿵저러쿵 좀 떠들다가 되돌아갔습니다. 내가 그의 곁에 숫양 값을 갖다 놓으라고 명령했지만, 그는 죽은 사람처럼 엎드린 채 돈에는 손도 대지 않더군요. 밤이 깊도록, 밤이 새도록 그렇게 엎드려 있었다면, 믿겠습니까……? 다음 날 아침이 되어서야 요새로 찾아와 말을 훔쳐 간 놈의 이름을 대라고 하더군요. 아자마트가 말을 풀어 타고 가는 걸 본 보초병은 딱히 숨길 필요가 없다고 생각했지요. 그 이름을 듣자 카즈비치의 눈이 번득였고, 그는 아자마트의 아버지가 살고 있는 마을로 떠났습니다."

"그 아버지는요?"

"바로 그게 핵심이지요. 카즈비치는 그를 찾지 못했거든요. 그는

---

* "러시아 놈은 글러먹었어"라는 뜻.

엿새쯤 예정으로 어디로 떠났는데, 안 그랬으면 아자마트가 어떻게 누나를 훔쳐 올 수 있었겠습니까?

아버지가 돌아왔을 때는 딸도, 아들도 없었습니다. 어찌나 교활한 녀석인지, 걸리면 끝장이라는 걸 금방 알았던 것이지요. 그때 이후로 녀석은 종적을 감추었습니다. 분명히 어디 산적 소굴에 들어갔다가 테레크 강이나 쿠반 강 너머에서 설치다가 죽었겠지요. 그 길밖에 없지……!

솔직히, 나도 나름대로 고생깨나 했지요. 체르케스 여자가 그리고리 알렉산드로비치 집에 있다는 걸 알게 되자마자, 견장과 장검을 챙겨 그를 찾아갔습니다.

그는 첫번째 방의 침대에 누워 한 손으로는 팔베개를 하고 다른 한 손으로는 꺼져버린 파이프를 쥐고 있더군요. 두번째 방문은 잠겨 있었는데, 자물쇠에 열쇠가 꽂혀 있지 않았습니다. 당장에 사태를 파악했지요. 내가 헛기침을 하며 구두 뒤축으로 문지방을 두드렸지만 그는 듣지 못한 척하더군요.

'소위보!' 나는 가능한 한 엄하게 말했습니다. '내가 온 것이 안 보이는 거요?'

'아, 안녕하십니까, 막심 막시미치! 담배 한 대 피우시겠습니까?' 그는 몸도 일으키지 않고 이렇게 대답했습니다.

'죄송하지만! 나는 막심 막시미치가 아니라 이등대위요.'

'아무럼 어떻습니까. 차라도 한잔 하시겠습니까? 내가 무엇 때문에 이렇게 골치가 아픈지 아시면 좋으련만!'

'전부 알고 있소.' 이렇게 대답한 뒤 나는 침대 쪽으로 다가갔습니다.

'그렇다면 더 잘됐군요. 지금 얘기를 할 기분이 아니거든요.'

'소위보, 당신이 범한 실책에 대해 나도 책임을 져야 할 수……'

'됐습니다! 무슨 큰일입니까? 사실 우리는 오래전부터 모든 일을 반반씩 해왔잖습니까.'

'그게 무슨 농담이오? 장검을 내놓도록!'

'미치카, 장검을 가져와……!'

미치카가 장검을 가져왔습니다. 할 일을 한 뒤 나는 그의 침대에 걸터앉아 '이보게, 그리고리 알렉산드로비치, 좋지 않은 일이라는 걸 그만 인정하게'라고 말했습니다.

'뭐가 좋지 않다는 거죠?'

'뭐긴, 자네가 벨라를 훔쳐 온 것 말이지…… 이 아자마트 놈도 나한테는 악마지만……! 자, 그만 인정하게나.' 내가 그에게 말했습니다.

'아니, 그녀가 내 마음에 든다면요……?'

글쎄, 이러니 내가 무슨 말을 할 수 있었겠습니까? 말문이 턱 막히더군요. 하지만 얼마간 잠자코 있다가, 만약 아버지가 딸을 요구하면 돌려줘야 할 것이라고 그에게 말했습니다.

'그럴 필요는 전혀 없어요.'

'아니, 딸이 여기 있는 걸 알게 될 텐데?'

'어떻게 알게 된단 말입니까?'

나는 또 말문이 턱 막혔습니다. '들어보세요, 막심 막시미치!' 페초린이 몸을 일으키며 말하더군요. '사실 당신은 착한 사람이죠. 한데 저 야만인에게 딸을 돌려주면, 그는 찔러 죽이거나 팔아버릴 겁니다. 이미 엎질러진 물, 괜히 더 망칠 필요는 없어요. 그녀는 나한테 맡겨 두시고, 나의 장검은 당신 댁에 두시죠……'

'그럼 그녀를 한번 보여주시오.' 내가 말했습니다.

'이 문 뒤에 있습니다. 다만 나도 방금 그녀를 보려고 했지만 허사였어요. 베일로 몸을 감싼 채 구석에 앉아서 아무 말도 않고, 쳐다보지도 않아요. 야생 산양처럼 겁은 또 어찌나 많은지. 나는 우리 선술집의 여주인을 고용했어요. 타타르 말을 아는 여자니까, 그녀의 시중을 들어주면서 그녀가 내 것이라는 생각을 심어줄 테죠. 사실 그녀는 내가 아닌 그 누구의 것도 되지 않을 테니까요.' 그는 이렇게 덧붙이며 주먹으로 탁자를 쾅 쳤습니다. 나는 그 말에도 동의했습니다. 달리 어쩌겠습니까? 꼭 동의해주지 않으면 안 되는 사람들이 있잖습니까."

"그래서 어떻게 됐습니까?" 내가 막심 막시미치에게 물었다. "정말로 그녀가 자기를 따르도록 했습니까, 아니면 붙들린 몸으로 향수에 시달리며 초췌해졌습니까?"

"당치도 않은 말씀, 향수병이라뇨? 요새에서도 고향 마을에서 보이는 산들이 똑같이 보이는걸요. 이 야만인들에게는 그것이면 충분해요. 게다가 그리고리 알렉산드로비치가 매일 그녀에게 선물을 안겨다 줬지요. 처음 며칠간은 말없이 오만하게 선물을 밀쳐냈고, 그 선물들은 선술집 여주인 차지가 되는 바람에 그녀만 신나게 떠들게 됐지요. 아, 선물이란! 여자란 울긋불긋한 천 조각을 위해서라면 무슨 일인들 못할까……! 뭐, 이 얘기는 접어둡시다. 그리고리 알렉산드로비치도 그녀와 참 오래 씨름했지요. 그러는 사이에 그는 타타르어를 배웠고,

그녀는 우리말을 알아듣기 시작했습니다. 시나브로 그를 바라보는 법도 익혔는데, 처음에는 곁눈질로 살짝 보며 늘 슬퍼하고 반쯤 기어들어가는 목소리로 자기네 노래를 부르곤 했답니다. 옆방에서 흘러나오는 그녀의 노래를 들을 때면 나도 슬퍼지더군요. 결코 잊지 못할 장면이 하나 있습니다. 창문 옆을 지나가다가 엿보게 됐던 것이지요. 벨라는 페치카 옆 침대에 앉아 가슴팍까지 고개를 푹 떨어뜨리고 있고, 그리고리 알렉산드로비치는 그녀 앞에 서 있더군요.

'들어봐, 요정 같은 아가씨.' 그가 말하더군요. '사실 조만간 내 것이 될 거라는 걸 너도 알면서 대체 왜 나를 괴롭히기만 하는 거야? 혹시 사랑하는 체첸 남자가 있나? 그렇다면 지금 당장 너를 집으로 보내주지.' 그녀는 눈에 보일락 말락 몸을 떨며 고개를 내저었습니다. 그가 말을 이어나가더군요. '아니면 내가 너한테 완전히 증오스러운 존재인가?' 그녀는 한숨을 쉬었습니다. '아니면 너의 종교 때문에 나를 사랑하지 못하는 건가?' 그녀는 창백해지며 침묵을 지켰습니다. '내 말을 믿어줘, 알라신은 어느 민족에게나 다 똑같아. 만약 그분이 내가 너를 사랑하는 걸 허락한다면, 대체 왜 네가 내 사랑에 화답하는 걸 금지하겠어?' 그녀는 이 새로운 생각에 충격을 받은 양 그의 얼굴을 주의 깊게 바라보았습니다. 그녀의 두 눈에는 미심쩍은 기색과 믿고 싶은 소망이 함께 어리었습니다. 그 눈이란! 흡사 두 개의 불덩어리처럼 반짝이더군요. '들어봐, 귀엽고 착한 벨라!' 페초린은 계속했습니다. '내가 너를 얼마나 사랑하는지 알잖아. 너를 기쁘게 하기 위해서라면 모든 걸 내놓을 준비가 돼 있어. 나는 네가 행복하면 좋겠어. 만약 네가 또 슬퍼하면 나는 죽어버릴 거야. 말해봐, 좀 더 명랑해

질 테야?'

그녀는 그에게서 그 검은 눈을 떼지 않은 채로 잠시 생각에 잠겼다가, 상냥하게 미소를 지으며 동의의 표시로 고개를 끄덕였습니다. 그는 그녀의 손을 잡고 자기에게 키스해달라고 구슬리기 시작했습니다. 그녀는 미약하게 몸을 방어하며 '제발, 제발, 이러지 마세요' 하고 되뇔 뿐이었습니다. 그가 고집을 부리기 시작하자 그녀는 몸을 떨며 울음을 터뜨렸습니다. '나는 당신의 포로예요.' 그녀가 말하더군요. '당신의 노예죠. 물론 당신은 나에게 강요할 수 있어요.' 그러고는 또 눈물.

그리고리 알렉산드로비치는 주먹으로 자신의 이마를 때리곤 다른 방으로 가버렸습니다. 나는 그에게 들렀습니다. 그는 팔짱을 낀 채 음울한 표정으로 방 안을 앞뒤로 서성이고 있더군요. '왜 그러시오?' 내가 그에게 말했습니다. '악마입니다, 여자가 아니라!' 그가 대답했습니다. '단, 장담하건대 그녀는 내 것이 될 겁니다……' 나는 고개를 내저었습니다. '내기라도 할까요?' 그가 말하더군요. '일주일이면 충분해요!' '잘해보시오!' 우리는 서로 의견 일치를 보고 헤어졌습니다.

이튿날 그는 당장 온갖 물건을 사 오라며 급사를 키즐랴르로 보냈습니다. 이루 헤아릴 수도 없을 만큼 온갖 페르시아 옷감이 잔뜩 왔더군요.

'어떻게 생각하십니까, 막심 막시미치!' 선물을 보여주며 그가 나에게 말했습니다. '아시아 미녀가 이런 선물 공세에 버텨낼 재간이 있을까요?' '체르케스 여자를 잘 모르는군요.' 내가 대답했습니다. '그루지야나 자카프카지예 쪽 타타르 여자와는 전혀 달라요, 전혀 다르고말고. 이들에겐 자기만의 규칙이 있어요. 교육받은 게 전혀 다르거든요.' 이 말에 그리고리 알렉산드로비치는 미소를 짓더니 행진곡을 흥얼대기 시작했습니다.

하지만 결과적으론 내가 옳았던 셈입니다. 선물은 겨우 절반의 효력만을 발휘했거든요. 좀 더 상냥해지고 좀 더 신뢰를 갖게 되긴 했지만 그뿐이었죠. 그러자 그는 최후의 수단을 쓰기로 했습니다. 어느 날 아침, 말에 안장을 얹으라고 명령한 뒤 체르케스식으로 차려입고 무장을 한 채 그녀의 방으로 들어갔습니다. '벨라!' 그가 말했습니다. '내가 너를 얼마나 사랑하는지 알 거야. 네가 나라는 놈을 제대로 알게 되면 나를 사랑하게 되리라는 생각에, 너를 훔쳐 올 결심을 했던 거야. 내 실수였지. 잘 있어! 내 물건은 전부 가져도 돼. 원한다면 아버지한테로 돌아가든지. 너는 자유의 몸이야. 나는 너한테 죄를 지었으니까 스스로 벌을 받아야 하겠지. 잘 있어, 나는 그만 갈게. 하지만 어디로 갈까? 난들 알겠어? 한동안 총알이나 검의 일격을 쫓아다니겠지. 그때 나를 기억하고 또 용서해줘.' 그는 몸을 돌려 그녀에게 작별 인사로 손을 내밀었습니다. 그녀는 그 손을 잡았지만 말은 없었습니다. 마침 문지방에 서 있었던 나는 그녀의 얼굴을 문틈으로 볼 수 있었습니다. 안쓰러워지더군요, 저렇게 사랑스러운 얼굴에 죽음과 같은 창백함이 드리워지다니! 대답을 듣지도 못한 채 페초린은 문 쪽으로 몇 발짝을 내디뎠습니다. 몸을 부들부들 떠는 것이, 글쎄, 당신한테 말해야 할까요? 내 생각에 그는 농담 삼아 한 말을 정말로 실천에 옮길 기세였습니다. 원래 그런 사람이었지요, 누가 그를 알겠습니까! 그가 문에 손을 대기가 무섭게, 그녀가 벌떡 일어나 흐느껴 울면서 그의 목에 매달렸습니다. 믿으시겠습니까? 나도 문 뒤에 서서 역시나 울었습니다. 다시 말해, 그러니까 울었다는 게 아니라 그냥— 멍청한 일이죠……!"

이등대위는 잠깐 입을 다물었다.

"예, 솔직히 말해," 좀 있다가 그는 콧수염을 비비며 말했다. "짜증이 나더군요. 지금껏 나를 그렇게 사랑해준 여자는 단 한 명도 없었거든요."

"그래서 그들의 행복은 오래갔습니까?" 내가 물었다.

"예, 그녀가 우리에게 털어놓은 바로는, 페초린을 처음 본 그날부터 그가 자주 꿈에 나왔고 그 어떤 남자도 그녀에게 그토록 강한 인상을 주지는 않았다더군요. 예, 그들은 행복했답니다!"

"그거 참 지루하군요!" 나는 나도 모르게 소리쳤다. "정말이지 비극적인 대단원을 기대했는데, 갑자기 이토록 예기치 못한 방식으로 내 희망을 기만할 줄이야……!" 나는 말을 계속했다. "그나저나 설마 그녀의 아버지는 딸이 당신 요새에 있는 걸 알아차리지 못했단 말입니까?"

"그러니까 그런 의심은 했던 것 같소. 며칠 뒤 우리는 노인이 피살된 걸 알게 됐거든요. 어떻게 된 일이냐면……"

나의 주의가 또다시 환기되었다.

"꼭 말해야 할 것이 있는데, 카즈비치는 아자마트가 아버지의 동의를 얻어 자기 말을 훔쳤을 거라고 상상했습니다. 적어도 내 생각으론 그래요. 어느 날 그는 마을에서 3베르스타쯤 떨어진 길가에서 대기 중이었습니다. 노인은 딸을 찾아 나섰다가 허탕만 치고 돌아오는 길이었지요. 그의 가신들은 좀 뒤처졌고―황혼 무렵이었지요―그는 생각에 잠긴 채 천천히 말을 몰고 있었는데, 갑자기 카즈비치가 고양이처럼 관목 숲 뒤에서 뛰어나와 뒤에서 그의 말 위로 뛰어올라서는, 단검을 휙 휘둘러 단칼에 그를 땅바닥에 나뒹굴게 하고 말고삐를 낚아챘지요. 원래 그런 놈이었으니까요. 몇몇 가신이 이 모든 광경을 언덕에서 보고 추격하기 시작했지만 따라잡지는 못했습니다."

"말을 잃은 분풀이를 한답시고 복수를 했던 것이군요." 나는 내 말벗의 의견을 듣기 위해 이렇게 말했다.

"물론이지요. 그들 방식에 따르면, 그는 전적으로 옳았던 겁니다." 이등대위가 말했다.

나는, 저 민족들 틈에 섞여 살게 된 이 러시아인이 저들의 풍습에 적응하는 능력에 나도 모르게 충격을 받았다. 이런 정신적 자질이 비난할 만한 것인지, 칭찬할 만한 것인지는 잘 모르겠지만, 단, 그것은 정신이 대단한 유연함을, 또 악이 불가피하거나 그것을 근절하는 것이 불가능해 보이는 곳이라면 어디서나 그 악을 용서해주는 저 명징하고 건전한 상식이 존재함을 증명해주는 것이다.

그러는 사이에 차를 다 마셨다. 오래전에 마차와 함께 세워둔 말들이 눈 속에서 오들오들 떨고 있었다. 서쪽에서는 달이 창백해지며, 갈기갈기 찢어진 커튼 조각처럼 저 멀리 산꼭대기에 걸려 있는 시커먼 먹구름 속으로 침잠할 준비를 했다. 우리는 오두막을 나왔다. 나의 동행의 예보와는 달리, 날씨가 맑아져서 우리에게 조용한 아침을 약속해주었다. 별들은 윤무를 추듯 경이로운 당초무늬를 만들며 저 멀리 지평선에서 서로 뒤엉키더니, 동녘의 약간 창백한 반사광이 짙은 보랏빛의 둥근 하늘을 따라 퍼져감에 따라, 순결한 눈으로 뒤덮인 산들의 가파른 경사면을 차츰차츰 비추며 하나둘씩 꺼져갔다. 좌우로 음울하고 신비스러운 낭떠러지는 거무스름해졌고, 안개는 흡사 날이 새는 것을 느끼며 겁을 집어먹은 양 뱀처럼 몸을 꼬았다 틀며 이웃한 절벽의 주름을 따라 저쪽으로 기어 내려갔다.

아침 기도를 드릴 때 인간의 마음처럼 하늘도 땅도 모두 고요했다. 그저, 동쪽에서 간간이 선선한 바람이 불어와, 성에로 뒤덮인 말의 갈기가 휘날릴 뿐이었다. 우리는 출발했다. 다섯 마리의 부실한 말이 구드 산을 향해 난 구불구불한 길을 따라 힘겹게 우리의 짐마차를 끌고 갔다. 우리는 뒤따라 걸어가면서 말이 힘겨워할 때마다 마차 바퀴 밑에 돌을 받쳐주었다. 길은 꼭 하늘로 이어지는 것만 같았다. 왜냐하면 눈으로 분간할 수 있는 한, 길은 계속 오르막이다가 마침내는, 먹이를 기다리는 매처럼 저녁부터 구드 산의 꼭대기에서 휴식을 취하고 있던 구름 속으로 사라졌기 때문이다. 우리의 발밑에서는 눈이 사각거렸다. 공기가 너무 희박해져 숨 쉬는 것도 고통스러웠고, 시시각각 피가 머리로 솟구쳤다. 하지만 이 모든 것에도 불구하고 어떤 열락의 감정이 나의 온 혈관을 따라 퍼져갔고, 나는 세계 위에 이렇게 높이 와 있다는 것이 어쩐지 즐거웠다. 어린아이 같은 감정이라고 해도 할 말은 없지만, 사회의 여러 여건으로부터 멀어져 자연에 가까이 가면 우리는 저도 모르게 어린아이가 된다. 손에 넣은 모든 것이 영혼에서 떨어져 나가고, 영혼은 언젠가 그랬고 또 언제든 다시 그렇게 될 상태로 새로이 변해간다. 나처럼 황량한 산을 배회하면서 오래, 오래도록 그 기묘한 형상을 들여다보고 그 계곡에서 흘러넘치는 신선한 공기를 탐

46

욕스레 들이마셔본 적이 있는 사람은, 물론, 이 마법적인 풍경을 전해 주고 이야기하고 그려 보이고 싶은 나의 소망을 이해할 것이다. 자, 마침내, 우리는 구드 산에 올라, 걸음을 멈추고 주위를 둘러보았다. 산에 드리워진 잿빛 구름은 차가운 숨결을 뿜어내며 곧 폭풍우가 몰아칠 것이라고 으름장을 놓았다. 하지만 동쪽을 보면 모든 것이 너무 맑고 황금빛이어서, 우리, 즉 나와 이등대위는 차가운 숨결 따위는 잊어버렸다…… 그렇다, 이등대위도 마찬가지였던 것이다. 순박한 마음일수록 자연의 아름다움과 위대함에 대한 감정은 우리처럼 말과 종이를 통해 열광하며 떠들어대는 사람들보다 백배는 더 강렬하고 생생한 법이다.

"내 생각으론, 이 장엄한 풍경에 익숙해지신 것 같은데요?" 내가 그에게 말했다.

"그렇지요, 총알 날아가는 소리에도 익숙해질 수 있지요. 즉 심장의 어쩔 수 없는 고동을 숨기는 데도 익숙해질 수 있다는 것입니다."

"내가 듣기론, 어떤 늙은 군인들은 오히려 이 음악이 유쾌하기조차 하다더군요."

"물론, 아닌 게 아니라 유쾌하기도 하지요. 다만, 그것도 어쨌거나 심장이 세차게 고동치기 때문입니다. 한번 보시지요." 그가 동쪽을 가리키며 덧붙였다. "얼마나 멋진 곳인지!"

정말로 이런 전경을 내가 어디서 또 볼 수 있으랴. 우리 밑으로 코이샤우르스카야 계곡이 펼쳐지고 아라그바 강과 또 다른 작은 강이 두 가닥 은실처럼 그 계곡을 가로질러 흘렀다. 푸르스름한 안개가 그 위를 미끄러지듯 흐르면서 따뜻한 아침 햇살을 피해 이웃한 협곡으로 도망쳤다. 좌우로 양쪽의 산 정상이 눈과 관목에 뒤덮인 채, 서로 높이를 다투며 엇갈려 쭉 뻗어 있고 저 멀리에도 그와 같은 산들이, 하다못해 서로 닮은 절벽 두 개라도 서 있었다. 그리고 이 모든 눈이 발그스름한 광채를 발하며 너무나 즐겁게, 너무나 밝게 타올랐기 때문에 영원토록 여기서 살았으면 싶었다. 태양이, 오직 여기에 익숙한 눈으로만 시커먼 뇌운(雷雲)과 구분할 수 있을 법한 검푸른 산 뒤에서 살짝 얼굴을 내밀었다. 하지만 그 태양 위로 핏빛 줄무늬가 드리워졌고, 그것에 나의 길벗은 특별한 주의를 기울였다. "내가 말했지요, 오늘 날씨가 어떨지." 그가 소리쳤다. "서둘러야 합니다. 안 그러면 크레스토바야 산에서 저걸 만나게 될 거요. 출발합시다!" 그는 마부에게 소리쳤다.

바퀴가 헐거워지지 않도록 그 밑에 브레이크 대신 쇠사슬을 끼워 넣고 말은 재갈을 물려 붙잡은 다음, 우리는 아래로 내려가기 시작했다. 오른쪽은 깎아지른 절벽이요, 왼쪽은 낭떠러지여서, 그 밑바닥에 사는 오세트인의 마을이 통째로 제비 둥지처럼 보였다. 짐마차 두 대도 서로 비켜 갈 수 없는 이 길을 깊은 밤중에 어느 파발꾼이 덜커덩거리는 마차에서 내리는 법도 없이 1년에 열 번 정도를 오간다니, 이 길을 그토록 자주 오간다고 생각하니 몸서리가 쳐졌다. 우리의 마부 중 한 명은 러시아의 야로슬라블 태생의 농부였고 다른 한 명은 오세트인이었다. 오세트인은 요령껏 온갖 주의를 기울여 가운데 말의 고삐를 당기면서 바깥쪽 말들을 미리 풀곤 했건만, 우리 러시아인은 천하태평, 마부석에서 내리는 법도 없었다! 내가 내 트렁크도 좀 챙겨야 하지 않냐고, 혹시나 저 낭떠러지로 떨어져도 나는 주우러 갈 생각이 전혀 없다고 그에게 일침을 가하자 그는 이런 대답을 내놓았다. "그럼요, 나리! 걱정일랑 붙들어 매세요, 저들보다 못 가진 않을 테니. 우리도 초행은 아니거든요." 그의 말이 옳았다. 목적지까지 영 못 갈 것 같더니 어쨌거나 그럭저럭 도착했다. 사실 모든 사람들이 조금만 더 생각해보면 인생이란 그렇게 많이 염려할 만한 것이 아님을 확신하게 될 것이다.

그나저나 여러분은 벨라 이야기의 결말을 알고 싶으실 테지? 첫째, 내가 쓰고 있는 것은 소설이 아니라 기행문이다. 따라서 정말로 이등대위가 이야기를 시작하기 전에 그에게 얘기를 해달라고 강요할 수는 없다. 고로, 좀 기다리든가 뭐하면 몇 쪽을 그냥 넘겨도 좋다. 하지만 그러라고 권하고 싶지는 않은 것이, 크레스토바야 산(혹은 학자 감바*가 부르는 대로 성 십자가산Le Mont St. Christophe)을 넘는 일은 여러분의 호기심을 끌 가치가 충분히 있기 때문이다. 자, 그리하여 우리는 구드 산에서 체르토바 계곡으로 내려갔는데…… 이 얼마나 낭만적인 이름인가! 진작부터 여러분은 이 접근할 수 없는 절벽 사이에서 사악한 정령의 소굴을 보겠지만, 전혀 그런 것이 아니다. 체르토바 계곡이라는 이름은 '악마'라는 말이 아니라 '경계'라는 말에서 나온 것인데,** 여기에 언젠가 그루지야의 국경선이 있었기 때문이다. 이 계곡은 사라토프, 탐보프를 비롯한 우리 조국의 **사랑스러운** 곳들을 제법 생생하게 연상시키는 눈 더미로 덮여 있었다.

---

* G. F. 감바(1763~1833). 프랑스 영사로서 캅카스 여행기를 출간했음.
** '체르토바'라는 말은 음성적, 형태적으로 '악마'(초르트)와 '경계'(체르타)를 동시에 연상시킨다.

"드디어 크레스토바야 산에 왔군요!" 체르토바 계곡으로 내려갔을 때, 이등대위가, 눈의 장막으로 뒤덮인 언덕을 가리키며 말했다. 그 꼭대기에 거무스름한 돌십자가가 보였고 그 곁으로 눈에 보일락 말락 길이 나 있었는데, 옆쪽 길이 눈으로 막혔을 때만 지나다니는 길이었다. 우리 마부들은 아직 눈사태는 없었다고 못 박은 뒤, 말을 조심스레 다루면서 길을 빙 둘러 우리를 싣고 갔다. 모퉁이를 돌 때 우리는 다섯 명쯤 되는 오세트인을 만났다. 그들은 우리를 도와주겠다고 자청한 뒤, 마차 바퀴에 들러붙어 고함을 지르면서 우리의 짐수레를 밀고 또 받쳐주었다. 사실 정말로 험한 길이었다. 오른쪽으로 우리 머리 위에는 돌풍이 몰아치면 당장에 계곡으로 떨어질 것 같은 눈덩이가 매달려 있었다. 비좁은 길은 군데군데 눈으로 덮여 있었는데, 어디는 발밑에서 푹푹 꺼지고 또 어디는 햇볕과 야밤의 혹한의 상호작용으로 꽁꽁 얼어 있었기 때문에 우리도 지나가기가 힘들었다. 말들이 넘어졌다. 왼쪽에는 깊은 계곡이 입을 쩍 벌리고 있었는데, 그곳에서는 급류가 얼음층 밑에 숨는가 하면 또 물거품을 뿜어내며 검은 돌을 따라 뛰놀면서 콸콸 흐르고 있었다. 우리는 2시간 만에 간신히 크레스토바야 산을 다 돌 수 있었다. 2베르스타를 2시간 만에 돈 것이다! 그사이에 먹구름이 깔리고 우박과 눈이 쏟아졌다. 바람이 계곡 속으로 파고들면서 강도 솔로베이*처럼 울부짖고 쌩쌩 소리를 냈으며 돌십자가는 곧, 동쪽에서 점점 더 자욱하게, 더 빈틈없이 밀려오는 안개의 파도 속으로 자취를 감추었다…… 겸사겸사, 이 십자가에는 이상하지

---

* 동슬라브 민담에 나오는 괴물.

만 널리 알려진 전설이 있는데, 표트르 1세*가 캅카스를 지나는 길에 세웠다는 것이다. 하지만 첫째, 표트르는 오직 다게스탄에만 갔었고, 둘째, 십자가 위에는 예르몰로프 장군의 명령에 따라, 그것도 정확히 1824년에 세워졌다는 문구가 대문자로 씌어 있다. 하지만 이 비명에도 불구하고 전설이 이렇게 뿌리내렸기 때문에 사실 어떤 말을 믿어야 할지 알 수 없는 데다가 더욱이 우리는 비명을 믿는 데는 익숙하지 않지 않은가.

코비 역에 닿으려면 얼음 덮인 계곡과 질퍽거리는 눈을 따라 5베르스타 정도는 더 내려가야 했다. 말은 지쳤고 우리는 오들오들 떨었다. 눈보라는 꼭 우리의 고국, 저 북쪽의 눈보라처럼 점점 더 거세게 몰아쳤다. 다만, 그 야생의 음조가 좀 더 구슬프고 처량했을 따름이다. 나는 생각했다. '그대, 유형자여, 그대의 광활하고 탁 트인 초원이 그리워 우는구나! 그곳에는 그대의 차가운 날개를 펼 곳이 있으련만, 이곳에서는 숨이 막히고 갑갑하기만 할 테지, 비명을 지르며 철창에 제 몸을 치는 우리 속 독수리처럼.'

"좋지 않군요!" 이등대위가 말했다. "한번 보세요. 주위로 아무것도 보이질 않아요. 오직 안개와 눈뿐입니다. 여차하면 낭떠러지로 떨어지거나 무슨 소굴에 갇히게 될 테고, 저쪽 더 낮은 곳엔 바이다라 강이 너무 불어나서 건너지도 못하지요. 이놈의 아시아란 정말! 사람이고 강이고 도무지 믿을 수가 있어야지, 원." 마부들이 고함을 지르고 욕설을 퍼부으면서 말들을 후려쳤지만, 녀석들은 힝힝대고 버티면

---

* '표트르 대제'라 불린 제정 러시아의 황제(1672~1725).

서 채찍의 감언이설에도 불구하고 한사코 자리에서 꿈쩍도 하지 않으려 했다. 마침내 한 명이 말했다. "나리, 이래서는 지금 코비까지 못 가요. 아직 괜찮은데, 왼쪽으로 방향을 틀면 안 될까요? 저기 산비탈에 뭔가 거무스름하게 보이는 게, 아마 마을일 겁니다. 날씨가 고약할 때면 여행객들이 늘 저기 머물거든요. 저들도 보드카 값을 좀 쥐여주면 저리로 안내하겠다는군요." 그가 오세트인을 가리키며 덧붙였다.

"알고 있네, 이 사람아, 자네가 말 안 해도 잘 안다고!" 이등대위가 말했다. "이 악마 같은 놈들! 보드카 값을 뜯어내려고 트집 잡느라 신이 났군."

"그래도 솔직히 인정을 하셔야죠." 내가 말했다. "저들이 없으면 우리 사정은 더 고약해질 텐데요."

"그야 그렇지요, 그렇고말고요." 그가 중얼거렸다. "이 길잡이들, 아주 지긋지긋하군요! 자기들이 없으면 길도 못 찾을 테니까 어디서 한 푼 더 우려낼지 귀신같이 안다니까요."

자, 그리하여 우리는 왼쪽으로 돌아, 갖은 고생 끝에 어찌어찌 초라한 은신처에 도달했는데, 그것은 반석과 조약돌로 지어졌고 또 역시나 그런 벽으로 둘러싸인 두 개의 오두막이었다. 누추한 차림의 주인들이 우리를 기껍게 맞아주었다. 폭풍우에 발이 묶인 여행객들을 받아주는 조건으로 정부가 그들에게 돈을 주고 먹여 살린다는 것을 나는 나중에 알게 됐다. "다 잘되어가는군요." 불가에 앉으며 내가 말했다. "이제 그 벨라 이야기를 마저 해주시지요. 그렇게 끝나지는 않았으리라는 확신이 드는데."

"왜 그렇게 확신하시오?" 이등대위가 능글맞은 미소를 짓느라 눈

52

을 찡긋하며 이렇게 대꾸했다.

"세상 이치에 맞지 않으니까요. 예사롭지 않게 시작된 일은 역시나 그런 방식으로 끝나게 마련이죠."

"바로 맞히셨소……"

"아주 기쁜데요."

"당신이야 기뻐서 좋겠지만, 나는 기억을 떠올리자니 사실 좀 슬프군요. 멋진 소녀였지요, 이 벨라 말이오! 나는 마침내 그녀가 딸인 양 그렇게 정이 들었고, 그녀도 나를 좋아했지요. 내가 가족이 없는 몸이라는 얘기를 해야겠군요. 부모님은 벌써 12년이 넘도록 소식도 없고, 아내를 맞이할 생각은 전에는 미처 하지를 못했고, 지금은 이미, 보시다시피 어울리지도 않지요. 귀여워해줄 수 있는 사람을 찾은 게 기쁘기도 했습니다. 그녀는 우리에게 노래를 불러주거나 레즈긴카*를 추기도 했지요…… 어찌나 잘 추던지! 나는 우리 현의 귀족 아가씨들도 봤고 20년쯤 전에 한번은 모스크바의 귀족 모임에도 간 적이 있지만, 어디 그들에 비하겠소! 완전히 다릅디다……! 그리고리 알렉산드로비치는 그녀를 인형처럼 꾸며서 예뻐해주고 얼러주었지요. 그렇게 우리와 함께 있으면서 어찌나 예뻐졌는지 기적 같았지요. 얼굴과 손에는 햇볕에 그을린 자국이 사라졌고, 두 뺨에는 발그레한 홍조가 감돌았지요. 또 어찌나 명랑했는지, 그 장난꾸러기는 늘 나를 골려먹었지요…… 하느님, 그녀를 용서하시길……!"

"한데 아버지가 죽었다는 얘기는 해주었습니까?"

---

* 캅카스 지역에 널리 퍼진 춤의 일종.

"우리는 그녀가 자기 처지에 익숙해질 때까지 오랫동안 그 사실을 숨겼습니다. 그러다가 얘기를 해주었더니, 이틀 정도 울다가 그다음엔 잊어버리더군요.

넉 달이 더할 나위 없이 훌륭하게 흘러갔습니다. 그리고리 알렉산드로비치는, 이미 말한 것 같은데, 사냥을 열렬히 좋아했습니다. 툭하면 멧돼지나 염소를 잡으러 숲에 들어가곤 했지만 이제는 요새의 성벽을 넘는 일도 없었지요. 그런데 어느 날 보니까, 다시 생각에 잠기기 시작했고 뒷짐을 진 채 방 안을 이리저리 오갑디다. 그다음에 한번은 아무한테도 말하지 않고 사냥을 떠났습니다. 오전 내내 모습을 감추었던 것이지요. 한 번, 두 번 그러더니 그런 일이 점점 잦아지더라고요…… 심상치 않다는 생각이 들더군요. 분명히 검은 고양이가 저들 사이를 지나가버린 것이지요!

어느 날 아침은 그들 집에 들렀는데, 지금도 그때가 눈에 선하군요. 벨라가 검은 비단 베시메트를 입고 침대에 앉아 있었는데, 어찌나 창백하고 슬픈 기색이던지 깜짝 놀랐습니다.

'페초린은 어디 있나?' 내가 물었습니다.

'사냥 갔어요.'

'오늘 나갔나?' 그녀는 말하기가 힘든지 침묵했습니다.

'아뇨, 어제요.' 마침내 그녀가 말을 했고 힘겹게 한숨을 내쉬었습니다.

'설마 그 사람한테 무슨 일이 일어난 건 아닐까?'

'나도 어제 하루 종일 생각하고 또 생각했는데,' 그녀가 눈물을 흘리며 대답했습니다. '자꾸 이런저런 불행한 일만 생각하게 됐어요. 야생 멧돼지가 그이를 해친 건 아닐까, 체첸 사람이 산으로 끌고 간 건 아닐까 싶기도 했고…… 하지만 지금은 그이가 나를 사랑하지 않는 다는 생각이 들어요.'

'거참, 생각을 해도 제일 나쁜 것만 생각하는군.'

내 말에 그녀는 울었지만, 그러고 나서는 오만하게 고개를 들고 눈물을 훔쳐내며 말을 계속했습니다.

'만약 그이가 나를 사랑하지 않는다면, 아니, 누가 그에게 뭐래요, 나를 집으로 돌려보내면 되잖아요? 나는 그이에게 강요하지는 않겠 어요. 계속 이런 식으로 나오면 내 발로 떠나겠어요. 나는 그이의 노예가 아니에요, 나는 족장의 딸이란 말이에요……!'

나는 그녀를 달래기 시작했습니다.

'들어봐, 벨라, 사실 그가 평생 네 치맛자락을 붙든 채 여기에 죽치고 있을 수만은 없잖아. 그는 젊은 사람이고 들새를 쫓아다니는 걸 좋아하니까 좀 돌아다니다가 돌아올 거야. 네가 슬퍼하면 그는 오히려 더 너한테 싫증을 낼걸.'

'맞아요, 맞아!' 그녀가 대답했습니다. '나는 명랑해질 거예요.'

그러곤 깔깔 웃으며 자신의 부벤*을 쥐더니 노래하고 춤추고 내 주위를 폴짝폴짝 뛰기 시작했습니다. 다만 이것도 오래가지 못하더군요. 그녀는 또다시 침대에 쓰러져 양손으로 얼굴을 가렸습니다.

내가 그녀를 어떻게 할 수 있었겠습니까? 그러니까 나는 여자를 사귀어본 적이 전혀 없었거든요. 그녀를 어떻게 달랠까 생각하고 또 생

---

* 탬버린과 비슷한 악기.

각했지만, 뾰족한 수가 없더군요. 우리 둘은 한동안 잠자코 있었습니다…… 참 난처한 상황이었지요!

마침내 내가 그녀에게 말했습니다. '어때, 성벽으로 산책이나 하러 갈까, 날씨도 좋은데!' 그때는 9월이었습니다. 그리고 덥지도 않고 화창한 것이 정말, 경이로운 날이었지요. 모든 산이 훤히 보이더군요. 우리는 밖으로 나가, 요새의 성벽을 따라 말없이 왔다 갔다 했습니다. 마침내 그녀는 잔디에 앉았고 나도 그 옆에 앉았습니다. 사실 기억을 더듬어보니 좀 우습군요. 무슨 유모나 되는 양 그녀 뒤를 쫓아다닌 셈이니까요.

우리의 요새는 높은 데 있었기 때문에 성벽에서 내려다보이는 풍경이 참 아름다웠습니다. 한쪽으로는 군데군데 발키*가 파여 있는 넓은 평야가 펼쳐지다가 숲과 맞닿았는데, 그 숲은 산마루 바로 앞까지 이어졌습니다. 그곳 어디선가는 마을의 연기가 피어나고 말 떼들이 노닐고 있었지요. 다른 한쪽으론 작은 강이 흘렀고 그 옆에 울창한 관목 숲이 붙어 있어서, 캅카스의 주된 산맥과 연결되는 돌투성이 산등성이가 가려졌습니다. 우리는 능보(稜堡)의 귀퉁이에 앉아 있었기 때문에 양쪽을 모두 볼 수 있었습니다. 그렇게 보고 있자니, 숲에서 누군가가 잿빛 말을 타고 나와 가까이, 점점 더 가까이 오더니, 마침내 우리로부터 100사젠** 정도 떨어진 강 저편에 말을 멈추고 미친 사람처럼 자기 말을 빙빙 돌리기 시작했습니다. 이 무슨 영문인지……! '저

---

* 협곡(원주).
** 1사젠은 213.36센티미터.

것 좀 봐, 벨라.' 내가 말했습니다. '네 눈은 팔팔하니까, 저 요사스러운 기사는 또 누구야, 누구를 즐겁게 해주러 온 걸까⋯⋯?'

그녀는 그쪽을 바라보더니 소리를 질렀습니다. '저건 카즈비치예요⋯⋯!'

'아, 그 강도 녀석! 우리를 놀려주러 온 건가, 어?' 자세히 살펴보니 정말로 카즈비치였습니다. 거무스름한 낯짝이며 너덜너덜하고 지저분한 것도 똑같더군요.

'저건 우리 아버지의 말이에요.' 벨라가 내 손을 붙잡고서 말했습니다. 그녀는 나뭇잎처럼 바들바들 떨고 있었지만 그 눈은 번득이더군요. '어라! 요 귀염둥이의 몸속에서도 강도의 피가 얌전히 있지를 않는구나!' 나는 생각했습니다.

'이리로 좀 와보게.' 내가 보초병에게 말했습니다. '소총을 잘 점검한 다음 저 잘난 녀석을 말에서 떨어뜨리면 은화 1루블을 받게 될 걸세.' '잘 알겠습니다, 각하. 단, 저놈이 한자리에 서 있질 않는데요⋯⋯' '명령을 해보게!' 내가 웃으며 말했지요⋯⋯ '헤이, 이봐!' 보초병이 그를 향해 한 손을 흔들며 소리쳤습니다. '좀 기다려봐, 왜 그리 팽이처럼 빙빙 도는 거야?' 카즈비치는 정말로 멈춰 섰고 또 귀를 기울이기 시작했습니다. 분명히 자기와 협상을 하려나 보다고 생각했겠지요, 여부가 있나요⋯⋯! 나의 척탄병이 조준을 했고⋯⋯ 탕⋯⋯! 빗나갔습니다. 약실에서 화약이 확 타오르자마자 카즈비치는 말을 툭 쳤고 말은 한쪽으로 펄쩍 뛰어올랐습니다. 그는 등자를 딛고 몸을 일으켜 세운 뒤, 자기네 말로 뭐라고 소리를 지르며 가죽채찍으로 위협하더군요. 원래 그런 놈이었지요.

'자네 부끄럽지도 않나!' 내가 보초병에게 말했습니다.

'각하! 저놈은 죽으러 갔잖습니까.' 그가 대답했습니다. '저런 저 주받을 족속은 단칼에 죽이지 못하죠.'

15분 뒤에 페초린이 사냥에서 돌아왔습니다. 벨라는 그의 목에 매달렸고, 오랫동안 집을 비운 것에 대해서는 불평 한 마디, 책망 한 마디 하지 않더군요…… 화는 오히려 내가 냈지요. 내가 말했습니다. '세상에, 방금 바로 여기, 강 건너편에 카즈비치가 왔었고, 우리는 그에게 총을 쏘았단 말이오. 아니, 그 녀석과 마주치는 데 뭐 그리 오래 걸릴 줄 알았소? 이 산악민들은 복수심이 강한 민족이오. 당신이 일정 부분 아자마트를 도왔다는 걸 그 녀석이 알아차리지 못할 거라고 생각하는 거요? 내 장담하지만, 그 녀석은 방금 벨라를 알아보았소. 나는 1년 전에 그 녀석이 그녀를 죽도록 좋아했다는 것을 알고 있소. 녀석이 제 입으로 나에게 말했거든. 신붓감의 몸값만 좀 두둑이 모을 수 있었어도 혼담을 넣었을 거요……' 여기서 페초린은 생각에 잠겼습니다. '그렇군요. 좀 더 조심해야겠어요…… 벨라, 이제부터 더 이상은 요새 성벽으로 나가지 말아야겠어.' 그가 대답했습니다.

저녁에 나는 그와 오랫동안 얘기를 나누었습니다. 이 가련한 소녀에 대한 그의 마음이 변했다니, 짜증이 나더군요. 하루의 절반을 사냥으로 보내는 것은 물론, 그녀를 대하는 태도도 냉랭해지고 예뻐해주는 일도 드물어서, 그녀는 눈에 띄게 여위어갔고 얼굴도 우거지상이 되고 커다란 두 눈도 생기를 잃었지요. '왜 그렇게 한숨을 쉰 거야, 벨라? 뭐 슬픈 일이 있나?' 이렇게 물어보곤 했지요. '아니요!' '뭐 하고 싶은 일이 있어?' '아니요!' '가족이 그리운 건가?' '나한테는 가족이 없어요.' 꼬박 몇 날 며칠을 '예'와 '아니요' 말고는 더 이상 아무 말도 들을 수 없었지요.

　바로 이 점에 대해 내가 그에게 말을 꺼냈던 겁니다. '들어보세요, 막심 막시미치.' 그가 대답하더군요. '나는 불행한 성격을 지녔어요. 교육이 나를 이렇게 만들었는지, 하느님이 나를 원래 이렇게 만들었는지는 나도 모르겠군요. 다만 내가 아는 것은 내가 다른 사람들의 불행의 원인이라면, 나도 그들 못지않게 불행하다는 사실입니다. 물론 그래본들 그들에겐 별로 위안이 되지 않겠지만, 그냥 그렇다는 겁니다. 젊음이 막 피어나던 시절, 가족의 보호에서 벗어난 순간부터 나는 돈으로 살 수 있는 모든 만족에 미친 듯 탐닉하게 되었고, 물론 그런 만족은 곧 넌덜머리가 났습니다. 그다음에는 사교계로 뛰어들었지만, 그 사회도 역시 곧장 싫증이 났습니다. 사교계의 미녀들을 보며 사랑에 빠졌고 또 사랑도 받았지만, 그들의 사랑은 오직 나의 상상력과 자존심을 자극할 뿐, 마음은 늘 공허했지요…… 독서를 하고 공부를 하기 시작했지만 학문도 역시나 싫증이 났습니다. 영광이나 행복이 절대 그런 것에 달려 있지 않음을 알게 됐던 것인데, 사실 가장 행복한 사람들이란 바로 무식쟁이고 영광이란 운의 문제라서 그것을 얻기 위해서는 그저 좀 날렵하기만 하면 되거든요. 그러자 권태로워지더군요…… 곧 나는 캅카스로 전속되었습니다. 내 인생에서 가장 행복한 시간이었지요. 나는 체첸의 총알 밑에는 권태가 살지 않기를 바랐지만, 부질없는 희망이었습니다. 한 달 만에 나는 총알이 윙윙거리고 죽음이 다가오는 것에 너무 익숙해졌기 때문에, 사실, 모기에 더 많이 신경을 썼고 거의 마지막 희망을 잃어버렸다는 생각에 예전보다 더 권태로워졌습니다. 벨라를 그녀의 집에서 보았을 때, 처음으로 그녀를 무릎 위에 눕히고 그 검은 고수머리에 키스를 할 때, 나는 그만 바보같이 그녀가 자비로운 운명이 나에게 보낸 천사라고 생각했습니다…… 또다시 착각을 한 것이죠. 야생에서 자란 여자의 사랑이 명망 있는 가문 태생의 귀족 아가씨의 사랑보다 조금은 나았어요. 하지만 전자의 무지함과 순박함도 후자의 교태만큼이나 빨리 싫증이 나더군요. 그야 물론 나는 지금도 그녀를 사랑하고, 얼마간 상당히 달콤한 순간을 선사해준 것에 고마운 마음도 갖고 있고, 그녀를 위해서라면 목숨도 내놓겠지만, 단, 그녀와 있는 게 권태로워요…… 내가 바보인지 악인인지는 잘 모르겠습니다. 하지만 나도, 아니, 어쩌면 그녀보다 내가 더 많이 동정을 받아야 될 거라는 점은 분명합니다. 나의 영혼은 사교계 때문에 망가졌고 상상력은 불안하고 마음은 포만감을 모른답니다. 나는 늘 뭔가 부족합니다. 쾌락처럼 슬픔에도 너무 빨리 익숙해져서, 나의 삶은 나날이 더 황량해지고 있습니다. 이제 한 가지 수단만 남았습니다. 여행을 하는 것 말입니다. 가능하기만 하다면, 여행을 떠나겠어요. 다만 유럽은 싫고, 정말 딱 싫어요! 아메리카로, 아라비아로, 인도로 가겠습니다. 그러다 아마 어디서 도중에 죽게 될 테죠! 적어도, 폭풍우와 험한 도로 사정 덕분에 이 마지막 위안거리가 그렇게 빨리 소진되지는 않으리라는 확신은 있어요.' 이렇듯 그는 오랫동안 말했고, 그의 말은 나의 기억 속에 아로새겨졌습니다. 스물다섯 살 먹은 사람에게서 이런 소리를 듣는 것이 처음이었으니까, 또 제발 마지막이었으면 좋겠더라고요…… 얼마나 놀라운 일이오! 어디 좀 말해주시오, 예?" 이등대위가 나를 부르며 계속했다. "당신은 수도에 계셨던 것 같은데, 그것도 최근에 말이지요. 정말로 그곳 젊은이들은 모두 다 그 모양이오?"

나는 그와 똑같은 얘기를 하는 사람들이 많이 있다고, 또 그중에는 진실을 말하는 사람들도 분명히 있다고 대답해주었다. 하지만 유행이라는 것이 다 그렇듯, 환멸도 사회의 상류층에서 시작하여 하류층으로 내려와 이제는 그쪽에서 우려먹는다고, 요즘은 정말로 제일 많이 권태로워하는 자들은 오히려 이 불행이 죄악이라도 되는 양 감추려 한다고 말이다. 이등대위는 이런 섬세한 얘기를 이해하지 못해, 고개를 갸우뚱하며 능글맞은 미소를 지었다.

"그럼 전부 분명 프랑스인들이 권태로워하는 유행을 퍼뜨린 것이겠군요?"

"아니요, 영국인들입니다."

"아하, 그렇군요……!" 그가 대답했다. "하긴 그들은 늘 악명 높은 술주정뱅이들이었죠!"

나는 나도 모르게, 바이런은 술주정뱅이에 불과했다고 주장하던 모스크바의 어느 귀부인을 떠올렸다. 하지만 이등대위의 지적은 좀 더 양해해줄 만한 것이었다. 그는 물론, 술을 절제하기 위해 세상의 모든 불행이 술 때문에 생긴다고 스스로에게 확신시키려고 노력해왔으니 말이다.

그동안에도 그는 그렇게 자기 이야기를 계속 이어나갔다.

"카즈비치는 다시 나타나지 않았습니다. 다만 왠지는 모르겠지만, 그 녀석이 괜히 왔을 리 없으며 무슨 나쁜 일을 획책하고 있다는 생각을 머릿속에서 떨쳐버릴 수 없었습니다.

그런데 한번은 페초린이 함께 멧돼지를 잡으러 가자고 설득했습니다. 나는 한참을 거절했지요. 야생 멧돼지가 나랑 무슨 상관입니까! 하지만 결국 그는 나를 끌고 갔습니다. 우리는 사병을 다섯 명쯤 데리고 아침 일찍 떠났습니다. 열시까지 갈대밭과 숲을 이리저리 뒤졌지만 짐승은 보이지 않더군요. '어이, 그만 돌아갈까요?' 내가 말했습니다. '괜히 고집을 부릴 건 또 뭐요? 척 봐도 재수 옴 붙은 날인걸!' 하지만 그리고리 알렉산드로비치는 폭염과 피로에도 불구하고 획득물 없이는 돌아가려고 하질 않더군요. 원래 그런 사람이었지요. 한번 마음먹으면 끝장을 보는 성미랄까. 어릴 때 엄마가 너무 오냐오냐해준 모양입니다…… 마침내 한낮이 돼서야 우리는 그 저주받을 멧돼지를 찾아냈습니다. 탕! 탕! 하지만 빗나갔지요. 녀석은 갈대밭 속으로 도망치고…… 정말 재수가 옴 붙은 날이었다니까요……! 그래서 우리는 잠깐 쉬었다가 집으로 향했습니다.

우리는 말고삐를 늘어뜨린 채 말없이, 나란히 가는 중이었고, 거의 요새 근처까지 다다랐습니다. 오직 관목 숲 때문에 요새가 보이지 않을 따름이었지요. 그때 갑자기 총성이 울렸고…… 우리는 서로를 쳐다봤습니다. 똑같은 의심에 사로잡힌 것이었지요. 우리는 허둥지둥 총소리가 난 곳으로 달려갔습니다. 가서 보니 성벽에 병사들이 한 무더기로 모여 들판을 가리키는데, 그곳에는 기수가 뭔가 하얀 것을 안장에 얹은 채 쏜살같이 달려가고 있더군요. 그리고리 알렉산드로비치는 그 어떤 체첸인 못지않게 째질 듯 소리를 지르며 총집에서 소총을 꺼내 들고서 그리로 달렸습니다. 나도 그 뒤를 따랐지요.

다행히도, 부실했던 사냥 덕분에 우리 말들은 별로 지치지 않았습니다. 말들은 안장 밑에서 몸부림쳤고, 우리는 순식간에 그에게로 점점 더 가까이 갔지요…… 마침내 우리는 그 녀석이 카즈비치라는 것을 알아보았지만, 다만, 그가 앞에 싣고 가는 것이 무엇인지는 분간할수 없었습니다. 그때 마침 나는 페초린과 나란히 달리게 됐으므로 '저건 카즈비치요!'라고 소리쳐주었습니다. 그는 나를 바라보며 고개를 끄덕이더니 말을 채찍으로 내리쳤습니다.

자, 마침내 우리는 그를 쏠 수 있는 사정거리 안으로 들어갔습니다. 카즈비치의 말은 워낙 기진맥진한 탓인지, 아니면 우리 말보다 형편없는 것이었는지, 어쨌거나 그가 아무리 애를 써도 그다지 앞으로 나아가지 못했습니다. 내 생각에, 그 순간 그는 자신의 카라교즈를 떠올렸을 것 같더군요……

보니까, 페초린이 달려가면서 소총을 겨누더군요…… '쏘지 마시오!' 내가 그에게 외쳤습니다. '총알을 아껴야 해요. 그냥 이대로도 우리는 그를 따라잡을 거요.' 하지만 젊은이들이란! 항상 엉뚱한 때 열을 올린단 말이지요…… 결국 총성이 울려 퍼졌고 총알은 말의 뒷다리에 박혔습니다. 말은 열 번쯤 격렬하게 뛰어오르더니 비틀거리며 무릎을 꿇고 말았지요. 카즈비치가 말에서 뛰어내렸고, 그때 우리는 그 녀석이 차도르에 감긴 여자를 품에 안고 있는 것을 보았지요…… 그것은 벨라였습니다…… 가엾은 벨라! 그 녀석은 우리를 향해 자기네 말로 뭐라고 소리치더니 그녀 위로 단검을 쳐들었습니다…… 늑장을 부릴 여유도 없이, 이번에는 내가 되는대로 총을 쏘았습니다. 그녀석이 갑자기 손을 떨어뜨린 것으로 보아 총알은 분명히 그의 어깨에 명중했습니다. 화약 연기가 흩어졌을 때 땅에는 부상당한 말이, 그리고 그 곁에는 벨라가 쓰러져 있고 카즈비치는 총을 버리고 고양이처럼 관목 숲을 헤집으며 절벽 위로 기어올랐습니다. 그 녀석을 거기서 떨어뜨리고 싶었지만, 장전된 실탄이 없지 뭐요! 우리는 말에서 뛰어내려 벨라를 향해 달려갔습니다. 가엾은 것, 그녀는 꼼짝도 못하고 쓰러져 있었고 상처에서는 피가 샘물처럼 솟구쳐 흐르더군요…… 정말 나쁜 놈이었어요. 심장을 찌를 것이지, 그랬으면 모든 것이 손쓸 틈도 없이 단번에 끝났을 텐데, 하필 등을 찌르다니…… 그야말로 강도다운 솜씨였지요! 그녀는 의식이 없었습니다. 우리는 차도르를 찢어 상처를 가능한 한 단단히 묶었습니다. 페초린이 그녀의 차가운 입술에 키스를 했지만 아무 소용 없더군요. 아무것도 그녀의 의식을 되돌려놓을 수 없었지요.

페초린이 말에 올라탔습니다. 나는 그녀를 땅바닥에서 들어 올려 요령껏 그의 말안장에 실었습니다. 그는 그녀를 한 손으로 안았고 우리는 귀로에 올랐습니다. 몇 분쯤 잠자코 있다가 그리고리 알렉산드로비치가 나에게 말했습니다. '이봐요, 막심 막시미치. 이래서는 그녀를 산 채로 요새까지 데려가지 못해요.' '맞는 말이오!' 나는 이렇게 말했고, 우리는 말을 전속력으로 몰았습니다. 요새의 성문 옆에는 한 무리의 사람들이 기다리고 있더군요. 우리는 부상자를 조심스럽게 페초린 방으로 옮긴 뒤 의사를 부르러 사람을 보냈습니다. 그는 술에 취해 있었지만 오긴 왔습니다. 상처를 보더니 하루를 넘기지 못할 거라고 하더군요. 하지만 그의 말은 빗나갔습니다……

"나았군요?" 나는 이등대위의 손을 잡고 나도 모르게 기뻐하면서 이렇게 물었다.

"아니요, 의사의 말이 빗나갔다는 건 그녀가 꼬박 이틀을 더 살았기 때문이오." 그가 대답했다.

"그럼 카즈비치가 어떻게 그녀를 납치했는지나 설명해주세요."

"바로 이런 식이었지요. 페초린의 금지령에도 불구하고 그녀는 요새를 나가 강가로 갔습니다. 아시다시피 몹시 무더웠기 때문에 그녀는 돌 위에 앉아 발을 물에 담그고 있었습니다. 그때 카즈비치가 살그머니 다가와 그녀를 낚아채서 입을 틀어막고 관목 숲으로 끌고 간 뒤 거기서 말에 태워 내빼버린 것이지요! 그 와중에 그녀는 비명을 질렀고, 보초병들이 당황하여 총을 쏘아댔지만 빗나갔고, 바로 그때 우리가 도착했던 겁니다."

"카즈비치는 뭐하러 그녀를 데려가려 했습니까?"

"무슨 말씀을, 이 체르케스인들은 강도로 소문난 민족인걸요. 눈에 보이는 건 뭐든 빼앗지 않고는 못 배겨요. 필요 없는 것도 전부 훔치지요…… 그래도 이건 봐줘야죠! 게다가 그 녀석은 오래전부터 그녀를 좋아했으니까요."

"그래, 벨라는 죽었습니까?"

"죽었지요. 다만 오랫동안 괴로워했고 우리도 그녀와 함께 꽤나 괴로워했어요. 밤 열시쯤 그녀는 의식을 되찾았습니다. 그때 우리는 침대 옆에 앉아 있었지요. 그녀는 눈을 뜨자마자 페초린을 부르기 시작했습니다. '여기 당신 곁에 있어, 자네치카(우리말로는 귀염둥이라는 뜻이지요).' 그가 그녀의 손을 잡으며 대답했습니다. '난 죽어요!' 그녀가 말했습니다. 우리는 그녀를 달래며, 의사가 꼭 완치시켜주겠노라고 약속했다고 말했습니다. 그녀는 고개를 내저으며 벽 쪽으로 고개를 돌렸습니다. 죽기 싫었던 거요……!

밤에 그녀는 헛소리를 하기 시작했습니다. 머리는 불덩어리나 다름없었고 이따금씩 열병에 걸린 양 온몸을 부들부들 떨었습니다. 아버지와 남동생에 대해서도 두서없는 말을 늘어놓았습니다. 산으로, 집으로 가고 싶었던 게지요…… 그리고 나자 그녀는 역시나 페초린에 대해 말하면서 온갖 다정한 이름을 써가며 그를 부르거나, 자네치카에 대한 사랑이 식어버렸다며 그를 책망하기도 했습니다.

그는 그녀의 말을 묵묵히 들으며, 머리를 떨어뜨린 채 양손으로 감쌌습니다. 하지만 그동안에도 나는 그의 속눈썹에 눈물 한 방울 맺히는 것도 보지 못했습니다. 그가 정말로 울 수 없었던 것인지, 아니면 자제력을 발휘했던 것인지는 모르겠지만, 나로서는 이보다 더 안타까운 일은 본 적도 없습니다.

아침 녘에는 헛소리가 멎었습니다. 그녀는 한 시간쯤 꼼짝도 않고 창백한 모습으로 누워 있었는데, 어찌나 힘이 없는지 숨을 쉬는지도 간신히 알아볼 수 있을 정도였습니다. 그리고 나자 상태가 호전되었는지 말을 하기 시작했는데, 무슨 얘기였을 것 같습니까……? 정말 이런 생각은 죽어가는 사람한테만 떠오르는 법인가 봐요……! 그녀는 자기가 기독교인이 아니라서 그녀의 영혼이 저세상에서는 결코 그리고리 알렉산드로비치의 영혼을 만나지 못할 거라며, 천국에서는 다른 여자가 그의 애인이 될 거라며 슬퍼하기 시작했답니다. 임종을 앞둔 그녀에게 세례를 받게 하자는 생각이 들더군요. 그래서 나는 그렇게 제안을 해봤습니다. 그녀는 망설이는 눈빛으로 나를 바라볼 뿐, 오랫동안 말을 못합디다. 결국 대답하길, 태어났을 때 자기가 가졌던 그

신앙을 간직한 채로 죽겠다고 하더군요. 그렇게 꼬박 하루가 갔습니다. 그 하루 동안 사람이 어쩌나 달라졌는지……! 창백한 두 뺨은 폭 꺼졌고 눈은 커지고 또 커졌으며 입술은 바싹바싹 타들어가더군요. 그녀는 가슴속에 불에 달군 쇳덩어리라도 들어 있는 양 내열을 느꼈습니다.

또다시 밤이 찾아왔습니다. 우리는 눈을 붙이지도 못하고 그녀 곁을 지켰습니다. 그녀는 죽도록 괴로워하고 또 신음했습니다. 그러다가 통증이 좀 가라앉을라치면 자기는 좀 나아졌으니 그만 가서 자라고 그리고리 알렉산드로비치를 달래면서도, 그의 손에 입을 맞추며 그 손을 놓으려 하지 않았지요. 아침을 앞두고 그녀가 단말마의 고통을 느끼게 되면서 몸부림을 치다가 붕대가 풀려버렸는데, 그 바람에 다시 피가 흘러내렸습니다. 상처를 동여매주자 잠깐 진정하고 페초린에게 키스를 해달라고 조르기 시작했습니다. 그는 침대 옆에 무릎을 꿇은 채, 그녀의 머리를 베개에서 들어 올려 자신의 입술을 그녀의 싸늘히 식어가는 입술에 갖다 댔습니다. 그녀는 이 키스를 통해 자신의 영혼을 그에게 전해주려는 듯 떨리는 손으로 그의 목을 힘껏 휘감았습니다…… 그래요, 그녀는 죽길 잘했던 거요. 글쎄, 그리고리 알렉산드로비치가 그녀를 버렸다면, 그녀는 정말 어떻게 됐겠소? 조만간에 그렇게 되지 않았겠소……

다음 날 우리 의사가 반나절 동안이나 찜질이네 물약이네 하며 사람을 못살게 굴어도 그녀는 얌전하고 말도 없이 고분고분했습니다. '세상에!' 내가 그에게 말했습니다. '어차피 죽을 사람이라고 자기 입으로 말하더니 이런 약물 치료가 죄다 무슨 소용이 있소?' '어쨌거나

이러는 편이 더 낫소, 막심 막시미치.' 그가 대답하더군요. '양심의
가책을 받지 않도록 말이오.' 참, 별 훌륭한 양심도 다 있지요!

정오가 지나자 그녀는 갈증에 시달리기 시작했습니다. 우리가 창문
을 열었지만 바깥이 방보다 더 더웠습니다. 침대 옆에 얼음을 놓아두
어도 전혀 도움이 되지 못했습니다. 나는 이 참을 수 없는 갈증이 종
말이 임박한 징조임을 알았기에 페초린에게 그렇게 얘기했습니다.
'물, 물 좀······!' 그녀는 침대에서 몸을 일으켜 쉰 목소리로 말했습
니다.

그는 백지장처럼 창백해진 채 컵을 잡고 물을 따라서 그녀에게 건
넸습니다. 나는 양손으로 눈을 가리고 기도문을 읊기 시작했는데, 무
슨 기도문이었는지는 기억이 안 나는군요······ 그래요, 형씨, 야전병
원이나 전장에서 사람들이 죽어가는 모습을 무수히 많이 봐왔지만,
그래도 이건 전혀 달랐어요, 전혀 다르더라고요······! 솔직히 말해,
슬픈 일이 하나 더 있었답니다. 임종 때 그녀는 단 한 번도 나를 떠올
리지 않더군요. 내가 그녀를 아버지처럼 사랑해주었건만······ 뭐, 하
느님이 그녀를 용서하시길······! 사실 말이야 바로 해야지, 나 같은
놈이 임종 때 떠올릴 만한 가치가 있는 위인인가요, 어디······?

물을 다 마시자마자 그녀는 한결 더 편해졌지만, 그러고 3분쯤 뒤
에 사망했습니다. 거울을 입술에 대봤더니 매끈하더군요······! 나는
페초린을 방에서 멀리 데리고 나가 요새의 성벽으로 갔습니다. 우리
는 말 한 마디 하지 않고 뒷짐을 진 채로 오랫동안 나란히, 이리저리
거닐었습니다. 그의 얼굴에 이렇다 할 특별한 기색이 전혀 없어서 나
는 신경질이 났습니다. 내가 그의 입장이었다면 너무 괴로워 그만 죽

어버렸을 겁니다. 마침내 그는 그늘진 곳을 찾아 땅바닥에 앉더니, 꼬챙이로 모래 위에 뭔가를 그리기 시작했습니다. 나는, 그러니까 예의상 그를 위로하려고 말을 붙였습니다. 그는 고개를 들고 웃음을 터뜨렸습니다…… 그 웃음 때문에 나는 온몸에 소름이 돋더군요…… 나는 관을 주문하러 갔습니다.

솔직히 말해, 나는 일정 부분 기분을 전환하기 위해 그 일에 매달렸던 것이기도 합니다. 마침 비단 조각이 있기에 그것으로 관을 덮고 그리고리 알렉산드로비치가 그녀를 위해 잔뜩 구입했던 체르케스 은빛 끈으로 장식했습니다.

다음 날 아침 일찍 우리는 그녀를 요새 뒤의 강가에, 그녀가 마지막으로 앉아 있었던 곳 바로 곁에 묻었습니다. 그녀의 무덤 주위에는 지금 하얀 아카시아와 접골목이 무성해졌답니다. 십자가를 세워주고 싶은 마음도 있었지만, 글쎄, 좀 그렇더군요. 어쨌거나 그녀는 기독교인은 아니었으니까요……"

"그럼 페초린은 어땠습니까?" 내가 물었다.

"페초린은 오랫동안 건강이 좋질 못했어요, 불쌍한 사람, 몹시 야위었지요. 단, 그때 이후로 우리는 절대 벨라 얘기를 꺼내지 않았습니다. 그러면 그가 불쾌할 걸 뻔히 알면서 뭐하려요? 석 달쯤 뒤 그는 E 부대로 발령이 나 그루지야로 떠났습니다. 그때 이후로 우리는 만난 적이 없습니다. 그러고 보니 얼마 전에 그가 러시아로 돌아갔다는 말을 들은 기억이 나지만, 부대 명령서에는 아무 얘기도 없었거든요. 하긴 뭐 우리 같은 사람에게는 소식이 늦게 도착하니까요."

여기서 그는 무슨 뉴스를 1년이나 늦게 알게 되는 것이 얼마나 불쾌한 일인지에 대해 장황하게 일장 연설을 늘어놓았는데, 분명히 서글픈 추억을 억누르기 위해서였으리라.

나는 그의 말을 막지도, 또 듣지도 않았다.

한 시간 뒤에 다시 길을 떠날 수 있게 됐다. 눈보라는 잦아들고 하늘도 맑아졌기에 우리는 곧 출발했다. 도중에 나는 나도 모르게 다시 벨라와 페초린에 대한 얘기를 꺼냈다.

"혹시 카즈비치가 어떻게 됐는지는 듣지 못했습니까?"

"카즈비치요? 사실 잘 모릅니다. 내가 듣기론 샵수기의 오른쪽 전선에 카즈비치라는 아주 대단한 사람이 있는데, 우리의 총탄 세례를 받으면서도 붉은 베시메트를 입고 유유히 말을 타며 활보하고, 총알이 가까이서 윙윙대는데도 아주 정중하게 인사를 한다더군요. 하지만 설마 그 녀석일 리가……!"

코비에서 나는 막심 막시미치와 헤어졌다. 나는 역마차로 갔지만, 그는 짐이 워낙 무거워서 나를 따라올 수 없었다. 우리는 절대 다시 만날 가망이 없었지만, 그럼에도 또 만났으며, 괜찮다면 그 얘기를 하겠다. 이것도 나름대로 이야깃거리이고…… 또 여러분도 인정해주기 바라지만, 어떻든 막심 막시미치는 존경할 만한 사람이 아닌가……? 만약 여러분이 그렇다고 인정해준다면, 나는 어쩌면 너무도 길었던 나의 이야기에 대해 충분히 보답받은 셈이 될 것이다.

II. 막심 막시미치

막심 막시미치와 헤어진 후, 나는 테렉스코예와 다리얄스코예 계곡을 힘차게 달려, 카즈베크에서 아침 식사를 하고 라르스에서 차를 마시고 저녁 식사 시간에 맞춰 블라디캅카스에 닿을 수 있었다. 여러분을 위해 산맥 묘사나 아무것도 표현하지 못하는 감탄사의 나열은 피하도록 하겠고, 특히 거기에 가보지 못한 사람들을 위해 아무것도 그려주지 못하는 풍경 묘사도, 단연코 아무도 읽지 않을 통계 자료의 나열도 피하도록 하겠다.

나는 여관에 묵었는데, 모든 여행객들이 여기에 묵었건만 꿩을 굽고 시*를 끓여 오라고 할 만한 사람이 하나도 없었다. 여관에서 부리

---

* 러시아식 수프.

는 세 명의 상이군인은 아주 멍청하거나 곤드레만드레 취해 있어서 숫제 말도 통하지 않았다.

여기서 사흘 동안이나 지내야 한다고 하는데, 예카테리노그라드에서 '오카지야'*가 아직 오지 않아 되돌아갈 수도 없다는 것이었다. 오카지야란 또 뭔가……! 하지만 썰렁한 말장난은 러시아인에게는 재밌거리가 못 된다. 나는 기분 전환도 할 겸 막심 막시미치가 해준 벨라 이야기를 기록해야겠다고 생각했는데, 그때만 해도 그것이 기나긴 이야기 사슬의 첫 고리가 될 줄은 꿈에도 몰랐다. 보시다시피, 별로 대수롭지 않은 사건이 때때로 얼마나 잔인한 결과를 초래하는지……! 한데 '오카지야'가 무엇인지 여러분이 모를 수도 있지 않을까? 그것은 보병 1개 중대의 절반과 대포 1기로 이루어진 엄호 부대로서, 보통 호송 부대는 이들과 함께 카바르다를 거쳐 블라디캅카스에서 예카테리노그라드로 간다.

첫날을 나는 몹시 지루하게 보냈다. 다음 날 아침 일찍, 짐마차 한 대가 뜰로 들어오는데…… 아! 막심 막시미치가 아닌가……! 우리는 오랜 친구처럼 서로를 맞았다. 나는 그에게 내 방에 오라고 권했다. 그는 거리낌 없이 굴며, 심지어 내 어깨를 툭툭 치며 미소를 짓는답시고 입을 삐죽거렸다. 대단한 괴짜다……!

막심 막시미치는 요리법이라면 아는 것이 참 많았다. 꿩 굽는 솜씨는 그야말로 일품이어서, 거기에 오이 절임 물을 멋지게 뿌렸다. 솔직히 말해 그가 없었더라면 빵으로 때워야 했을 것이다. 카헤티야산 포

---

* 오카지야라는 단어에는 '기회'라는 뜻이 있다.

도주 한 병 덕분에 우리는 요리가 하나밖에 안 된다는, 참으로 옹색한 현실을 잊을 수 있었고, 파이프 담배를 물며 자리에 앉았다. 날씨가 눅눅하고 쌀쌀했기 때문에 나는 창가를, 그는 불을 지핀 벽난로 옆을 골랐다. 우리는 말없이 있었다. 무슨 얘기를 할 수 있었겠는가……? 그는 이미 자신에 관한 흥미진진한 얘기를 모두 했고, 나는 얘기할 것이 전혀 없었다. 창밖을 바라보았다. 점점 더 넓어지는 테레크 강 주변으로는 야트막한 집들이 나무 사이로 셀 수 없이 흩어져 있고, 더 멀리서는 산들이 들쑥날쑥한 벽 모양을 한 채 푸름을 과시하고, 그 산들 뒤에서 카즈베크 산이 하얀 추기경 모자를 쓴 채 빠끔히 모습을 내밀었다. 나는 마음속으로 이들과 작별 인사를 나누었다. 제법 섭섭한 일이었다……

그렇게 우리는 오랫동안 앉아 있었다. 태양이 싸늘한 산꼭대기 뒤로 몸을 감추고 희끄무레한 안개가 골짜기로 퍼져갔는데, 그때 거리에서 말방울 소리와 마부들의 고함 소리가 울려 퍼졌다. 지저분한 아르메니아인들을 태운 짐마차 몇 대가 여관 뜰로 들어왔고, 그 뒤로 텅 빈 여행용 마차가 따라 들어왔다. 그 경쾌한 움직임이며 편리한 설비, 세련된 모양새가 왠지 이국적인 냄새를 풍겼다. 그 뒤를 따라, 콧수염을 커다랗게 기른 사람이 헝가리풍 옷을 입고 걸어왔는데, 하인치고는 상당히 훌륭한 차림새였다. 파이프의 담뱃재를 떨고 마부에게 소리를 지르는 저 거들먹거리는 습성을 보건대 그의 신분을 잘못 알았을 리도 없었다. 그것도 분명히 게으른 주인의 버르장머리 없는 하인일 것이 뻔했다. 러시아의 피가로라고나 할까. 내가 창문 너머로 그에게 소리쳤다. "이보게, 이게 뭔가, 오카지야가 온 건가, 어?" 그는 꽤나 뻔뻔스러운 표정을 짓더니 넥타이를 고쳐 매고 얼굴을 돌려버렸다. 그 곁을 지나던 아르메니아인이 미소를 지으며 그를 대신해, 진짜로 오카지야가 온 것이며 내일 아침에 되돌아갈 것이라고 대답해주었다. "천만다행이야!" 그때 마침 창문 쪽으로 다가온 막심 막시미치가 말했다. "거참, 마차 한번 멋지군!" 그가 덧붙였다. "분명히 어떤 관리가 심문차 티플리스로 떠나는 걸 거요. 보아하니 우리네 산을 모르는 모양이오! 이보게, 농담인 줄 아나, 이쪽 산은 만만한 녀석이 아니라서 영국 마차도 부숴놓을걸!"

"저 사람이 대체 누구인지 가서 한번 알아봐야겠는데……" 그러고서 우리는 복도로 나왔다. 복도 끝에 옆방으로 통하는 문이 열려 있었다. 하인은 마부와 함께 그 방으로 트렁크를 끌어 넣고 있었다.

"이보게, 친구." 이등대위가 그에게 물었다. "저 멋진 마차는 누구 건가……? 어……? 훌륭한 마차야……!" 하지만 하인은 몸도 돌리지 않고 혼잣말로 뭐라 중얼거리며 트렁크 짐을 풀었다. 막심 막시미치는 화가 나서 무례한 녀석의 어깨를 툭 치며 말했다. "자네한테 하는 말일세, 이 양반아……"

"누구 마차냐고요……? 우리 주인 거요……"

"자네 주인이 누구냐니까?"

"페초린이오……"

"뭐? 지금 뭐라고 했나? 페초린이라고……? 아이고, 맙소사……! 아니, 그 양반 캅카스에서 복무하지 않았던가……?" 막심 막시미치는 이렇게 소리치며 내 소매를 잡아당겼다. 그의 눈은 기쁨으로 반짝였다.

"그랬던 것 같지만, 나는 이분 밑에서 일한 지 얼마 안 돼서요."

"그래, 그렇군……! 그래……! 그리고리 알렉산드로비치지……? 그의 이름 말일세……? 나는 자네 주인 나리와 친구였다네." 그는 이렇게 덧붙이며 하인의 어깨를 정겹게 툭 쳤고, 그 바람에 상대방은 몸이 비틀했다……

"죄송하지만, 나리, 좀 방해가 되는군요." 상대방이 인상을 쓰며 말했다.

"아이고, 이 친구야……! 아직도 모르겠나? 나와 자네 주인 나리는 막역한 친구 사이였단 말일세, 함께 살기도 했지…… 그래, 지금 그는 어디 묵고 있나……?"

하인은 페초린이 N대령 집에 묵는다고, 거기서 저녁을 먹고 잠을 잘 거라고 일러주었다.

"저녁에 여기 들르지는 않을까?" 막심 막시미치가 말했다. "아니면, 이보게, 자네가 그에게 갈 일은 뭐 없나……? 그럴 일이 있으면 막심 막시미치가 여기 와 있다고 좀 말해주게. 그냥 그렇게 말하면 돼…… 그도 알 걸세…… 자네한테 보드카 값으로 10코페이카짜리 은화 여덟 개를 줌세……"

하인은 이토록 변변찮은 약속을 듣고 경멸스럽다는 표정을 지었지만, 막심 막시미치에게 그 부탁은 들어주겠노라고 다짐했다.

"지금 당장 뛰어올 거요……!" 막심 막시미치가 의기양양한 표정을 지으며 나에게 말했다. "문밖에서 기다려야겠소…… 에이! N과 친분이 없는 게 아쉽군……"

막심 막시미치는 대문 밖 벤치에 앉았고, 나는 내 방으로 왔다. 솔직히 말해, 나 역시도 다소 초조한 마음으로 이 페초린이라는 자가 나타나길 기다렸다. 이등대위의 이야기를 듣고서 그에 대해 별로 좋지 않은 생각을 갖게 됐지만, 그래도 그의 성격 중 몇몇 특성은 주목할 만한 것으로 여겨졌던 것이다. 한 시간 뒤, 상이군인이 펄펄 끓는 사모바르와 찻주전자를 갖고 왔다.

"막심 막시미치, 차 좀 드시죠?" 내가 창문을 통해 그에게 소리쳤다.

"고맙지만 왠지 안 내키는군요."

"에이, 드시죠! 보세요, 벌써 늦은 시각인 데다가 날도 춥잖습니까."

"괜찮소, 고맙구려……"

"그럼, 그러세요!" 나는 혼자서 차를 마시기 시작했다. 10분쯤 뒤 나의 노인이 들어왔다. "아무래도 당신 말이 맞소. 어떻든 차를 마시는 편이 낫겠어요. 계속 기다렸건만…… 그의 하인이 그 사람한테 간 게 언제인데, 아무래도 무슨 일이 생겨 늦어지는 모양이구려."

그는 서둘러 차 한 잔을 마신 뒤 두번째 잔은 사양하고 왠지 안절부절못하며 다시 대문 밖으로 나갔다. 분명히 노인은 페초린의 무성의에 슬퍼진 것이었다. 더군다나 그는 방금 자신과 그의 우정에 대해 나에게 얘기했고 한 시간 전만 해도 자기 이름을 듣자마자 그가 달려올 것이라고 확신하지 않았던가.

이미 날도 늦었고 어두웠기에, 나는 창문을 열고 그만 잘 시간이라고 말하며 막심 막시미치를 불렀다. 그는 잇새로 뭐라고 중얼거렸다. 내가 또 한 번 어서 들어오라고 했지만 그는 아무 대답도 하지 않았다.

나는 외투로 몸을 둘둘 감고 양초를 페치카에 붙은 침대에 그냥 둔 채 소파에 누워 곧 졸기 시작했다. 막심 막시미치가 이미 너무 늦은 시각에 방으로 들어와 나를 깨우지 않았더라면 그대로 푹 잤을 것이다. 그는 파이프 담배를 탁자 위로 내던지고 방 안을 서성이며 벽난로를 뒤적이다가 마침내 잠자리에 들었지만, 오랫동안 기침을 하고 침을 뱉고 몸을 뒤척였다……

"빈대가 있나요?" 내가 물었다.

"예, 빈대가 있군요……" 그는 이렇게 대답하며 무겁게 한숨을 내쉬었다.

다음 날 아침, 나는 일찍 잠이 깼다. 하지만 막심 막시미치가 선수를 쳤다. 나는 그가 대문 옆 벤치에 앉아 있는 것을 발견했다. "잠시 사령관한테 다녀와야겠소. 페초린이 오거든 사람을 보내주시오……" 그가 말했다.

나는 그러마고 약속했다. 그는 사지에 새로이 청년의 힘과 유연함을 부여받은 양 힘차게 뛰어갔다.

선선하지만 아름다운 아침이었다. 산 위에 켜켜이 쌓인 황금빛 구름이 흡사 공중에 떠 있는 새로운 산들처럼 보였다. 대문 앞으로는 드넓은 광장이 펼쳐졌다. 그 뒤로 시장은 일요일이라서 사람들로 들끓었다. 맨발의 오세트 소년들이 벌집 꿀이 담긴 배낭을 어깨에 멘 채 내 주위를 맴돌았다. 나는 그들을 쫓아버렸다. 그들이 눈에 들어올 리가 있나. 나는 선량한 이등대위의 불안을 공유하기 시작했다.

10분도 지나지 않아, 우리가 기다리던 자가 광장 끝에서 나타났다. 그는 N대령과 함께 걸어왔는데, 대령은 그를 여관까지 바래다준 뒤 작별 인사를 나누고 요새로 돌아갔다. 나는 당장 막심 막시미치를 데려오라며 상이군인을 보냈다.

페초린의 하인이 그를 마중 나와서는 지금 곧 말을 맬 것이라고 아뢰었다. 그러곤 그에게 담뱃갑을 대령한 뒤 몇몇 지시를 받고 냉큼 일을 하러 갔다. 그의 주인은 시가에 불을 붙이고서 두어 번 하품을 하더니 대문 반대편에 있는 벤치에 앉았다. 이제 여러분에게 그의 초상을 묘사해주어야겠다.

그는 키가 중간쯤 됐다. 늘씬하고 가느다란 몸통과 넓은 어깨를 보니, 유목 생활의 온갖 어려움과 기후 변화도 거뜬히 견뎌내고 또 수도의 방탕한 생활과 심리적인 폭풍에도 끄떡없을 만큼 튼튼한 체격을 타고난 것 같았다. 그의 먼지투성이 벨벳 프록코트는 아래쪽 단추 두 개만 채워져 있었기 때문에, 단정한 사람의 습관을 드러내주는 눈이 부실 만큼 깨끗한 와이셔츠를 볼 수 있었다. 때가 탄 그의 장갑은 귀족적이고 조그마한 손에 맞게 따로 재단한 것 같았는데, 장갑 한 짝을 벗었을 때는 그 창백한 손가락이 너무 여위어서 깜짝 놀랐다. 그의 걸음걸이는 무성의하고 낭창했지만 나는 그가 팔을 흔들지는 않음을 인지했는데, 이는 내성적인 성격의 단면을 보여주는 그럴듯한 표식이리라. 하지만 이것은 나의 관찰에 근거한 나 자신의 지적일 따름이므로 여러분에게 맹목적으로 믿으라고 강요하고 싶지는 않다. 벤치에 주저앉았을 때 그의 반듯한 몸통은 등에 뼈가 하나도 없는 것처럼 구부러졌다. 몸 전체의 자세를 보면 어떤 신경성 결함이 있는 게 아닌가 싶기도 했다. 그는 발자크 소설의 서른 살짜리 요부가 피곤한 무도회가 끝난 뒤 자신의 푹신푹신한 안락의자에 앉아 있듯 그렇게 앉아 있었다. 그의 얼굴은 나중에는 서른은 족히 돼 보였지만, 첫눈에는 많아야 스물세 살 정도로밖에 안 보였다. 그의 미소는 어딘지 어린아이 같은 데가 있었다. 피부에는 어떤 여성적인 부드러움이 있었다. 타고나길 곱슬머리인 금발 밑으로 창백하면서도 귀족적인 이마가 너무도 생생하게 드러나 있었는데, 오직 오랫동안 관찰한 뒤에야 그 위로 주름이 서로 엇갈리게 잡힌 것을 인지할 수 있었다. 그것은 분명히 분노하거나 심리적으로 불안한 순간이면 훨씬 더 또렷하게 보일 터였다. 그는 머리카락은 밝은 금발이었지만 턱수염과 눈썹은 검었는데, 이것은 백마인데 말갈기와 꼬리는 검은 경우처럼 인간 혈통의 표식이었다. 초상 묘사를 마치는 김에 그의 코가 약간 들렸고 이는 눈부실 정도로 하얗고 눈은 짙은 갈색이라는 사실을 말해야겠다. 눈에 관해서라면 몇 마디 더 해야겠다.

첫째, 그가 웃을 때도 그 눈은 웃지 않았다! 여러분은 어떤 사람들에게서 이런 이상한 점을 알아차린 적이 없는가……? 그것은 사악한 성정의 표식이거나 아니면 심오하고 지속적인 슬픔의 표식이다. 반쯤 내리깐 속눈썹 밑으로 그 눈은, 이런 표현이 가능하다면, 왠지 인광을 발하며 빛났다. 그것은 심리적인 열기나 활발한 상상력의 반영이 아니었다. 오히려 그것은 매끄러운 강철처럼 눈부시지만 차가운 광채였다. 그의 시선은 상대에게 오래 머물진 않지만 예리하면서도 무게감이 있어서 무례한 질문을 던지는 양 불쾌한 인상을 불러일으켰으며, 만약 그토록 무성의할 정도로 평온하지 않았더라면 뻔뻔스러워 보일 수도 있었다. 이런 사항들은 오직 내가 그의 인생의 몇몇 일들을 속속들이 알았기 때문에 내 머릿속에 떠오른 것일 수도 있으며, 다른 사람이라면 그의 외양을 보고 전혀 다른 인상을 받을 수도 있을 것이다.

하지만 여러분은 내가 아니면 누구에게서도 그에 대한 얘기를 듣지 못했을 테니 어쩔 수 없이 이 묘사에 만족해야 한다. 결론 삼아 말하자면, 그는 대체로 잘생긴 편이었고, 특히 사교계 여성의 환심을 살 만한 색다른 용모의 소유자였다.

말들은 이미 매여 있었다. 멍에 밑에서 때때로 방울이 쩌렁댔고 하인은 벌써 두 번이나 페초린에게 다가가 준비가 다 됐다고 보고했지만, 막심 막시미치는 여전히 나타나지 않았다. 다행히도 페초린은 캅카스의 톱니 같은 푸른 산을 보며 생각에 잠겼고 전혀 갈 길이 급한 사람 같지 않았다. 나는 그에게로 다가갔다. "조금만 더 기다려주실 마음이 있다면 옛 친구를 만나는 기쁨을 누리실 텐데……"

"아, 그렇죠!" 그가 빨리 대답했다. "어제 얘기는 들었습니다만, 그는 대체 어디 있습니까?" 나는 광장 쪽으로 몸을 돌렸고, 막심 막시미치가 젖 먹던 힘까지 다해 뛰어오는 것을 보았다…… 몇 분 뒤 그는 이미 우리 곁에 와 있었다. 그는 거의 숨이 넘어갈 지경이었다. 그의 얼굴에서 땀이 비 오듯 흘러내렸고, 모자 밑으로 삐져나온, 희끗희끗하고 축축한 머리카락 뭉치가 이마에 들러붙어 있었다. 무릎도 부들부들 떨리고 있었다…… 그는 페초린의 목을 끌어안으려고 달려들었지만, 상대방은 반기는 미소를 지으면서도 상당히 냉랭하게 손만 삐죽 내밀었다. 이등대위는 잠깐 어리둥절해했지만, 곧이어 그의 한 손을 두 손으로 열렬하게 움켜쥐었다. 아직 무슨 말도 하지 못한 채.

"얼마나 반가운지 모르겠습니다, 친애하는 막심 막시미치! 그래, 어떻게 지내십니까?" 페초린이 말했다.

"그래…… 자네는……? 아니, 당신은……?" 노인은 눈에 눈물까지 글썽이며 중얼거렸다…… "이 얼마 만이오…… 얼마나 오래……
한데 어딜 가는 길이오?"

"페르시아에 가는 길입니다만 그러고 나서는 더 멀리……"

"정말로 지금 떠나는 거요……? 조금만 더 기다려줘요, 이 사
람……! 정말로 지금 당장 헤어지자는 말이오? 얼마나 오랫동안 못
봤는데……"

"그만 가봐야겠습니다, 막심 막시미치." 그의 대답은 이랬다.

"맙소사, 맙소사! 어딜 가려고 이렇게 서두르는 거요……? 하고 싶
은 말이 얼마나 많은데…… 물어볼 건 또 얼마나 많고…… 그래, 어
떻소? 퇴역은 한 거요……? 어떻소……? 어떻게 지냈소?"

"권태로웠지요!" 페초린은 미소를 지으며 대답했다.

"요새에서 우리가 어떻게 지냈는지 기억나오? 사냥을 하기에 안성
맞춤인 나라지요……! 당신은 또 총 쏘며 사냥하는 걸 무척 좋아했지
않소…… 벨라는 또 어떻고……?"

페초린은 살짝 창백해지더니 고개를 돌려버렸다……

"예, 기억나는군요!" 이렇게 말을 하긴 했지만, 거의 즉시 억지로
하품을 했다……

막심 막시미치는 두 시간만 더 함께 있어달라며 그를 조르기 시작
했다.

"멋진 식사를 합시다. 나한테 꿩이 두 마리 있소. 여기 카헤티야산
포도주도 일품이오…… 물론 그루지야산과는 다르지만, 그래도 훌륭
한 것이라오…… 우리 이런저런 얘기도 나누고…… 나한테 페테르부
르크에서 어떻게 살았는지 얘기해주는 거요…… 어……?"

"사실, 저는 할 얘기가 없습니다, 친애하는 막심 막시미치…… 그나저나 안녕히 계십시오, 그만 가봐야겠습니다…… 갈 길이 바빠서요…… 저를 잊지 않으셨다니 고맙군요……" 그가 그의 손을 붙잡으며 덧붙였다.

노인은 미간을 찌푸렸다…… 내색하지 않으려고 애썼지만 슬프고 화가 났던 것이리라. "잊다니!" 그가 버럭 소리를 질렀다. "나는 아무것도 잊지 않았소…… 그럼, 잘 가시오……! 당신과 이런 식으로 만나리라곤 생각도 못했구먼……"

"자, 됐어요, 됐습니다!" 페초린은 이렇게 말하며 그에게 우정 어린 포옹을 해주었다. "정말로 제가 그렇게 딴사람이 됐습니까……? 어쩌겠습니까……? 누구에게나 자기 길이 있는걸…… 다시 만날 수 있을지 누가 알겠습니까……!" 이 말을 할 때 그는 이미 마차에 탄 상태였고, 마부는 이미 고삐를 죄기 시작했다.

"잠깐, 잠깐만!" 갑자기 막심 막시미치가 마차 문을 붙잡으며 소리쳤다. "하마터면 깜박 잊을 뻔했군…… 나한테 당신의 종잇장들이 남아 있소, 그리고리 알렉산드로비치…… 내가 그걸 갖고 다니는 것은…… 당신을 그루지야에서 찾을 수 있을 거라고 생각했기 때문인데, 보시다시피 하느님이 이런 데서 만나도록 해주셨군요…… 그것들을 어떻게 할까요……?"

"마음대로 하시죠!" 페초린이 대답했다. "그럼, 안녕히 계십시오……"

"그럼 페르시아로 가는 거요……? 언제 돌아오시오……?" 막심 막시미치는 뒤에서 계속 소리쳤다……

마차는 이미 멀리 떠났다. 페초린은 한 손을 까딱했는데, 그것은 이렇게 옮길 수 있겠다. 설마 돌아올까! 더군다나 뭐하러……!

이미 오래전부터 방울 소리도, 자갈길을 달리는 바퀴 소리도 들리지 않았건만, 불쌍한 노인은 깊이 생각에 잠긴 채 계속 그 자리에 서 있었다.

"그렇군." 이윽고 그가 입을 열었다. 신경질이 밴 눈물 방울이 때때로 그의 속눈썹 위에서 반짝였지만 아무렇지도 않은 듯한 표정을 지으려고 애썼다. "물론 우리는 친구였지만, 뭐, 요즘 같은 시대에 친구라는 게 뭐 별거요……! 그 사람이 나한테 뭐 우려먹을 게 있겠소? 돈이 많은 것도 아니지, 관직이 높은 것도 아니지, 게다가 나이도 전혀 안 맞지…… 세상에, 다시 페테르부르크에 갔다 오더니 엄청난 멋쟁이가 됐어…… 마차는 또 어떻고……! 짐은 또 어찌나 많은지…… 하인 녀석도 오만하기 짝이 없어……!" 이 말들이 비아냥거리는 미소와 함께 쏟아져 나왔다. "이봐요." 그는 나를 보며 계속 말했다. "그래, 이런 걸 어떻게 생각하시오……? 그래, 저 사람은 지금 무슨 바람이 불어서 페르시아에 가는 거요……? 웃겨, 정말 웃기는군……! 나는 그가 가망 없는 바람둥이라는 걸 늘 알고 있었어요…… 사실 좀 안됐지만, 그는 끝이 좋지 않을 거요…… 달리 수가 있나……! 나도 늘 말했지만, 옛 친구를 쉽게 잊는 사람이 잘될 리 없지……!" 여기서 그는 흥분을 감추기 위해 몸을 돌리더니 자기 짐마차 옆으로 마당을 이리저리 걷기 시작했는데, 바퀴를 살펴보는 척했지만 두 눈에는 쉴새 없이 눈물이 맺혔다.

"막심 막시미치." 그에게 다가가며 내가 말했다. "페초린이 당신에게 남겨둔 그 종잇장들이란 대체 뭡니까?"

"누가 알겠소! 무슨 수기 같던데……"

"그걸 어떻게 하실 겁니까?"

"뭘 어떻게 해요? 탄약통이나 잔뜩 만들라고 명령할 거요."

"차라리 나한테 주시지요."

그는 놀랍다는 듯 나를 바라보며 잇새로 뭐라고 중얼거리더니 트렁크를 뒤지기 시작했다. 그러고는 공책 한 권을 꺼내서 경멸스럽다는 듯 땅바닥으로 던졌다. 두번째, 세번째, 열번째 공책도 똑같은 신세가됐다. 그의 신경질에는 뭔가 어린아이다운 구석이 있었다. 나는 우스우면서도 안쓰러워졌다……

"자, 이게 전부요. 이런 횡재를 하다니, 축하드리오……"

"그럼 내 마음대로 해도 될까요?"

"신문에라도 싣든지요. 나랑 무슨 상관이오……! 아니, 내가 뭐 그의 친구요……? 아니면 친척이오? 사실 우리는 오랫동안 한 지붕 밑에서 살긴 했지요…… 하지만 내가 함께 지낸 사람이 어디 한둘인가……?"

나는 종잇장들을 주웠고, 이등대위가 후회할까 봐 걱정이 돼서 얼른 가져갔다. 곧 사람들이 우리에게 와서, 한 시간 뒤면 오카지야가 출발할 것이라고 알렸다. 나는 말을 매라고 명령했다. 이등대위는 내가 모자를 쓰고 있을 때 방으로 들어왔다. 그는 출발할 준비가 안 된 듯했다. 어쩐지 억지로 냉랭한 모습을 보이기도 했다.

"막심 막시미치, 안 떠나십니까?"

"예."

"아니, 왜요?"

"사령관을 아직 못 봤소, 그에게 무슨 관용 물자를 건네줘야 하는데."

"하지만 그 사람한테 갔잖습니까?"

"갔지요, 물론." 그가 우물대며 말했다…… "한데 집에 없더라고요…… 나도 기다리질 않았고."

나는 그의 말을 이해했다. 이 가련한 노인은 아마 난생 처음으로, 서류상의 언어로 말해 사적인 필요 때문에 공적인 업무를 내팽개쳤던 것이다. 그런 그가 받은 대접이란!

"정말 유감입니다. 예정보다 일찍 헤어져야 하다니, 막심 막시미치, 정말 유감이군요." 내가 그에게 말했다.

"우리 같은 일자무식 늙은이들이 어디 감히 당신네들 꽁무니를 쫓아다니겠소……! 당신은 어엿한 사교계 젊은이요. 체르케스의 총알 세례를 받는 동안에는 그럭저럭 어울려주지만…… 나중에 만나면 우리한테 손을 내미는 것도 창피해하지."

"나는 그런 꾸중을 들을 짓은 안 했는데요, 막심 막시미치."

"그야 그렇지만, 말을 하다 보니 그만. 어떻든 별 탈 없이 즐거운 여행하시길."

우리는 꽤 서먹서먹하게 헤어졌다. 사람 좋은 막심 막시미치가 고집불통에 트집이나 잡는 이등대위가 된 것이다! 더군다나 무엇 때문인가? 그가 페초린의 목을 껴안으려고 했을 때 페초린이 어리둥절하여 혹은 다른 이유 때문에 그에게 손만 삐죽 내밀었기 때문이다! 청년이 자신의 훌륭한 희망과 꿈을 상실하는 것을, 그에게 세상사와 인간

의 감정을 바라보게 해주었던 장밋빛 베일이 그의 앞에서 걷히는 것
을 목도하는 것은 슬픈 일이다. 설령 그가 해묵은 방황을 새로운, 그
못지않게 덧없지만 대신 그 못지않게 달콤한 방황으로 바꿀 희망이
있을지라도…… 하지만 막심 막시미치와 같은 나이라면 그것을 무엇
으로 바꾸겠는가? 어쩔 수 없이 마음은 무뎌지고 영혼도 닫힐 것이
다……

나는 혼자 떠났다.

페초린의 일지

서문

최근에 페초린이 페르시아에서 돌아오는 길에 사망했다는 것을 알게 됐다. 이 소식에 나는 무척 기뻤다. 덕택에 이 수기를 발표할 수 있는 권리를 얻은 셈이므로, 나 자신의 이름을 타인의 작품 밑에 기입할 수 있는 기회를 십분 활용했다. 독자들은 부디, 이런 순진한 사기극을 비난하지 마시길.

이제 내가 결코 알지도 못했던 한 인간의 마음속 비밀을 대중에게 공개하도록 나를 부추긴 원인에 대해 약간의 설명을 해야겠다. 내가 그의 친구였더라면 더 좋았을 것이다. 진정한 친구의 약삭빠르고 거침없는 태도는 누구나 이해할 만하지 않은가. 하지만 나는 그를 큰길에서 내 평생 딱 한 번 보았을 따름이다. 때문에 그에게 저 설명할 길 없는 증오를 품을 수도 없는데, 그런 증오란 우정이라는 가면을 쓴 채 사랑하는 대상의 머리 위에 책망과 충고와 조롱과 동정을 우박처럼 퍼붓기 위해 그의 죽음이나 불행만을 바라는 법이다.

이 수기를 다시 읽으며 나는 자기 자신의 약점과 죄악을 이토록 무자비하게 밖으로 드러낸 자의 진실함에 관해서는 확신을 가졌다. 인간 영혼의 역사는, 비록 그것이 아무리 하찮은 영혼일지라도, 민족 전체의 역사 못지않게 흥미진진하고 유익한 것이다. 특히 그것이 성숙한 지성이 자기 자신을 관찰한 결과일 때, 또 그것이 관심이나 놀라움을 불러일으키려는, 허영심 가득한 소망 없이 쓰인 것일 때는 더더욱. 루소의 『고백록』은 친구에게 읽어주었다는 것만으로도 이미 결함이 있는 셈이다.

그리하여 오직 남에게 유익하리라는 소망 하나로 나는 우연히 내 손에 떨어진 이 일지의 단편(斷篇)을 발표하게 되었다. 고유명사는 전부 바꾸었지만 여기서 얘기되는 사람들은 분명히 자기 얘기인 줄 알 것이고, 이제는 이미 이 세상과 아무런 공통점도 없는 인간을 지금까지 비난하게 만들었던 행동들에 대한 그 나름의 변명을 발견할지도 모르겠다. 우리는 거의 언제나, 우리가 이해하는 것을 용서해주지 않는가.

나는 이 책에 페초린의 캅카스 체류와 관련된 것만을 실었다. 사실 내 손에는 그가 자신의 일평생을 이야기해주는 두툼한 공책이 한 권 더 있다. 언젠가 그것도 모습을 드러내, 세상의 심판에 맡겨질 것이다. 하지만 지금은 많은 중대한 이유로 인해 감히 이런 책임까지 스스로 떠맡을 용기가 없다.

아마 몇몇 독자들은 페초린의 성격에 대한 나의 견해를 알고 싶을지도 모르겠다. 나의 대답인즉, 이 책의 제목과 같다. "이건 또 무슨 고약한 아이러니인가!" 이렇게들 말하겠지. 나는 잘 모르겠다.

1. 타만

타만은 러시아의 해안 도시를 통틀어 가장 추악한 도시이다. 내가 거의 굶어 죽을 뻔하고 덧붙여 물에 빠져 죽을 뻔했던 곳이기도 하다. 나는 역마차를 타고 밤늦게야 그곳에 도착했다. 마부는 지친 트로이카를 도시 입구에 있는 유일한 석조 건물의 대문 앞에 세웠다. 보초병은 흑해 출신의 카자크였는데, 방울 소리를 듣자 잠결에 거친 목소리로 "누구요?" 하고 소리쳤다. 하사관과 상등병이 나왔다. 그들에게 나는 장교이며 공무수행차 파견 부대에 가는 길이라고 설명한 뒤 관용 숙소를 요구했다. 상등병은 우리를 도시 여기저기로 데리고 다녔다. 어느 농가를 가든 다 차 있었다. 날씨도 춥고 사흘 동안 잠도 못 자고 죽도록 고생만 했기 때문에 나는 화를 내기 시작했다. "아무 데나 좀 데려다 줘, 이 강도 같은 놈아! 악마한테라도 좋으니 어디 좀 쉴 데로!" 내가 소리쳤다. "한 군데 더 있긴 한데요." 상등병이 목덜미를 긁적이며 대답했다. "다만 장교님 마음에 안 들걸요, 거긴 불결하거든요!" 마지막 말의 정확한 뜻을 이해하지 못한 채 나는 그에게 앞장서라고 명령했다. 좌우로 낡은 담장만 보이는 지저분한 골목을 오랫동안 헤맨 끝에 우리는 바닷가에 붙어 있는 조그만 오두막 앞에 이르렀다.

보름달이 나의 새 거처의 갈대 지붕과 하얀 담벼락을 비추었다. 조약돌 담장에 둘러싸인 마당에는 또 다른 오두막이 삐뚜름하게 서 있었는데 첫번째 것보다 더 작고 더 낡은 것이었다. 그 오두막의 담장 거의 바로 옆에서 해안선이 절벽처럼 바다로 내리뻗었고, 아래쪽에서는 검푸른 파도가 끊임없이 철썩거렸다. 달은 불안하지만 자기에게 순종하는 자연의 요동을 조용히 바라보았다. 그리고 나는 달빛이 비치는 가운데 해안에서 멀리 떨어진 곳에 떠 있는 배 두 척을 알아볼 수 있었는데, 그 검은 삭구가 창백한 수평선 위로 거미집 모양의 윤곽을 드리우고 있었다. '배가 부두에 와 있군. 내일 겔렌지크로 떠나야지.' 나는 생각했다.

상비군 카자크 한 명이 나의 당번병 노릇을 해주었다. 나는 그에게 트렁크를 꺼내놓고 마부를 돌려보내라고 명령한 뒤 주인을 부르기 시작했다. 응답이 없었다. 노크를 해봤지만 그래도 응답은 없으니…… 이게 또 뭐람? 마침내 현관에서 열네 살쯤 된 소년이 어슬렁거리며 나왔다.

"주인은 어디 있나?"

"없어요."*

"뭐? 아주 없다는 거냐?"

"예."

"안주인은?"

"마을에 갔어요."

"그럼 대체 누가 나한테 문을 열어줄 거냐?"

이렇게 말하며 나는 한 발로 문을 툭 쳤다. 문은 저절로 열렸다. 오두막에서는 눅눅한 습기가 배어 나왔다. 나는 성냥을 켜서 소년의 코 근처로 가져갔다. 성냥불이 하얀 두 눈을 비추어주었다. 그는 장님, 그것도 선천적으로 완전히 장님이었다. 그는 내 앞에 꼼짝도 않고 서 있었고, 나는 그의 이목구비를 뜯어보기 시작했다.

솔직히, 나는 장님, 애꾸눈, 귀머거리, 벙어리, 다리 없는 자, 팔 없는 자, 꼽추 등에 대해서는 모두 심한 편견이 있다. 내가 관찰한 바로, 인간의 외모와 그 영혼 사이에는 늘 어떤 이상한 관계가 존재한다. 마치 신체의 일부를 상실하면 영혼도 어떤 감각을 상실하는 것처럼 말이다.

그리하여 나는 장님의 얼굴을 뜯어보기 시작했다. 하지만 눈이 없는 인간의 얼굴에서 무엇을 읽어낼 수 있겠는가? 나도 모르게 동정심이 생겨 오랫동안 그를 바라보게 되었는데, 갑자기 그의 얇은 입술에 보일락 말락 미소가 스쳐 지나갔고, 왠지는 모르겠지만, 그것이 나에게 아주 불쾌한 느낌을 주었다. 내 머릿속에서는, 이 장님이 언뜻 보이는 것처럼 심각하게 눈이 멀지는 않은 게 아닐까, 라는 의구심이 생겨났다. 백내장인 척하는 건 불가능하다고, 또 무슨 목적으로 그러겠

---

* 페초린과 대화할 때 장님 소년은 우크라이나, 즉 소(小)러시아 방언을 쓴다.

냐고 스스로를 애써 설득해보았지만 헛수고였다. 하지만 어쩌랴? 쉽사리 편견에 사로잡히는 것이 내 성향인걸……

"너는 여기 안주인의 아들이냐?" 내가 마침내 그에게 물었다. "아니요." "그럼 누구야?" "고아에다 병신이죠." "그럼 안주인한테는 아이들이 있나?" "없어요. 딸이 있었는데 타타르 남자랑 바다 너머로 도망쳤어요." "타타르 남자라니, 어떤 놈이었는데?" "나 참, 알 게 뭐람! 크림 출신의 타타르였어요, 케르치에서 온 뱃사람이고."

나는 오두막 안으로 들어갔다. 긴 의자 두 개와 탁자, 그리고 벽난로 옆 큰 궤짝이 가구의 전부였다. 벽에는 성상이라곤 하나도 없었다. 불길한 징조다! 깨진 유리창을 통해 바닷바람이 들어왔다. 나는 트렁크에서 양초 토막을 꺼내 불을 밝히고 짐을 풀기 시작했는데, 검과 총은 구석에 세워두고 권총은 탁자 위에 올려놓았다. 그러고는 긴 의자 위에 망토를 깔았고, 카자크는 다른 의자에 자기 망토를 깔았다. 10분 뒤 그는 코를 곯기 시작했지만, 나는 잠들지 못했다. 내 눈앞의 암흑 속에서는 줄곧 하얀 눈의 소년이 맴돌았던 것이다.

그렇게 한 시간 정도가 지났다. 달이 창문을 비추었고 달빛이 오두막의 흙바닥을 따라 노닐었다. 갑자기 흙바닥을 가로지르는 밝은 줄무늬 위로 그림자가 어른거렸다. 나는 자리에서 일어나 창문을 보았다. 누군가가 두번째로 창문 옆을 지나 뛰어가더니 아무도 알 수 없는 곳으로 숨어버렸다. 이 생명체가 바닷가 절벽을 뛰어 내려갔다고는 생각할 수 없었지만 달리 몸을 숨길 곳이 없었다. 나는 자리에서 일어나 베시메트를 걸치고 단검을 허리에 찬 뒤 살금살금 오두막을 빠져나갔다. 그때 맞은편에서 장님 소년이 걸어오고 있었다. 나는 담장 옆으로 몸을 숨겼고, 그는 자신은 있지만 그래도 조심스러운 걸음걸이로 내 옆을 지나갔다. 겨드랑이 밑에는 무슨 보따리를 낀 채 부두 쪽으로 방향을 튼 뒤 경사가 급한 좁은 오솔길을 내려가기 시작했다. 그날에는 벙어리들이 울부짖고 눈먼 자들이 세상을 보리라.* 나는 이런 생각을 한 뒤, 시야에서 놓치지 않을 만큼의 거리를 유지하며 그의 뒤를 밟았다.

그러는 동안에 달이 먹구름에 휩싸이기 시작했고 바다에는 안개가 자욱이 깔렸다. 안개 사이로 가까이 있는 배의 선미에 밝혀놓은 등불이 보일락 말락 반짝였다. 파도는 쉴 새 없이 바닷가의 뭉우리돌에 부딪혀 물거품을 뿜어내며 배를 집어삼킬 듯 위협했다. 내가 힘겹게 내려가 가파른 비탈을 용케 빠져나오고 나서 보니 장님은 걸음을 멈춘 다음 저지대를 지나 오른쪽으로 방향을 꺾었다. 바닷물에서 너무 가까웠기 때문에 금방이라도 파도가 그를 집어삼켜 어디론가 데려가버릴 것만 같았다. 하지만 자신 있게 이 돌에서 저 돌로 발을 내딛고 울퉁불퉁한 곳을 잘 피하는 것으로 봐서 초행길은 아닌 모양이었다. 마침내 그는 걸음을 멈추었고, 뭔가에 귀를 기울이는 양 땅바닥에 앉아 보따리를 자기 옆에 놓았다. 나는 바닷가의 돌출된 절벽 뒤로 몸을 숨긴 채 그의 행동을 관찰했다. 몇 분 뒤, 맞은편에서 하얀 형상이 나타나더니, 장님 쪽으로 다가가 그 옆에 앉았다. 이따금씩 바람이 그들의 대화를 나에게 실어다주었다.

"뭐야, 이 장님 녀석아? 폭풍우가 심하잖아. 얀코는 오지 않을 거야." 여자 목소리가 말했다. "얀코는 폭풍우 따윈 두려워하지 않아."

*「이사야서」 29장 18절의 변형.

94

상대방이 대답했다. "안개가 더 짙어지네." 또다시 여자 목소리가 슬픔이 깃든 어조로 반박했다. "안개가 자욱하면 경비정을 통과하기는 더 쉬워." 그의 대답이었다. "그러다 가라앉으면?" "뭐, 그럼 어때? 너는 일요일에 새 리본을 매지 않고 교회에 가는 거지."

침묵이 잇따랐다. 그런데 충격적인 사실이 하나 있었다. 나와는 소러시아 방언으로 얘기하던 장님이 지금은 멀쩡한 러시아어로 대화를 나누는 게 아닌가.

"거봐, 내 말이 맞잖아." 장님이 손뼉을 탁 치며 또다시 말했다. "얀코는 바다도, 바람도, 안개도, 경비정도 두려워하지 않는다니까. 귀를 좀 기울여봐. 저건 바닷물이 출렁대는 소리가 아니야. 나를 속일 순 없지. 저건 그가 기다란 노를 젓는 소리야."

여자는 벌떡 일어나더니, 불안한 표정을 지으며 저 먼 곳을 살펴보기 시작했다.

"헛소리를 하는구나, 이 장님 녀석이. 내 눈에는 아무것도 안 보이는걸." 그녀가 말했다.

솔직히, 나도 저 멀리서 무슨 보트 비슷한 것이 있나 보려고 무진장 애를 썼지만 소용없었다. 그렇게 10분 정도가 지났다. 그때 산처럼 솟은 파도 사이로 검은 점 하나가 나타났다. 그것은 커지는가 하면 또 작아졌다. 느릿느릿 파도의 등선 위로 천천히 올라가다가 또 급속도로 내려오면서, 보트 한 척이 해안가로 다가왔다. 이런 밤에 20베르스타나 되는 해협을 건널 결심을 한 항해자는 실로 용감한 자이며, 그로 하여금 그렇게 하도록 추동한 원인도 역시 분명히 중대한 것이리라! 이렇게 생각하며, 나는 나도 모르게 고동치는 가슴을 안고 초라한 보트를 바라보았다. 한데 그것은 오리처럼 물속으로 들어갔다가 얼른 튀어나온 다음, 날개를 퍼덕이듯 재빨리 노를 저으며 파도가 물거품을 튀기는 가운데 심연으로부터 솟아올랐다. 저러다 곧 해안의 절벽에 맹렬히 부딪혀 산산조각 날 것이라고 나는 생각했다. 하지만 그것은 날렵하게 옆으로 방향을 틀어, 상처도 입지 않은 채 작은 만으로 헤엄쳐 들어왔다. 보트에서는 중키쯤 되는, 타타르식 양털 모자를 쓴 사람이 한 명 나왔다. 그가 한 손을 흔들었고, 그런 다음엔 세 사람이 모두 보트에서 뭔가를 끌어내기 시작했다. 짐이 대단히 컸는데, 보트가 어떻게 가라앉지 않았는지 지금도 이해가 안 된다. 그들은 어깨에 한 보따리씩 짊어진 채 해안가를 따라 갔고, 나는 곧 그들을 시야에서 놓쳐버렸다. 집으로 돌아갈 수밖에 없었다. 하지만 솔직히, 이 이상한 일들 때문에 심히 동요되는 바람에 참 힘겹게 아침을 맞이했다.

나의 카자크는 잠에서 깨어나, 내가 옷을 다 입고 있는 것을 보고는 깜짝 놀랐다. 그래도 나는 그에게 그 이유는 이야기하지 않았다. 얼마 동안 창밖으로 조각구름이 군데군데 떠 있는 푸른 하늘을, 보랏빛 선처럼 쭉 뻗어나가 벼랑으로 끝나는 크림의 먼 해안을, 또 벼랑 끝에 등대 탑이 하얗게 어리는 풍경을 감상한 뒤, 나는 사령관에게 겔렌지크로 출발할 수 있는 시각을 알아보기 위해 파나고리야 요새로 떠났다.

하지만 어쩌랴! 사령관도 나에게 확답을 해줄 수 있는 형편이 아니었다. 부두에 정박해 있는 선박은 전부 다 경비정이거나 상선으로 아직 선적도 시작하지 않은 상태였다. "사나흘쯤 지나면 화물선이 올 거요. 그때 봅시다." 사령관이 말했다. 나는 침울하고 골이 난 상태로 집에 돌아왔다. 문가에서 나의 카자크가 경악한 표정을 지으며 나를 맞아주었다.

"일이 잘 안 됐군요, 장교님!" 그가 나에게 말했다.

"그래, 이 사람아, 우리가 언제 이곳을 떠나게 될지 누가 알겠나!" 그러자 그는 더욱더 불안해했으며, 나를 향해 몸을 기울이며 귀엣말로 말했다.

"여기는 불결해요! 오늘 흑해의 하사관을 만났어요. 작년에 같은 부대에 있었기 때문에 아는 사이거든요. 우리가 묵고 있는 곳을 말해주자마자 그는 대뜸 '거기는, 이봐, 불결한 곳이야, 사람들도 좋지 않고……!' 하더군요. 아닌 게 아니라 정말 저 장님은 뭡니까! 사방팔방을 혼자서 싸돌아다녀요. 시장까지 가서 빵도 사 오고 물도 사 오고…… 이곳에서는 다들 저런 것에 익숙해진 모양이에요."

"자, 그래서? 최소한 안주인이라도 얼굴을 내밀던가?"

"오늘 장교님이 없을 때 노파가 왔어요, 딸도 함께요."

"딸이라니? 노파는 딸이 없는데."

"딸이 아니라면 그 여자가 누군지 어찌 알겠어요. 노파는 지금 저쪽 자기 오두막에 있어요."

나는 오두막 안으로 들어갔다. 안이 후끈할 정도로 벽난로를 데워놓았는데, 거기서 가난뱅이들치고는 상당히 호화로운 음식이 끓고 있었다. 노파는 나의 모든 질문에 자기는 귀가 먹어서 알아듣지 못한다고 대답했다. 그녀를 어찌할 수 있었겠는가! 나는 벽난로 앞에 앉아 불 속에 삭정이를 던져 넣고 있는 장님에게 말을 걸었다. "이봐, 악마 같은 장님 새끼." 나는 그의 귀를 잡아당기며 말했다. "말해봐, 너 밤에 보따리를 들고 어딜 쏘다녔던 거야, 어?" 그러자 나의 장님은 갑자기 울음을 터뜨리며 소리치고 넋두리를 늘어놓았다. "가긴 어딜 가요……? 아무 데도 안 갔는데…… 보따리라니요? 무슨 보따리요?"

노파가 이번에는 소리를 알아듣고서 투덜대기 시작했다. "세상에 생각하는 것하곤, 그것도 이런 병신을 두고! 아니, 왜 애를 못살게 굴어요? 애가 나리한테 무슨 짓을 했다고?" 나는 이런 짓거리에 넌덜머리가 나서, 이 수수께끼의 열쇠를 꼭 손에 넣으리라고 단단히 결심하며 밖으로 나왔다.

나는 망토를 몸에 두른 채 담장 옆 돌 위에 앉아 먼 곳을 바라보았다. 내 앞에는 파도치는 바다가 한밤의 폭풍우처럼 펼쳐졌고, 잠들어가는 도시의 불평처럼 단조로운 이 소음이 나에게 옛 시절을 상기시키며 나의 상념을 북쪽으로, 우리의 차가운 수도로 데려갔다. 추억에 흥분한 나는 상념에 잠겼다…… 그렇게 한 시간쯤, 어쩌면 조금 더 많은 시간이 지났다…… 갑자기 노래와도 비슷한 뭔가가 나의 귀를 자극했다. 그것은 정말로 노래였고 게다가 여자의 생기로운 목소리였다. 하지만 어디서 들려오는 거지……? 귀를 기울여보니 이상한 노랫가락, 늘어지고 구슬픈가 하면 또 빠르고 경쾌한 노랫가락이다. 주위를 둘러보지만 아무도 없다. 또다시 귀를 기울여보니 소리는 꼭 하늘에서 떨어지는 것 같다. 나는 눈을 들어 올렸다. 나의 오두막 지붕 위에 줄무늬 원피스를 입은 처녀가 머리를 풀어헤친 채 서 있는 것이 아닌가. 진짜 루살카*였다. 손바닥으로 햇빛을 가리며 그녀는 주의 깊게

* 러시아 민담에 나오는 물의 요정.

98

먼 곳을 응시하고 있었는데, 웃기도 하고 혼잣말로 뭐라고 하기도 하
면서 또다시 노래를 부르기 시작했다.

　나는 그 노래를 가사 하나하나까지 다 외웠다.

　자유분방한 자유를 따라 ─
　푸른 바다를 따라
　배들이, 하얀 돛단배들이
　　늘 오가는구나.
　저 배들 사이로
　나의 작은 배는
　삭구도 없이
　　두 개의 노를 저으며 오누나.
　폭풍우가 이려나 ─
　낡은 배들이
　날개를 펼치며
　　바다를 질주하네.
　나는 몸을 숙여
　　바다에 인사할 테야.
　"사악한 바다여,
　　나의 작은 배를 건드리지 말아줘요.
　나의 배는 귀한 물건을
　싣고 온답니다.
　캄캄한 밤, 그 배를 젓는 이는

용맹한 사나이."

문득 나도 모르게, 간밤에도 똑같은 목소리를 들었다는 생각이 들었다. 잠깐 동안 생각에 잠겼다가 다시 지붕을 올려다봤을 때는 처녀는 거기 없었다. 갑자기 그녀는 뭔가 다른 노래를 흥얼거리며 내 곁을 뛰어 지나갔고, 손가락을 튕기며 노파의 방으로 뛰어 들어갔는데, 곧 그들 사이에서 말다툼이 시작됐다. 노파는 화를 내고 처녀는 큰 소리로 깔깔댔다. 보니까, 다시 나의 운디네*가 폴짝폴짝 뛰어간다. 내가 서 있는 곳까지 오자 그녀는 걸음을 멈추고서 흡사 내가 여기 있는 것에 깜짝 놀랐다는 듯 나의 눈을 주의 깊게 들여다보았다. 그런 다음엔 태연히 몸을 돌려, 조용히 부두로 갔다. 일은 그걸로 끝나지 않았다. 그녀는 하루 종일 내 숙소 주위를 맴돌았다. 노래와 뜀박질도 잠시도 그치지 않았다. 이상야릇한 존재로다! 그녀의 얼굴에는 광기의 징후는 조금도 없었다. 오히려 그녀의 두 눈은 날렵한 날카로움을 뿜내며 나에게 꽂히곤 했다. 이 눈은 어떤 자력을 부여받은 양, 매번 질문을 기다리는 듯했다. 하지만 내가 말을 꺼내기가 무섭게, 그녀는 약삭빠른 미소를 지으며 달아나버렸다.

단연코, 나는 이런 여자를 한 번도 본 적이 없었다. 그녀는 결코 미인은 아니었지만, 미에 대해서도 역시나 나는 편견이 있다. 거기에는 많은 혈통이 있었다…… 여자의 혈통이란 말의 경우처럼 중대한 문제다. 이런 발견을 한 것은 젊은 프랑스**다. 그것, 즉 젊은 프랑스인

---

* 독일 민담에 나오는 물의 요정.
** 위고를 비롯한 낭만주의 경향의 프랑스 시인, 작가들을 말함.

이 아니라 혈통은 대부분 걸음걸이와 손발을 통해 드러난다. 특히 코가 대단히 많은 것을 의미한다. 오뚝한 코는 러시아에서 작은 발보다 더 찾기 힘들다. 나의 가수는 많아야 열여덟 살쯤 된 것 같았다. 이례적일 만큼 유연한 몸매, 오직 그녀만이 갖고 있는, 고개를 갸우뚱하는 독특한 몸놀림, 긴 아마빛 머리카락, 목과 어깨의 살짝 탄 피부에 어리는 황금빛 윤기, 유난히 오뚝한 코. 이 모든 것이 나를 사로잡기에 충분했다. 비록 그녀의 비스듬한 시선에서 나는 뭔가 거칠고 미심쩍은 것을 읽어냈지만, 또 그녀의 미소에는 뭔가 알 수 없는 것이 있었지만, 그럼에도 편견의 힘이란 그런 것이다. 오뚝한 코가 나를 미치게 만들었던 것이다. 나는 괴테의 미뇽*을 찾았노라고 상상했다. 이것은 그의 독일적 상상력이 만들어낸 경이로운 창조물이었으되, 정말로 이들 사이에는 닮은 점이 많았다. 대단히 불안한 상태에서 완전한 부동의 상태로의 급속한 전환, 저 수수께끼 같은 말들, 저 뜀박질들, 저 이상야릇한 노래들······

저녁 무렵 나는 그녀를 문가에 세워놓고 다음과 같은 대화를 이끌어갔다.

"이봐, 예쁜 아가씨, 오늘 지붕 위에서 뭘 한 거지?" 내가 물었다. "바람이 어디서 불어오는지 봤지요." "그게 왜 필요하지?" "바람이 불어오는 곳에서 행복도 불어오니까요." "무슨 말이야? 아니, 노래를 불러 행복을 초대한 거야?" "노래가 있는 곳에 행복도 있지요." "혹시 노래를 부르다 슬픔을 초대하면 어떡하지?" "뭐 어때요? 좋아지지 않

---

* 괴테의 『빌헬름 마이스터의 수업시대』에 나오는 소녀.

으면 나빠지겠지만, 인간사 어차피 새옹지마인걸." "누가 너한테 이 노래를 가르쳐줬지?" "누가 가르쳐준 게 아니에요. 생각나는 대로 부르는 거죠. 들리는 사람은 그냥 듣는 거고, 듣지 못하는 사람은 못 듣는 거고." "이름은 뭐야, 가수 아가씨?" "세례를 해준 사람이 알겠죠." "누가 세례를 해줬는데?" "내가 어떻게 알아요?" "거참 비밀도 많은 여자군! 그런데 말이야, 내가 너에 대해 뭔가 알아낸 게 있지." (그녀는 숫제 자기 일이 아닌 듯 얼굴색도 변하지 않고 입술을 달싹이지도 않았다.) "네가 어젯밤에 바닷가에 나갔다는 걸 알고 있어." 그러고서 나는 그녀를 당황하게 만들려고 어제 봤던 모든 일을 잔뜩 무게를 잡고 이야기했지만, 어림 반 푼어치도 없었다! 그녀는 목청껏 깔깔 웃어 댔다. "많은 걸 봤지만 아는 것도 별로 없는 양반, 그나마 아는 건 자물쇠를 꼭 채워두시길." "가령 내가 사령관한테 가서 밀고할 생각이라도 한다면?" 이 말을 하면서 나는 몹시 진지한, 심지어 엄격한 표정을 지었다. 그녀는 갑자기 폴짝 뛰어오르더니 노래를 부르기 시작했고, 관목 숲에서 쫓겨난 새처럼 자취를 감추었다. 나의 마지막 말은 영 부적절한 것이었다. 그때는 그 말이 얼마나 중요한지 생각도 못했지만, 나중에 가서는 톡톡히 후회할 일이 생겼다.

날이 어둑해지자마자 나는 카자크에게 행군용 찻주전자를 데우라고 한 뒤 촛불을 밝히고 탁자 옆에 앉아 여행용 파이프 담배를 피웠다. 차를 두 잔째 다 마셨을 때 갑자기 문이 삐거덕거리며 원피스 자락이 가볍게 살랑거리는 소리와 발소리가 내 뒤에서 들려왔다. 나는 떨면서 뒤돌아보았다. 그녀, 나의 운디네가 거기 있는 것이 아닌가! 그녀는 내 맞은편에 조용히, 말없이 앉아 나에게로 시선을 고정했는데, 왠지 모르지만, 이 시선이 경이롭고 다정하게 느껴졌다. 그것은 그 옛날 나의 삶을 그토록 함부로 희롱하던 시선들 중 하나를 상기시켰다. 그녀는 대답을 기다리는 것 같았지만, 나는 설명할 수 없는 당혹감에 가득 차서 침묵했다. 그녀의 얼굴은 심리적 흥분을 드러내는 흐릿한 창백함에 싸여 있었다. 손은 목적 없이 탁자 위를 배회했는데, 나는 그 손에 가벼운 전율이 이는 것을 보았다. 그녀의 가슴은 높이 치솟는가 하면, 또 숨을 참는 양 잦아들기도 했다. 이 코미디가 슬슬 싫증난 나는 가장 산문적인 방식으로, 즉 그녀에게 차 한 잔을 권함으로써 이 침묵을 중단할 준비를 했다. 그때 갑자기 그녀가 폴짝 뛰어올라 두 팔로 내 목을 휘감았고 촉촉하고 뜨거운 키스가 나의 입술 위로 울려 퍼졌다. 나는 눈앞이 캄캄해지고 머리가 핑 도는 가운데, 청년 같은 열정으로 온 힘을 다해 그녀를 꽉 껴안았다. 하지만 그녀는 뱀처럼 나의 품을 빠져나가며 나의 귀에 대고 "오늘 밤에 모두가 잠들면 바닷가로 나와요."라고 속삭였다. 그러곤 쏜살같이 방에서 뛰어나갔다. 그 바람에 현관 바닥에 있던 찻주전자와 촛불이 넘어졌다. "에이, 악마 같은 계집년!" 짚 더미에 자리를 잡고서 차 찌꺼기로 몸을 데우려던 카자크가 소리쳤다. 그제야 나는 정신이 퍼뜩 들었다.

2시간쯤 뒤, 부두가 온통 잠잠해졌을 때 나는 나의 카자크를 깨웠다. "내가 총을 쏘면 바닷가로 뛰어와." 나는 그에게 말했다. 그는 눈을 크게 뜨고 "알겠습니다, 장교님"이라고 기계적으로 대답했다. 나는 권총을 허리띠에 쑤셔 넣고 밖으로 나갔다. 그녀는 비탈 끝에서 나를 기다렸다. 훨씬 가벼운 옷차림에 작은 숄로 날씬한 허리를 감은 채.

"나를 따라와요." 그녀가 나의 손을 잡으며 말했다. 우리는 아래로 내려가기 시작했다. 내가 어떻게 큰 사고를 당하지 않았는지 모르겠다. 어쨌든 아래로 내려간 우리는 오른쪽으로 돌아, 전날 밤 내가 장님을 미행했던 그 길을 따라 걷기 시작했다. 아직 달이 뜨지 않아, 별 두 개만이 두 개의 등대마냥 검푸른 하늘에서 반짝이고 있었다. 육중한 파도가 규칙적이고 고르게 잇따라 철썩거리자 해안가에 매어둔 외로운 보트가 조금씩 들썩였다. "보트로 올라가요." 나의 길벗이 말했다. 나는 망설였다. 감상에 젖어 바다나 거니는 것은 전혀 즐기지 않았기 때문이다. 하지만 물러설 때도 아니었다. 그녀는 보트로 뛰어올랐고 나는 그녀의 뒤를 따랐는데, 채 정신을 차리기도 전에 우리가 바다 위를 떠가고 있음을 알아챘다. "이게 무슨 뜻이야?" 내가 화를 내며 말했다. "무슨 뜻이냐면," 그녀가 나를 의자에 앉히고 나의 몸통을 팔로 휘감으며 대답했다. "이건 내가 자기를 사랑한다는 뜻이지……" 그녀의 뺨이 나의 뺨에 찰싹 들러붙자 나는 얼굴에 닿는 그녀의 뜨거운 숨결을 느꼈다. 갑자기 뭔가가 요란스레 물속으로 풍덩 빠졌다. 허리를 만져보니 권총이 없는 게 아닌가. 오, 그 순간 끔찍한 의심이 나의 영혼 속을 파고들고 피가 거꾸로 치솟았다! 주위를 둘러보니 해안가로부터 50사젠 정도나 떨어져 있는데, 나는 수영도 할 줄 모른단 말이다! 그녀를 밀쳐내려고 했지만 그녀는 고양이처럼 내 옷에 매달렸다. 갑자기 나는 힘껏 떠밀리면서 바다에 빠질 뻔했다. 보트가 흔들거렸지만 나는 몸을 추슬렀다. 우리 사이에는 필사적인 싸움이 시작됐다. 미칠 듯한 분노 덕분에 힘이 솟았음에도 나는 곧 나의 적수의 날렵함에는 당해내지 못할 것임을 깨달았다…… "원하는 게 뭐야?" 나는 그녀의 조그만 두 손을 꽉 쥐면서 소리쳤다. 손가락이 아스러지는 소리가 났지만 그녀는 비명 한번 지르지 않았다. 뱀 같은 천성 덕분에 이 고문을 견뎌낼 수 있었던 것이리라.

"당신은 보고야 말았어. 밀고를 할 테지!" 그녀가 대답했다. 그러고는 초자연적인 힘을 발휘하여 나를 뱃전으로 넘어뜨렸다. 우리는 둘 다 상체가 보트 밖으로 밀려나 있었고, 그녀의 머리카락이 물에 닿았다. 결정적인 순간이었다. 나는 무릎으로 바닥을 짚은 뒤 한 손으론 그녀의 머리채를, 다른 손으론 목을 거머쥐었는데, 그녀가 내 옷을 놓치는 순간 나는 그녀를 얼른 파도 속으로 던져 넣었다.

이미 상당히 어두웠다. 그녀의 머리가 바다의 물거품 사이로 두어 번 어른거렸지만 더 이상은 아무것도 보이지 않았다.

보트 밑바닥에서 나는 낡아빠진 노의 반쪽을 발견하여, 오랜 노력 끝에 간신히 부두에 닿았다. 나의 오두막을 향해 바닷가를 따라 힘겹게 걷자니, 나도 모르게 전날 밤 장님이 한밤의 항해자를 기다리던 저쪽을 눈여겨보게 되었다. 하늘에는 이미 달이 떴고, 내 눈에는 꼭 누군가가 하얀 옷을 입고 바닷가에 앉아 있는 것만 같았다. 나는 호기심에 사로잡혀서 살그머니 그리로 다가가 바닷가 절벽 위 풀밭에 엎드렸다. 고개를 약간 내밀자 아래에서 일어나는 일이 전부 다 잘 보였는데, 나의 루살카를 알아보곤 별로 놀라지도 않았을뿐더러 거의 기쁘기까지 했다. 그녀는 긴 머리카락에서 물거품을 짜내고 있었다. 루바시카*가 물에 젖어, 그녀의 유연한 몸매와 봉긋이 솟은 젖가슴의 윤곽이 도드라졌다. 곧 멀리서 보트가 나타나더니 빠른 속도로 다가왔

---

* 와이셔츠와 비슷한 상의.

다. 거기서 전날 밤처럼 타타르식 모자를 쓴 사람이 나왔는데, 머리는 카자크식으로 짧게 잘랐고 혁대 뒤로 큰 칼이 삐져나와 있었다. "얀코, 모든 게 끝장이야!" 그녀가 말했다. 그다음에도 그들의 대화는 이어졌지만 워낙 조용히 말했기 때문에 아무것도 알아들을 수 없었다. "장님은 어디 있지?" 마침내 얀코가 목소리를 높이며 말했다. "심부름을 보냈어." 그녀의 대답이었다. 몇 분 뒤 장님이 등에 자루를 짊어지고 나타났는데, 그 자루는 곧 보트에 실렸다.

"잘 들어, 장님!" 얀코가 말했다. "너는 그곳을 지키고 있어…… 알겠지? 거기에는 값비싼 물건들이 있거든…… 또 ○○한테(이름은 알아듣지 못했다) 전해, 나는 더 이상 그놈의 하인이 아니라고 말이야. 일이 꼬여서 그놈은 더 이상 나를 못 볼 거다. 지금은 위험해. 다른 곳에 일감을 찾으러 갈 테지만, 그놈도 나처럼 배짱 두둑한 놈은 찾지 못할걸. 품삯만 좀 잘 쳐주었어도 얀코는 그놈을 버리지 않았을 거라는 말도 전해줘. 바람이 불고 바다가 출렁이는 곳이라면 나에겐 어디나 길이 있단 말씀!" 잠시 침묵이 흐른 뒤 얀코는 말을 이어나갔다. "이 여자는 나와 함께 떠난다, 여기 있으면 안 되거든. 노파에게는 죽을 때가 됐다고, 그만큼 살았으면 염치도 있어야 된다고 전해. 노파도 더 이상 우리를 못 볼 테지."

"그럼 나는?" 장님이 처량한 목소리로 말했다.

"나한테 네가 왜 필요하겠어?" 대답이었다.

그러는 동안 나의 운디네는 보트 위로 뛰어올라 동료에게 한 손을 흔들었다. 그는 장님의 손에 뭔가를 쥐여주며 말했다. "자, 당밀과자나 사 먹어." "이게 다야?" 장님이 말했다. "뭐, 그럼 좀 더 주지." 동전 하나가 떨어지면서 돌멩이에 부딪혀 쨍그랑거렸다. 장님은 그것을 줍지도 않았다. 얀코는 보트에 탔고, 바닷가에서 바람이 불어오는 가운데 그들은 작은 돛을 올리고 급히 떠나갔다. 하얀 돛단배가 달빛을 받아 어두운 파도 사이로 오랫동안 어른거렸다. 장님은 계속 바닷가에 앉아 있었는데, 곧 어쩐지 흐느끼는 것 같은 소리가 내 귀에 들려왔다. 장님 소년은 정말로 엉엉 울고 있었다. 오래, 오랫동안…… 나는 슬퍼졌다. 대체 왜 운명은 나를 저 성실한 밀수업자의 평화로운 무리 속에 던져 넣은 걸까? 잔잔한 샘물에 던져진 돌멩이처럼 나는 그들의 평온을 뒤흔들어놓았고, 나 자신도 그 돌멩이처럼 밑바닥에 떨어질 뻔하지 않았는가!

나는 집으로 돌아왔다. 현관에서는 다 타버린 양초가 나무접시 위에서 빠지직 소리를 냈고, 나의 카자크는 나의 명령에도 불구하고 두 손으로 소총을 쥔 채 깊은 잠에 빠져 있었다. 나는 그를 그냥 내버려둔 채 양초를 들고 오두막 안으로 갔다. 이런! 나의 보석함, 은테를 두른 검, 다게스탄제 단검 — 친구의 선물이었다 — 모든 것이 사라져버렸다. 그제야 나는 그 빌어먹을 장님 녀석이 끌고 가던 물건이 무엇이었는지를 깨달았다. 제법 무례하게 카자크를 흔들어 깨운 뒤 욕설을 퍼붓고 화를 냈지만 어쩔 수가 없었다! 장님 소년이 내 물건을 훔쳤고 열여덟 살짜리 처녀가 하마터면 나를 물에 빠뜨릴 뻔했다고 상부에 보고한다는 것은 정말 우습지 않은가? 다행히 아침 녘엔 떠날 수 있게 됐고, 나는 타만을 등졌다. 노파와 가엾은 장님이 어떻게 됐는지는 모른다. 하긴, 나 같은 떠돌이, 더욱이 공무수행차 역마권을 갖고 떠도는 나 같은 장교에게 인간사의 기쁨과 불행이 무슨 소용이람……!

제2부

2. 공작 영애 메리

5월 11일

어제 나는 퍄티고르스크에 도착하여 도시의 변두리, 마슈크 산기슭의 가장 높은 곳에 집을 얻었다. 천둥 번개가 칠 때는 비구름이 지붕까지 내려올 것 같은 집이었다. 지금, 새벽 다섯시, 창문을 열자 나의 방은 소박한 꽃밭에서 자라는 꽃들의 향기로 가득 찼다. 꽃을 피운 앵두나무 가지들이 나의 창문을 바라보고 있고, 이따금씩 바람이 나의 책상에 그 하얀 꽃잎들을 흩뿌려준다. 내 방에서 3면으로 보이는 경치가 경이롭다. 서쪽으론 봉우리가 다섯 개인 베시투 산이 '흩어진 폭풍우의 마지막 먹구름'*처럼 푸르다. 북쪽으론 마슈크 산이 페르시아 털모자처럼 치솟아, 지평선의 이쪽 부분을 전부 가린다. 동쪽을 바라보면 더 즐겁다. 아래쪽에서는 산뜻하고 새로운 도시가 내 눈앞으로 화려하게 펼쳐진다. 약수터의 샘물 소리와 다양한 언어를 쓰는 군중의 소리가 소란스럽고, 저쪽 멀리서는 산들이 점점 더 푸르게, 또 점점 더 짙어지는 안개에 휩싸인 채 원형극장처럼 겹겹이 쌓여 있으며, 지평선 끝에는 눈 덮인 산봉우리들이 카즈베크 산에서 시작하여 봉우리가 두 개인 엘브루스 산을 끝으로 은빛 쇠사슬처럼 이어진다……이런 땅에서 사는 것은 즐거운 일이다! 왠지 기쁜 감정이 나의 온 혈관에 흘러넘쳤다. 공기는 어린아이의 뽀뽀처럼 깨끗하고 신선하다. 또 태양은 환하고 하늘은 푸르니, 더 이상 무엇이 필요할까? 이런데 대체 왜 열정이며 소망이며 동정이 필요하단 말인가? 그나저나 때가 됐다. 엘리자베틴스키 샘에 가보자. 아침이면 온천장 사교계가 전부 거기에 모인다니까……

도시의 중심지로 내려가면서 나는 산책로로 걸어갔는데, 그곳에서 천천히 산을 오르고 있는, 슬픈 표정을 한 몇몇 무리를 만났다. 대부분이 초원 지역의 지주 가족이었다. 남편들의 다 해진 구식 프록코트와 아내와 딸들의 세련된 옷차림을 보면 금방 그런 줄 알 수 있었다. 보아하니 그들은 이미 **온천장** 젊은이들에 대해 속속들이 꿰고 있는 모양이었는데, 다정한 호기심이 담긴 시선으로 나를 바라봤기 때문이다. 내 프록코트의 디자인이 페테르부르크식이라 그들은 잠깐 긴가민가했지만, 고작 전열보병의 견장**을 단 것을 보고는 분개하며 몸을

---

* 푸시킨의 시 「먹구름」(1835)에서 인용.
** 기병대에서 보병대로 좌천됐다는 뜻임.

돌려버렸다.

이 지역 권력자들의 부인들, 말하자면 온천장의 여주인들은 좀 더 호의적이었다. 그들은 오페라글라스도 있고 제복에도 신경을 좀 덜 쓰고, 캅카스에서 군번이 새겨진 단추 밑에 감추어진 열렬한 가슴을 만나는 것에, 하얀 군모 밑에 감추어진 교양 있는 지성을 만나는 것에 익숙했다. 이 부인들은 아주 사랑스럽다. 두고두고 사랑스러울 것이다! 그들의 숭배자들은 매년 새롭게 바뀌는데, 어쩌면 여기에 그들의 지칠 줄 모르는 상냥함의 비밀이 있는지도 모르겠다. 좁은 오솔길을 따라 엘리자베틴스키 샘으로 내려가면서 나는 한 무리의 문관과 무관을 앞질렀다. 나중에 알게 된 바로는, 그들은 온천의 효험을 기대하는 자들 틈에서 특수한 계층에 속한다. 그들은 온천수가 아니라 술을 마시고 산책도 거의 하지 않고 그저 호시탐탐 여자들 뒤꽁무니만 쫓아다닌다. 또 카드놀이나 하면서 지루하다고 불평한다. 그들은 허풍스러운 멋쟁이이다. 왕골 커버를 씌운 컵을 탄산유황수 우물로 내려보낼 때도 학자연하는 포즈를 취하는 위인들이다. 문관들은 하늘색 넥타이를 매고 있고, 군인들은 제복 깃 밑으로 레이스 장식을 내놓고 있다. 그들은 시골집에 대한 깊은 경멸을 토로하면서, 그들을 받아주지 않는 수도의 귀족 살롱이 그리워 한숨을 내쉰다.

자, 마침내, 우물이다……! 이 근처 공터에는 목욕탕 위에 붉은 지붕이 달린 작은 건물이 서 있고, 좀 멀리 떨어진 곳에는 비 올 때 산책을 할 수 있는 회랑이 있다. 부상당한 몇몇 장교들이 목발을 접고서 다들 창백하고 슬픈 모습으로 의자에 앉아 있다. 몇몇 부인들은 온천의 효험을 기대하며 잰걸음으로 공터를 앞뒤로 오갔다. 그중에는 두

세 명의 예쁜 얼굴도 있었다. 마슈크 산의 비탈을 덮은 포도나무길 아래로, 때때로 둘만의 고독을 즐기는 여자들의 화려한 모자가 어른거렸는데, 이런 모자 곁에서는 늘 군모나 볼썽사나운 둥근 모자를 발견할 수 있었다. 아이올로스의 하프라고 불리는 정자가 있는 가파른 절벽에는 자연 경관을 즐기는 사람들이 수시로 나타나 망원경을 옐브루스 산 쪽으로 돌렸다. 그들 중에는 가정교사가 둘 있었는데, 연주창*을 치료하러 온 제자들과 함께였다.

나는 산기슭에서 걸음을 멈추고 숨을 헐떡이며 작은 건물의 모퉁이에 몸을 기댄 채 그림 같은 주변 경치를 살펴보기 시작했는데, 갑자기 등 뒤로 귀에 익은 목소리가 들렸다.

"페초린! 여기 온 지 오래됐나?"

뒤를 돌아보니 그루시니츠키다! 우리는 서로 얼싸안았다. 그와 알게 된 건 작전 중인 부대에서였다. 그는 다리에 총상을 입어 나보다 일주일쯤 먼저 온천장으로 떠났다.

그루시니츠키는 사관 후보생이다. 그는 군복무를 한 지 겨우 1년밖에 안 됐지만, 좀 유난스레 멋을 부린다고 두툼한 군용 외투를 걸치고 다닌다. 사병용 게오르게 십자 훈장도 있다. 그는 체격이 좋고 거무스름한 피부에 머리카락도 검다. 그냥 보기에는 스물다섯 살 정도는 되었을 것 같지만, 실은 이제 겨우 스물한 살밖에 안 됐다. 말을 할 때는 머리를 뒤로 젖히고, 오른손으론 목발을 짚고 있으니까 왼손으로 시시각각 콧수염을 배배 꼰다. 말은 거들먹거리며 빨리 하는 편이다. 그

---

* 갑상샘종이 헐어서 터진 부스럼.

는 인생의 특정한 경우에 걸맞은 미사여구가 늘 갖춰져 있는 부류에 속하는데, 그냥 아름다운 것에는 감동하지 않고 근엄을 떨며 예사롭지 않은 감정과 고양된 열정, 이례적인 고통에 시달리는 척 굴어댄다. 좌중에 모종의 효과를 불러일으키는 것이 그들의 쾌락이기도 하다. 고로, 낭만적인 촌뜨기들은 그를 미치도록 좋아한다. 나이가 들면 이런 치들은 온화한 지주가 되거나 술주정뱅이가 되는데, 이따금씩은 둘 다가 되기도 한다. 그들의 영혼 속에는 자주 선량한 자질이 많이 깃들어 있지만 시적인 구석이라곤 조금도 없다. 그루시니츠키는 낭독조로 말하는 것을 무척 좋아했다. 그는 대화가 일상적인 개념의 영역을 벗어나기가 무섭게 상대방에게 말 세례를 퍼붓는 위인이었다. 그래서 나는 그와는 결코 논쟁이라는 것을 벌일 수 없었다. 그는 상대방의 반박에 대답도 하지 않고, 상대방의 말을 듣지도 않는다. 상대방이 말을 멈추기가 무섭게 기나긴 장광설을 늘어놓기 시작하는데, 상대방이 말한 것과 어떻게 연관되는 것처럼 보이지만 실은 자기 말의 연장일 뿐이다.

그는 재치가 제법 풍부하다. 그가 내뱉는 경구는 종종 익살스럽기도 하다. 하지만 절대로 핵심을 찌르지는 못하거니와 독설과는 거리가 멀다. 고로 절대 한마디 말로써 사람을 옴짝달싹 못하게 만들지는 못할 것이다. 그는 평생 동안 자기 자신에게만 매달렸기 때문에 사람들을, 그리고 사람들의 맹점을 알지 못한다. 그의 목적은 소설의 주인공이 되는 것이다. 자기가 평화를 위해 창조된 존재가 아니라 어떤 비밀스러운 고뇌를 겪을 운명을 타고난 존재라는 사실을 남에게 너무 자주 확신시키려고 노력한 탓에, 그 자신도 거의 그렇게 확신하게 되었다. 그 때문에 두툼한 군용 외투를 그토록 떳떳하게 걸치고 다녔던 것이다. 나는 그라는 인간을 잘 알고, 그래서 그는 나를 좋아하지 않는다. 비록 겉으론 우리 둘 다 아주 우정 어린 관계를 유지하고 있지만 말이다. 그루시니츠키는 뛰어난 용사로서 명성이 자자하다. 나는 전투 중에 그를 본 적이 있다. 그는 검을 휘두르고 고함을 지르며 앞으로 돌진하지만, 눈은 슬쩍 감은 상태다. 이것은 어딘지 러시아적인 용맹함은 아니다……!

나도 역시 그를 좋아하지 않는다. 언젠가는 외나무다리에서 부딪히게 될 것 같은, 그래서 우리 중 하나는 기필코 안 좋은 꼴을 당할 것 같은 느낌이 든다.

그가 캅카스에 온 것도 역시나 그의 낭만적인 환상의 결과물이다. 확신하건대, 아버지의 마을을 떠나기 전날 그는 음울한 표정을 지으며 어느 예쁘장한 이웃 여자에게 단순히 군복무를 하러 가는 것이 아니라 죽음을 찾아가는 것이라고 말했을 것이며 "그 이유인즉"이라고 하면서…… 여기서 그는 분명히 한 손으로 눈을 가리고 "됐습니다, 당신이 (혹은 네가) 그 이유를 알아서는 안 됩니다! 당신의 순결한 영혼이 전율하고 말 테니까요! 더군다나 그럴 필요가 어디 있습니까? 내가 당신에게 뭐라고? 당신이 나를 이해하시겠습니까……?" 등의 말을 늘어놓았을 것이다.

자기를 K 부대에 들어가도록 추동한 원인은 영원토록 그 자신과 하늘만 아는 비밀로 남을 것이라고 나에게 그가 직접 말한 적도 있다.

하지만 비극적인 망토를 벗어던지는 순간의 그루시니츠키는 제법 귀엽고 익살스럽다. 나는 그가 여자들과 함께 있는 모습을 몹시 보고 싶다. 내 생각으론, 사실 여기에서야말로 여자들과 어울리려고 안간 힘을 쓰는 것 같으니까!

우리는 오랜 친구로서 만났다. 나는 그에게 온천장의 생활양식과 주목할 만한 인물에 대해 이것저것 캐묻기 시작했다.

"우리는 상당히 산문적인 생활을 하고 있다네." 그가 이렇게 말하며 한숨을 내쉬었다. "아침에 온천수를 마시는 자들은 모든 환자처럼 비실비실하고, 저녁에 포도주를 마시는 자들은 모든 건강한 사람처럼 참을 수 없지. 여성 사교계도 있기는 하지만, 단, 그들한테서는 별로 큰 재미를 볼 수 없다네. 그들은 휘스트*나 하고 옷차림도 볼품없고 프랑스어 실력도 끔찍하지. 올해는 모스크바에서 한 명이, 그러니까 리곱스카야 공작부인이 딸을 데리고 왔을 뿐이야. 하지만 나는 그들과 모르는 사이야. 나의 군용 외투는 거부의 낙인 같은 것이거든. 그것이 불러일으키는 관심은 적선만큼이나 무겁지."

그 순간, 두 명의 부인이 우리 곁을 지나 우물 쪽으로 갔다. 한 명은 중년이고 다른 한 명은 젊고 날씬했다. 그들의 얼굴은 모자에 가려서 알아보지 못했지만, 옷차림은 훌륭한 취향과 규칙에 따라 엄격히 갖춰진 것이었다. 쓸데없는 것은 아무것도 없으니 말이다! 두번째 여성은 가슴팍이 덮이는 gris de perles(연한 회색) 원피스를 입고 날씬한 목에 가벼운 실크 스카프를 두르고 있었다. couleur puce(불그스름한) 앵클부츠가 그녀의 가느다란 발목을 너무도 사랑스럽게 조여주어서, 아름다움의 비밀에는 별 조예가 없는 사람조차 하다못해 놀라

---

* 카드놀이의 일종.

워서라도 반드시 감탄을 내질렀을 것이다. 경쾌하면서도 귀족적인 걸음걸이에는 뭐라 꼬집어 말하기는 힘들지만 직접 보면 금방 알 수 있는, 왠지 처녀다운 데가 있었다. 우리 곁을 지나갈 때는 그녀에게서 설명할 수 없는 향기가, 사랑스러운 여자의 짤막한 편지에서 이따금씩 뿜어 나오는 향기가 풍겼다.

"저쪽이 리곱스카야 공작부인일세." 그루시니츠키가 말했다. "함께 있는 여자는 딸인데, 영국식으로 메리라고 부르지. 여기 온 지 겨우 사흘째야."

"그런데도 자네는 벌써 그녀의 이름을 알고 있는 건가?"

"응, 우연히 들었어." 그는 얼굴을 붉히며 대답했다. "솔직히 나는 저들과 안면을 트고 싶은 마음은 없어. 저런 오만한 귀족은 우리 보병들을 야만인처럼 바라보지. 군번이 찍힌 군모 밑의 지성과 두툼한 외투 밑의 가슴이 저들에게 무슨 상관이겠나?"

"불쌍한 외투 같으니!" 내가 히죽 웃으며 말했다. "저들 쪽으로 다가가 저렇게 굽실거리며 물 컵을 내미는 저 사람은 누구인가?"

"오! 저자는 모스크바의 멋쟁이 라예비치야! 노름꾼이지. 푸른색 조끼에 달려 있는 굵직한 금줄만 봐도 바로 알 수 있잖나. 저 굵은 지팡이는 또 뭔지. 영락없이 로빈슨 크루소야! 게다가 턱수염은 또 웬 말이며 머리 모양은 à la moujik(농사꾼 스타일)이군."

"자네는 인류 전체에 반감을 품은 모양이군."

"그럴 만한 이유가 있다네……"

"오! 정말인가?"

그때 부인들은 우물을 떠나 우리 쪽까지 와 있었다. 그루시니츠키가 때마침 목발의 도움을 받아 극적인 포즈를 취하며 나를 향해 프랑스어로 우렁차게 대답했다.

"Mon cher, je haïs les hommes pour ne pas les mépriser, car autrement la vie serait une farce trop dégoûtante(이보게, 내가 사람들을 증오하는 것은 그들을 경멸하지 않기 위해서라네. 그렇지 않으면 인생은 너무나 역겨운 소극笑劇이 될 테니까)."

예쁘장한 공작 영애가 이쪽으로 몸을 돌리더니 연사에게 한참 동안 호기심 어린 시선을 선사했다. 이 시선의 표정은 몹시 애매했지만 비웃는 것은 아니었으므로, 이 점에 대해 나는 마음속 깊이 그를 축하해주었다.

"저 공작 영애 메리는 굉장히 예쁜걸." 내가 그에게 말했다. "눈이 벨벳이야, 그야말로 벨벳이라고. 충고 한마디 하자면, 그녀의 눈에 대해 얘기할 때는 이 표현을 가져다 쓰도록 하게. 아래위 속눈썹도 어찌나 긴지, 그녀의 눈동자에는 햇빛도 비치지 않겠어. 나는 저렇게 광채 없는 눈이 좋아. 저런 눈은 너무나 부드러워서 꼭 상대방을 어루만져주는 것 같거든…… 어쨌거나 그녀의 얼굴에는 좋은 것밖에 없는 것 같군…… 한데, 참, 이는 하얀가? 이건 굉장히 중요해! 그녀가 자네의 화려한 미사여구에 미소를 보이지 않은 게 유감이야."

"자네는 예쁜 여자를 두고 꼭 영국 말을 논하듯 얘기하는군." 그루시니츠키가 분개하며 말했다.

나는 그의 어조를 흉내 내려고 애쓰면서 대답했다. "Mon cher, je méprise les femmes pour ne pas les aimer, car autrement la vie serait un mélodrame trop ridicule(내가 여자들을 경멸하는 건 그들

을 사랑하지 않기 위해서라네. 그렇지 않으면 인생은 너무나 우스운 멜로드라마가 될 테니까)."

나는 몸을 돌려 그의 곁을 떠났다. 반 시간쯤 포도나무길과 관목이 우거진 석회암바위길을 산책했다. 날이 더워지자 서둘러 집으로 돌아갔다. 탄산유황수 샘 옆을 지나면서 나는 그늘 밑에서 잠시 숨을 돌리려고 지붕이 있는 회랑 옆에서 걸음을 멈추었는데, 덕분에 상당히 흥미진진한 장면의 목격자가 되었다. 등장인물들은 바로 다음과 같은 상태였다. 공작부인은 모스크바의 멋쟁이와 함께 지붕이 있는 회랑의 의자에 앉아 있었고, 둘 다 진지한 대화를 나누는 것 같았다. 공작 영애는 분명히 마지막 컵을 다 마시고서 생각에 잠긴 채 우물가를 거닐고 있었던 것이리라. 그루시니츠키는 우물 옆에 서 있었다. 공터에는 더 이상 아무도 없었다.

나는 좀 더 가까이 다가가 회랑의 모퉁이 뒤로 몸을 숨겼다. 그 순간, 그루시니츠키는 컵을 모래 위에 떨어뜨렸고 그것을 줍기 위해 몸을 굽히느라 애를 쓰는 중이었다. 부상당한 다리가 속을 썩였기 때문이다. 불쌍한 놈! 목발을 짚은 채 아무리 용을 써도 소용없었다. 표정이 풍부한 그의 얼굴에는 정말로 고통스러움이 나타났다.

공작 영애 메리는 이 모든 것을 나보다 더 잘 보았다.

그녀는 새보다 더 가볍게 그에게로 뛰어가더니, 몸을 숙이고 컵을 주워서는 말로 표현할 수 없을 만큼 매력적인 몸놀림을 뽐내며 그에게 내밀었다. 그러곤 홍당무처럼 얼굴을 붉히며 회랑 쪽을 둘러봤는데, 엄마가 아무것도 보지 못했다고 확신하자 금방 안심하는 것 같았다. 그루시니츠키가 감사를 표하기 위해 입을 열었을 때 그녀는 이미 멀리 가 있었다. 잠시 뒤 그녀는 어머니, 또 그 멋쟁이와 함께 회랑을 나왔지만, 그루시니츠키 곁을 지날 때는 너무나 깍듯하고 근엄한 태도를 취했으며 심지어 고개도 돌리지 않았다. 또 심지어, 언덕을 내려가 산책로의 보리수 뒤로 사라질 때까지 오랫동안 그녀를 배웅하는 그의 열렬한 시선도 알아채지 못했다…… 하지만 곧 그녀의 모자가 길 건너편에서 어른거렸다. 그녀는 퍄티고르스크에서 가장 훌륭한 축에 속하는 집의 대문 안으로 뛰어 들어갔다. 그녀 뒤로 공작부인이 걸어가며 대문 옆에서 라예비치와 작별 인사를 나누었다.

그제야 비로소 열정에 사로잡힌 가엾은 사관 후보생은 나의 존재를 알아차렸다.

"봤나?" 그가 내 손을 꽉 쥐며 말했다. "정말 천사야!"

"왜?" 나는 그야말로 순진무구한 척 굴며 물었다.

"정말 못 봤단 말인가?"

"아니, 봤네. 그녀가 자네의 컵을 주워주었지. 그 자리에 문지기가 있었더라도 똑같이 했을 걸세. 그것도 보드카 값이라도 받아낼 욕심에 더 서둘러 해줬을 테지. 하지만 그녀가 자네를 가여워한 건 충분히 이해할 만해. 총알에 관통당한 다리로 걸음을 내디딜 때 얼굴에 정말 오만상을 다 썼으니까……"

"그럼 자네는 조금도 감동을 받지 않았다는 건가, 그 순간 그녀의 영혼이 그 얼굴에 드리워져 반짝이는 모습을 보면서도……?"

"물론이지."

나는 거짓말을 했다. 하지만 그를 길길이 날뛰게 하고 싶었다. 나는 뭐든 반대하는 데 타고난 열정이 있다. 나의 인생은 오롯이, 가슴이나 이성에 대한 슬프고 불운한 모순들의 사슬일 따름이었다. 열광자라도 옆에 있으면 주현절* 한파를 맞은 양 오한이 인다. 내 생각으론 시들시들하고 무기력한 자와 자주 사귀었다면 열정적인 몽상가가 되었을지도 모르겠다. 더욱 솔직히 말하자면, 불쾌하지만 익숙한 감정이 그 순간 나의 가슴을 훑고 지나갔다. 그 감정은 질투였다. 내가 용감하게 '질투'라고 말하는 것은 스스로에게 모든 것을 고백하는 데.익숙해졌기 때문이다. 괜히 신경이 쓰이는 여자를 만났건만 그녀가 갑자기 그가 있는 데서 다른 남자, 역시나 그녀로선 낯선 남자에게 특별히 관심을 표명하는 것을 보고서 불쾌한 충격을 받지 않을 청년이 과연 있을까. (물론 화려한 사교계 생활을 했고 자존심을 얼러주는 데 익숙해진) 청년이라면 과연 그러지 않을 수 있을까.

　나와 그루시니츠키는 말없이 산을 내려와서, 산책로를 따라 걸으며 우리의 미인이 모습을 감춘 집의 창문 옆을 지나갔다. 그녀는 창가에 앉아 있었다. 그루시니츠키는 내 손을 잡아당긴 뒤 그녀에게 몽롱하고도 부드러운 시선을 던졌는데, 이런 유의 시선은 여자에게는 거의 효과가 없는 법이다. 나는 그녀 쪽으로 오페라글라스를 갖다 댔고, 그녀가 그의 시선 때문에 미소를 지었지만 나의 뻔뻔스러운 오페라글라스 때문에 장난 아니게 화가 났다는 사실을 알아챘다. 정말로, 캅카스의 보병이 어떻게 감히 모스크바의 공작 영애에게 유리알 따위를 갖다 댈 수 있겠는가……?

---

* 1월 6일, 가톨릭 혹은 감독교회에서 지키는 축절.

5월 13일

방금 아침 녘에 의사가 나의 집에 들렀다. 이름은 베르너지만 러시아인이다. 그렇다고 뭐 놀랄 게 있겠는가? 나는 이바노프라는 사람을 알았는데, 그는 독일인이었다.

베르너는 많은 이유에서 뛰어난 사람이다. 그는 거의 모든 의사가다 그렇듯 회의론자에 유물론자지만 더불어 시인이기도 하다. 이건 진담으로 하는 말인데, 비록 평생 시라곤 단 두 줄도 써본 적이 없지만 행동에 있어서는 늘, 또 종종 말을 함에 있어서도 시인이다. 그는 시체의 혈관을 연구하듯 인간 가슴의 모든 살아 있는 선들을 연구했지만 결코 그 지식을 이용할 줄은 몰랐다. 이러니까 뛰어난 해부학자가 열병도 고치지 못하는 일이 더러 있는 것이다. 보통 베르너는 자기 환자들을 은근히 비웃었지만, 한번은 그가 죽어가는 사병 때문에 우는 것을 본 적도 있다. 그는 가난하고 일확천금을 꿈꾸었지만 돈을 위해 쓸데없는 걸음을 할 위인은 아니었다. 한번은 친구에게 은혜를 베푸느니 차라리 원수에게 베풀겠노라고 말한 적이 있는데, 전자의 경우는 자선을 파는 것을 의미할 테지만 반면 후자의 경우에는 원수의 관대함에 비례하여 증오가 증대할 따름이기 때문이다. 그는 독설가였다. 그의 경구 때문에 속물적인 바보로 이름을 날리게 된 호인이 한둘이 아니다. 그의 경쟁자들, 질투심 많은 온천의 의료인들은 그가 자기 환자들에 대한 캐리커처를 유포하고 있다는 식의 소문을 퍼뜨렸고, 환자들은 백지장처럼 새하얗게 질려서는 거의 대부분 그를 거부했다. 그의 친구들, 즉 캅카스에 근무하던, 진정으로 점잖은 사람들이 전부

나서서 추락한 그의 신용을 회복하기 위해 노력했으나 헛수고였다.

외모로 말하자면, 그는 첫눈에는 불쾌한 인상을 안겨주지만 나중에 차츰 눈에 익숙해져 그 고르지 못한 이목구비에서 산전수전 다 겪은, 드높은 영혼의 각인을 읽게 되면 오히려 마음에 드는 부류에 속했다. 여자들이 이런 사람들을 미칠 듯 사랑하여, 그들의 추함을 가장 생기 있는 장밋빛 엔디미온*들의 아름다움과도 바꾸려 들지 않는 예도 더러 있었다. 이 경우에는 여자들의 정당함을 인정해줘야 한다. 영혼의 아름다움을 읽어내는 본능이 있는 것이니 말이다. 바로 이 때문에 베르너 같은 사람들은 여자들을 그토록 열렬히 사랑하는 것이리라.

베르너는 키가 작고 말랐으며 어린아이처럼 허약했다. 또 바이런처럼 한쪽 다리가 다른 다리보다 짧았으며, 몸통에 비해 머리가 지나치게 큰 것 같았다. 머리는 짧게 깎았는데, 그 때문에 그의 울퉁불퉁한 두상이 그대로 드러나, 서로 어긋나는 경사각의 이상한 결합이 가히 골상학자에게 충격을 안겨줄 법했다. 작고 검은 두 눈은 늘 불안을 담은 채 상대방의 생각을 꿰뚫으려고 애썼다. 옷차림에 관한 한 썩 괜찮은 취향과 단정함이 돋보였는데, 핏줄이 불거진, 작고 여윈 손에 밝은 노란색 장갑을 끼곤 했다. 그의 프록코트, 넥타이, 조끼는 항상 검은색이었다. 젊은이들은 그에게 메피스토펠레스라는 별명을 붙였다. 그는 이 별명에 화를 내는 척했지만, 실은 은근히 자존심의 만족을 얻었다. 우리는 서로를 아주 빨리 이해했고 친구가 됐는데, 사실 나는 우정을 쌓는 데는 별로 재능이 없는 위인이다. 친구 사이에서 둘 중 한

---

* 그리스 신화에 나오는 미소년.

명은 늘 상대의 노예이다, 비록 그들 중 누구도 이 점을 인정하지 않는 일이 종종 있지만. 노예라면 나는 될 수 없고, 또 이런 경우에는 명령하는 것도 몹시 피곤한 일인데 명령하는 동시에 상대를 기만해야 하기 때문이다. 더군다나 나에게는 하인과 돈이 있잖은가! 자, 그럼 우리는 어떻게 친구가 됐을까. 나는 베르너를 S라는 곳에서, 북적대고 떠들썩한 젊은이들의 모임에서 만났다. 저녁 모임이 끝날 무렵, 대화는 철학적이고 형이상학적인 방향으로 흘렀다. 신념에 대한 논의가 오갔다. 각자 이런저런 신념을 갖고 있었다.

"나로 말할 것 같으면, 확신하는 것은 딱 한 가지입니다." 의사가 말했다.

"뭡니까?" 지금까지 침묵을 고수해온 이 사람의 견해를 알고 싶어서 내가 물었다.

"뭐냐면, 조만간 어느 아름다운 아침에 내가 죽을 것이라는 사실입니다."

"내가 당신보다 더 부자군요." 내가 말했다. "나는 그것 말고도 신념이 하나 더 있거든요. 다름 아니라 아주 더러운 어느 날 저녁에 내가 태어나는 불행을 겪었다는 사실입니다."

다들 우리가 시시껄렁한 소리나 지껄인다고 생각했지만, 사실 그들 중 아무도 이보다 더 현명한 말은 하지 못했다. 그 순간부터 우리는 군중 속에서 서로에게 특별한 관심을 보였다. 종종 함께 어울렸고 단둘이서 추상적인 주제에 대해 몹시 진지하게 논하기도 했다. 하지만 우리가 서로를 공히 속이고 있음을 인지하지 못하는 동안에만 그랬다. 그걸 인지하게 되자, 우리는—키케로*의 말에 따르면 로마의 점쟁이들이 그렇게 했다는데—서로의 눈을 의미심장하게 들여다본 다음 껄껄 웃음을 터뜨리고 실컷 웃고 나서 그날 저녁에 만족한 채로 헤어졌다.

베르너가 내 방으로 들어왔을 때 나는 양손으로 팔베개를 하고 천장을 응시하며 소파에 누워 있었다. 그는 안락의자에 앉았고 지팡이를 한구석에 세웠고 하품을 했고 밖이 더워지고 있다고 말했다. 나는 파리가 성가셔 죽겠다고 대답했다. 그러고선 우리 둘 다 입을 다물었다.

"아시겠습니까, 의사 선생." 내가 말했다. "바보가 없다면 세상은 정말 지루할 겁니다……! 자, 한번 봅시다. 자, 여기에 우리 같은 현명한 사람이 둘 있으면 말입니다. 우리는 모든 것에 대해 끊임없이 논쟁할 수 있다는 것을 미리 알고 있고, 그래서 논쟁을 하지 않습니다. 서로의 은밀한 생각들도 거의 모두 알고 있기 때문에 한 마디 말이 곧 우리에게는 그 이야기 전체가 되는 셈입니다. 세 겹의 껍질에 싸여 있는 우리 각자의 감정의 씨앗이 보이는 거죠. 우리에겐 슬픈 것은 우습고 우스운 것은 슬프지만, 말이야 바른 말이지, 대체로 우리는 우리 자신을 제외하면 모든 것에 상당히 무심하죠. 그래서 우리 사이에는 감정과 생각의 교환이란 있을 수가 없습니다. 우리는 우리가 알고 싶은 모든 것을 일일이 알고 있으니까 더 이상 알고 싶지도 않은 겁니다. 그럼 남은 수단은 한 가지뿐입니다. 새 소식을 이야기하는 거죠. 자, 나에게 새 소식을 얘기해주시죠."

---

* 로마의 정치가, 법률가, 학자.

나는 장광설을 늘어놓느라 기진맥진하여 눈을 감고 하품을 했다.

그는 잠깐 생각한 뒤에 대답했다.

"당신의 실없는 말 속에도 그나마 한 가지 생각은 들어 있군요."

"두 가지죠." 내가 대답했다.

"나한테 한 가지를 얘기해주면, 내가 당신에게 다른 생각을 얘기해주겠어요."

"좋아요, 시작하시죠." 계속 천장을 뜯어보고 속으로 미소를 지으며 내가 말했다.

"당신은 이 온천장에 온 사람들 중 누군가에 대해 뭐든 세부 사항을 알고 싶어 하고, 나는 당신이 누구 때문에 그렇게 신경을 쓰는지 진작부터 짐작이 갑니다. 그쪽에서 이미 당신에 대해 물어보았거든요."

"의사 선생! 정말로 우리는 대화를 나누지 말아야겠군요. 서로의 영혼을 읽어버리니까요."

"자, 이제 다른 생각을……"

"다른 생각이란 이렇습니다. 나는 당신에게 아무거나 이야기를 해 달라고 하고 싶었어요. 첫째, 듣는 일이 덜 피곤하니까, 둘째, 헛말을 하지 말아야 하니까, 셋째, 타인의 비밀을 알 수 있으니까, 넷째, 당신처럼 현명한 사람들은 화자보다는 청자를 좋아하니까. 이제 본론으로 들어갑시다. 리곱스카야 공작부인이 나에 대해 무슨 말을 합디까?"

"그게 공작부인이라고 아주 확신하시나요, 공작 영애가 아니라……?"

"전적으로 확신합니다."

"왜요?"

"공작 영애는 그루시니츠키에 대해 물었을 테니까요."

"당신은 판단력이 참 대단하군요. 공작 영애는 사병 외투를 입은 이 청년이 결투 때문에 사병으로 강등됐다고 확신한다더군요."

"그녀가 그렇게 유쾌한 오해를 하도록 내버려두셨으면 하는데……"

"물론이죠."

"코미디를 만들 만한 발단은 됐군요!" 내가 환희에 차서 소리쳤다. "이제 이 코미디의 대단원을 어떻게 꾸릴지나 신경 씁시다. 운명이 나서서 나의 권태를 달래주려고 신경을 써주는 게 분명하군요."

"내 예감으론 불쌍한 그루시니츠키가 당신의 희생양이 되겠네요……" 의사가 말했다.

"계속해보시죠, 의사 선생……"

"공작부인은 당신이 낯이 익다고 말했습니다. 그래서 나는 페테르부르크 어디 사교계 모임에서 당신을 봤을 것이라고 말해주었고…… 당신 이름도 말했습니다. 그 이름은 그녀도 알고 있더군요. 거기서 사건을 많이 일으킨 모양입디다! 공작부인은 당신의 편력을 얘기해주었는데, 십중팔구 사교계의 유언비어에 그녀 자신의 견해까지 덧붙였겠지만…… 딸은 호기심을 갖고 듣더군요. 그녀의 상상 속에서 당신은 새로운 취향의 소설 속 주인공이 됐습니다…… 나는 공작부인이 허튼소리를 하고 있다는 건 알았지만 그래도 특별히 이의를 제기하지는 않았습니다."

"역시 훌륭한 친구군요!" 나는 이렇게 말하며 그에게 손을 내밀었다. 의사는 내 손을 다정다감하게 꼭 쥔 뒤 계속했다.

"원하신다면, 당신을 소개해드리죠……"

"천만에요!" 나는 손뼉을 탁 치며 말했다. "아니, 주인공을 소개하는 법이 어디 있습니까? 주인공은 반드시 자기가 사모하는 여인을 죽음의 문턱에서 구해주면서 나타나 인사를 나누는 거죠……"

"그럼 정말로 공작 영애의 꽁무니를 쫓아다니고 싶은 겁니까……?"

"반대, 완전히 반대입니다……! 의사 선생, 마침내 내가 승승장구하는군요. 내 말을 이해하지 못하다니……! 어떻든 나는 그것이 슬프군요, 의사 선생." 나는 몇 분간 침묵을 지키다가 말을 이었다. "나는 절대 내 입으로 비밀을 털어놓지는 않지만, 남들이 그것을 알아맞히는 것은 끔찍이도 좋아하죠. 그러면 무슨 일이 있을 때 늘 발뺌할 수 있거든요. 그나저나 저 모녀에 대해 이야기해주셔야겠습니다. 어떤 사람들입니까?"

"첫째, 공작부인은 마흔다섯 살인데," 베르너가 대답했다. "위장은 아주 좋지만 혈액에 문제가 생겼습니다. 때문에 볼에 붉은 반점이 있지요. 최근까지 반생을 모스크바에서 보냈는데 거기서 편히 있다 보니 뚱뚱해졌지요. 염문과 관련된 이야깃거리를 좋아하고, 딸이 방에 없을 때는 이따금씩 쌍스러운 얘기를 하기도 합니다. 그러면서도 나에게 자기 딸은 비둘기처럼 순결하다고 하더군요. 그게 나와 무슨 상관입니까……? 그 얘기는 아무한테도 안 할 테니 안심하라고 대꾸하고 싶을 정도였죠! 공작부인은 류머티즘 치료를 받는 중이고, 그 딸은 무슨 치료를 받는지 알게 뭡니까. 나는 모녀에게 매일 탄산유황수를 두 잔씩 마시고 묽은 온천물로 목욕을 하라고 처방했습니다. 공작부인은 명령을 하는 데는 별로 익숙하지 않은 것 같습니다. 바이런을 영어로 읽었고 대수학을 아는 딸의 지성과 박식에 존경을 품고 있더라고요. 모스크바에서는 귀족 아가씨들이 학문을 하겠다고 하는 모양인데 사실 좋은 일입니다! 우리네 남자들은 대체로 워낙 사근사근하질 못하니까, 현명한 여자라면 그런 자들을 상대로 교태를 부리는 것이 분명히 참을 수 없는 일일 테죠. 공작부인은 젊은이들을 무척 좋아합니다. 하지만 공작 영애는 그들을 다소 경멸하는 시선으로 보죠. 모스크바적인 습관이랄까요! 그들은 모스크바에서 오직 마흔 살 먹은 재담꾼만 보고 사니까요."

"모스크바에 가본 적이 있습니까, 의사 선생?"

"예, 거기서 얼마간 의사 노릇을 했죠."

"하던 얘기 계속하시죠."

"뭐, 다 얘기한 것 같은데…… 그렇군요! 이런 게 더 있습니다. 공작 영애는 감정이나 열정 같은 것에 대해 논하는 걸 좋아하는 것 같더군요…… 어느 해 겨울 페테르부르크에 갔는데, 그곳이 그녀의 마음에 들지 않았나 봐요, 특히 사교계가. 분명히 냉대를 받았을 테죠."

"오늘 그들 집에서 아무도 못 봤습니까?"

"그 반대예요. 부관 한 명, 뻣뻣한 근위병 한 명, 그리고 최근에 여기로 온 어떤 부인이 한 명 있었는데 공작부인의 남편 쪽 친척이고 아주 예쁘지만 아주 아픈 것 같더군요…… 우물 근처에서 그녀를 본 적이 없습니까? 중키에 금발이고 이목구비는 반듯하지만 얼굴색이 결핵 환자 같고 오른쪽 뺨에 검은 점이 있습니다. 얼굴에 표정이 워낙 풍부해서 좀 충격을 받았습니다."

"점이라고요!" 나는 잇새로 중얼거렸다. "정말입니까?"

의사는 나를 바라보더니, 한 손을 내 심장에 갖다 대고 의기양양하게 "아는 사람이군요"라고 말했다. 나의 심장이 정말로 여느 때보다 더 강하게 뛰었다.

"이제 당신이 승승장구할 차례군요!" 내가 말했다. "다만 바라건대, 나를 배반하지는 않으실 테죠. 아직 그녀를 보지는 못했지만 당신이 그려준 초상화 속 주인공이 옛날 옛적에 내가 사랑했던 한 여자가 아닌가 싶군요…… 그녀에겐 나에 대해 한 마디도 하지 마세요. 만약 그녀가 물어보면 고약한 쪽으로 말해주시고요."

"그러죠, 뭐." 베르너가 어깨를 으쓱하며 말했다.

그가 떠났을 때 나는 끔찍한 슬픔에 가슴이 죄어왔다. 운명이 우리를 캅카스에서 다시 만나도록 한 것일까, 아니면 나를 만날 줄 알고서 그녀가 일부러 여기에 온 것일까……? 우리는 또 어떻게 만나게 될까……? 아니, 정말 그녀이긴 한 걸까……? 나의 예감은 나를 기만한 적이 결코 없었다. 지난 과거의 권력에 나처럼 이렇게 휘둘리는 사람은 세상에 다시없으리라. 지나가버린 슬픔이나 기쁨에 대한 온갖 추억이 나의 영혼을 병적으로 두드려, 거기서 늘 한결같은 소리를 끄집어낸다. 나는 어리석은 놈으로 창조되었다. 아무것도 잊지 못하니까—아무것도!

식사를 마친 후 6시쯤 나는 산책로로 나갔다. 거기에는 사람들이 모여 있었다. 공작부인과 공작 영애는 앞을 다투어 아양을 떨어대는 젊은이들에게 둘러싸인 채 벤치에 앉아 있었다. 나는 얼마간 거리를 두고 다른 의자에 자리를 잡은 다음, 안면이 있는 D 연대 소속 장교 둘을 불러 세우고 무슨 이야기를 늘어놓기 시작했다. 그들이 미친 사람처럼 껄껄 웃음을 터뜨린 걸 보면 얘기가 꽤나 우스웠던 모양이다. 공작 영애를 둘러싼 사람들 중 몇몇이 나에게 호기심을 보였다. 시나브로 다들 그녀를 버리고 나의 그룹 쪽에 합류했다. 나는 입을 다물지 않았다. 나의 이야기들은 엉뚱할 정도로 재기발랄했고, 우리 곁을 지나가는 사람들에 대한 나의 냉소는 분통이 터질 만큼 악랄한 것이었다…… 나는 해 질 녘까지 계속 청중을 즐겁게 해주었다. 공작 영애는 몇 번이나 어머니의 팔짱을 끼고 다리를 저는 어떤 노인과 함께 내 곁을 지나갔다. 그녀의 시선이 몇 번이나 나에게 꽂혔는데, 애써 무관심을 나타내려고 했지만 짜증이 고스란히 드러났다……

"저 사람이 무슨 얘기를 하고 있던가요?" 예의상 그녀에게로 돌아온 한 젊은이에게 그녀가 물었다. "분명히 몹시 흥미진진한 얘기였을 텐데, 자신의 전투 무용담이었겠죠……?" 그녀는 이 말을 상당히 큰 소리로 했는데 일부러 나 들으라고 빈정대는 것이 분명했다. '어라! 장난 아니게 화가 나신 모양이군요, 사랑스러운 공작 영애. 두고 봐요, 앞으로 또 어떻게 될지!' 나는 생각했다.

그루시니츠키는 맹수처럼 그녀의 뒤를 쫓아다니며 그녀에게서 눈을 떼지 않았다. 장담하지만, 내일 그는 누구든 붙잡고 자기를 공작부인에게 소개해달라고 부탁할 것이다. 그녀도 지루하니까 몹시 기뻐할 테지.

5월 16일

이틀간 내 일은 놀라운 진척을 보였다. 공작 영애는 나를 단연코 증오한다. 나는 이미 나를 겨냥한 두세 개의 경구를 전해 들었는데, 제법 신랄하면서도 그야말로 사탕발림하는 것이었다. 그녀로서는, 상류사회에 익숙하고 그녀의 페테르부르크 사촌들 및 이모들과 그토록 가까운 사이인 내가 그녀와 안면을 트려고 별달리 노력하지 않는 것이 끔찍이도 이상하리라. 우리는 매일 우물가와 산책로에서 마주친다. 나는 휘황찬란한 부관들, 생기 없는 모스크바인들 등 그녀의 숭배자들의 주의를 끌어오기 위해 갖은 노력을 기울이는데, 거의 언제나 성공적이다. 원래 나는 우리 집을 찾는 손님들을 늘 증오해왔다. 하지만 이제는 매일 집에 사람이 가득하고, 점심 먹고 저녁 먹고 카드놀이 하고—아, 어쩌랴, 나의 샴페인은 마력을 뽐내는 그녀의 눈의 힘을 누르고 승승장구하는 것을!

어제 나는 그녀를 첼라호프 상점에서 보았는데, 그녀는 경이로운 페르시아 양탄자를 흥정하던 중이었다. 공작 영애는 엄마에게 제발 구두쇠처럼 굴지 말라고 달래고 있었던 것이다. 그 양탄자라면 그녀의 서재를 정말 멋지게 장식해주었을 테지……! 하지만 나는 40루블을 더 얹어주고서 그것을 사버렸다. 덕택에 가장 매혹적인 분노로 번득이는 시선을 선사받았다. 식사 시간 무렵에 나는 일부러 이 양탄자를 나의 체르케스 말에 얹어 그녀의 창문 옆으로 지나가도록 시켰다. 그 무렵 베르너가 그들 집에 있었는데, 이 장면의 효과가 아주 극적이었다고 나에게 말해주었다. 공작 영애는 나를 무찌르기 위해 무슨 십자군이라도 만들고 싶어 한다. 나는 심지어 부관 두 명이 벌써 그녀가 있는 데서는 나와 몹시 무뚝뚝하게 인사를 주고받는다는 것을 알아챘는데, 그래놓고서도 그들은 매일 우리 집에서 식사를 한다.

그루시니츠키는 비밀에 찬 표정을 지었다. 뒷짐을 지고 서성거리느라 아무도 알아보지 못한다. 갑자기 다리도 다 나았기 때문에 거의 절지도 않는다. 그는 공작부인과 대화에 돌입하고 또 공작 영애에게 찬사를 건넬 기회를 얻었다. 그때 이후로 그의 인사에 몹시 사랑스러운 미소로 화답해주는 걸 보니, 그녀도 그다지 까다로운 편은 아닌 모양이다.

"자네 리곱스카야 모녀와 안면을 트고 싶은 마음이 정말 없나?" 그가 어제 나에게 말했다.

"정말 없네."

"세상에! 여기 온천장에서 가장 유쾌한 집이야! 이곳의 최고 사교계가 전부 모이지……!"

"이봐, 나는 딱히 여기 사교계가 아니라도 사교계라면 아주 신물이 난다네. 자네는 그들 집에 드나드나?"

"아직은 아니야. 공작 영애와 두어 번, 어쩌면 좀 더 되려나, 하여간 그렇게 얘기를 좀 해본 정도인데, 그렇다고 그 집을 드나드는 건 어쩐지 어색하더라고, 비록 여기서야 보통 그러긴 하지만…… 만약 내가 견장을 달고 있다면 얘기가 달랐겠지……"

"천만의 말씀! 자네는 이대로가 훨씬 더 흥미를 자극한다네! 자기의 유리한 상황을 도무지 활용할 줄 모르는군…… 감수성이 예민한 귀족 아가씨라면 누구나 사병 외투를 보고 자네를 영웅으로, 수난자로 생각하지."

그루시니츠키는 자기만족에 젖은 미소를 지었다.

"웬 엉터리 같은 소리를!" 그가 말했다.

"내 확신하지만," 내가 계속했다. "공작 영애는 이미 자네에게 반했
어."

그는 귀까지 새빨개지며 우쭐댔다.

오, 자존심이여! 너는 가히 아르키메데스가 지구를 들어 올리려고
했던 그 지렛대로다.

"자네는 입만 열면 다 농담이구먼!" 그는 꼭 화가 난 척하며 말했
다. "첫째, 그녀는 아직 나를 거의 모르고……"

"여자란 자기가 잘 모르는 사람만 좋아하는 법이지."

"게다가 나는 그녀의 마음에 들고 싶은 욕심은 전혀 없어. 그저 유
쾌한 집안과 안면을 트고 싶을 따름인데, 여기서 무슨 희망을 갖는다
면 몹시 웃긴 일일 거야…… 하지만 예컨대, 그쪽이라면 얘기는 완전
히 다르지요! 그쪽이야 페테르부르크의 승리자니까. 그쪽이 눈길만
줘도 여자들이 살살 녹는 정도가 아니오…… 참, 그나저나, 페초린,
공작 영애가 자네에 대해 무슨 말을 했는지 알고 있나?"

"뭐? 그녀가 자네한테 내 얘기를 했단 말인가……?"

"괜히 좋아하지 말라고. 어쩌다가 우물가에서 그녀와 대화를 나누
게 됐어, 우연히. 그녀의 세번째 말은 이랬어. '그 신사 분, 시선이 꽤
나 불쾌하고 역겨운 그분은 누구죠? 당신과 함께 있었는데, 그때……'
그녀는 얼굴을 붉혔는데, 자신의 사랑스러운 행동을 떠올렸으면서도
구태여 그날을 콕 집어 말하고 싶진 않았던 거지. '구태여 그날을 말로

하지 않아도 됩니다.' 내가 그녀에게 대답했네. '그날은 영원토록 제 기억 속에 남을 테니까요.' 이보게, 페초린, 자네한테 축하를 해줄 수가 없군, 그녀한테는 자네 평판이 영 안 좋아서 말이지…… 하지만 정말로 유감이야! 왜냐하면 메리는 정말 귀엽거든……!"

여기서 지적해둘 것이 있는데, 그루시니츠키는 간신히 안면이나 좀 튼 여자에 대해 말할 때도 그녀가 마음에 들었다면 나의 메리, 나의 소피라고 부르는 부류의 인간이다.

나는 심각한 표정을 지으며 그에게 대답했다.

"그래, 그녀는 예쁜 편이지…… 다만, 조심하게나, 그루시니츠키! 러시아의 귀족 아가씨들은 대부분 오직 플라토닉 러브만을 키우는 족속이라 사랑에다 결혼에 대한 생각을 섞어 넣지는 않지. 한데 플라토닉 러브야말로 가장 불안한 것이거든. 공작 영애는 사람들이 자기를 재미있게 해주길 원하는 부류의 여자인 것 같아. 자네와 있을 때 지루함이 2분을 넘어가면 자네는 완전히 끝장이야. 자네의 침묵은 그녀의 호기심을 자극해야 하고 자네의 대화는 그 호기심을 완전히 만족시키지는 말아야 해. 매순간 그녀를 달뜨게 해야 한다고. 그러면 그녀는 자네를 위해 열 번이라도 공개적으로 통념을 무시하면서 그것을 희생이라고 부를 것이고, 스스로 그 보답을 받기 위해 자네를 괴롭힐 것이고, 그런 다음에는 자기는 정말 자네를 참을 수 없다고 말할 걸세. 만약 자네가 그녀에 대한 권력을 획득하지 못한다면, 심지어 그녀와 첫 키스를 한들 두번째 키스를 할 권리를 얻지는 못할 걸세. 그녀는 자네 앞에서 실컷 교태를 부릴 테지만 2년쯤 뒤에는 엄마의 말을 따른다면서 병신한테 시집을 갈 테고, 그러고선 다음과 같은 식으로 자기를 설득하려 들겠지. 즉, 자기는 불행하다, 자기는 오직 한 사람을, 즉 자네만을 사랑했다, 하지만 하늘이 자기와 그를 연결해주지 않았다, 그건 그가 사병 외투를 입고 있었기 때문이다, 하지만 그 두툼한 회색 코트 밑에 열정적이고 고결한 심장이 고동치고 있었고……"

그루시니츠키는 주먹으로 탁자를 치고는 방을 앞뒤로 오가기 시작했다.

나는 속으로 껄껄 웃었고 심지어 두 번 정도는 씩 웃기까지 했지만, 다행히도 그는 알아채지 못했다. 이전보다 남의 말을 더 잘 믿게 된 걸 보니 확실히 그는 사랑에 빠진 모양이었다. 심지어 이곳에서 맞춘, 상감 장식이 박힌 은반지까지 등장했다. 그것이 내 눈에는 영 미심쩍어 보였다! 그래서 뜯어보니까 이게 뭔가……? 안쪽에 자잘한 글씨로 메리라는 이름이 새겨져 있고 그 옆에는 그녀가 그 유명한 컵을 주위주었던 날짜가 새겨져 있는 게 아닌가. 하지만 그걸 봤다는 말은 하지 않았다. 그에게 고백을 강요할 마음은 없었으니까! 나는 그가 스스로 나를 자신의 상담역으로 택해주면 좋겠고, 그래야 제법 즐기게 될 테지……

오늘 나는 늦게 일어났다. 우물로 가보니 이미 아무도 없었다. 날이 더워지기 시작했다. 하얀 털구름이 빠른 속도로 눈 덮인 산에서 뛰어 내려오는 것이 아무래도 뇌우가 쏟아질 것 같았다. 마슈크 산의 정상은 꺼진 횃불처럼 연기에 휩싸여 있었다. 그 주위로 회색 구름 조각들이 유유히 흘러가다가 가시 많은 관목에 걸리기라도 한 듯 뱀처럼 몸을 비틀며 스멀스멀 기어 다녔다. 공기는 전기를 가득 머금고 있었다. 나는 동굴로 이어지는 포도나무길로 깊숙이 들어갔다. 슬펐다. 의사한테 얘기한, 뺨에 점이 있는 그 젊은 여자 생각을 하고 있었던 것이다…… 대체 그녀가 왜 여기에? 정말 그녀인 걸까? 나는 왜 그 여자가 바로 그녀일 거라고 생각하는 걸까……? 심지어 왜 이토록 확신하는 걸까? 뺨에 점이 있는 여자가 좀 많은가? 이런 상념에 젖어 나는 동굴 쪽으로 다가갔다. 보니, 동굴의 아치가 만들어내는 시원한 그늘 아래 한 여자가 밀짚모자를 쓰고 검은 숄을 두른 채 고개를 가슴에 떨어뜨리고서 돌벤치에 앉아 있다. 모자가 그녀의 얼굴을 가리고 있었다. 그녀의 몽상을 깨뜨리지 않으려고 바로 돌아갈 생각이었는데, 그때 그녀가 나를 올려다보았다.

"베라!" 나는 나도 모르게 소리쳤다.

그녀는 몸을 부르르 떨면서 창백해졌다.

"나는 당신이 여기 있다는 걸 알고 있었어요." 그녀가 말했다. 나는 그녀 곁에 앉으며 손을 잡았다. 그 사랑스러운 목소리가 들리자 오래전에 잊힌 전율이 나의 혈관을 훑고 지나갔다. 그녀는 그윽하고 고요한 눈으로 내 눈을 바라보았다. 그 시선에는 미심쩍음과 책망 같은 것이 담겨 있었다.

"오랜만이군." 내가 말했다.

"오랜만이에요. 그리고 둘 다 많이 변했어요!"

"그러니까 더 이상 나를 사랑하지 않는다는 건가……?"

"난 결혼한 몸이에요." 그녀가 말했다.

"또? 하지만 몇 년 전에도 역시나 그런 이유가 있었지. 그런데……"

그녀는 내 손에서 자기 손을 빼냈고, 뺨이 불타올랐다.

"아마 두번째 남편을 사랑하겠지……?"

그녀는 대답하지 않고 그냥 고개를 돌렸다.

"아니면 질투가 아주 심한 사람인가?"

침묵.

"왜 그래? 젊고 잘생겼을 테고, 특히나 분명히 부자일 테고, 그래서 당신은 걱정이 좀 될 테지……" 나는 그녀를 쳐다보고는 경악했다. 그녀의 얼굴에는 깊은 절망이 드러났고 두 눈에는 눈물이 반짝였다.

"어디 한번 말해봐요." 마침내 그녀가 속삭였다. "나를 괴롭히는 게 그렇게 즐거워요? 나는 당신을 증오해야 마땅해요. 우리가 서로 알게 된 이후로 당신은 나한테 고통 말고는 아무것도 주지 못했으니까……" 그녀의 목소리가 떨렸다. 그녀는 나에게로 몸을 기울이며 나의 가슴팍에 머리를 떨어뜨렸다.

'아마 당신이 나를 사랑했던 건 바로 그 때문일 테지. 기쁨은 잊히지만 슬픔은 절대 그렇지 못하니까……!' 나는 생각했다.

나는 그녀를 꼭 껴안았고 우리는 오래도록 그렇게 있었다. 마침내 우리의 입술이 가까워져, 후끈하고 황홀한 키스로 이어졌다. 그녀의 손은 얼음처럼 찼고 머리는 활활 타오르듯 뜨거웠다. 그러고서 우리 사이에는 종이 위에 써본들 별 의미가 없는 대화가 시작됐는데, 그런 것은 반복할 수도, 심지어 기억할 수도 없다. 이탈리아 오페라처럼 소리의 의미가 말의 의미를 대체하고 또 보충하니까.

그녀는 내가 자기 남편과 ― 산책로에서 언뜻 봤던 그 절름발이 노인인데 ― 안면을 트는 것을 단연코 원하지 않는다. 그녀는 아들을 위해 그에게 시집간 것이었다. 그는 부자고 류머티즘을 앓고 있다. 나는 감히 그에 대해서는 비꼬는 말은 단 한 마디도 하지 않았다. 그녀는 그를 아버지처럼 존경한다! 그리고 남편으로서는 기만하게 될 것이다…… 인간의 마음이란 대체로 이상한 것이다, 특히 여자의 마음은!

베라의 남편인 세묜 바실리예비치 게…프는 리곱스카야 공작부인의 먼 친척이다. 그는 그녀와 가까운 데 살기 때문에 베라는 자주 공작부인 댁에 간다. 나는 그녀에게 리곱스카야 모녀와 안면을 트겠다고, 또 사람들의 주의를 딴 데로 돌리기 위해 그녀의 꽁무니를 쫓아다니겠다고 약속했다. 이런 식으로 나의 계획도 전혀 망가지지 않았고, 나는 또 나대로 즐거울 것이다!

즐거움이라……! 그렇다, 나는 삶의 심리적인 여정에서 그 시기를, 즉, 행복만을 추구하거나 마음이 누군가를 강렬히, 열렬히 사랑할 필요성을 느끼는 시기를 이미 지나왔다. 이제 나는 그저 사랑받기만을, 그것도 아주 극소수에게 사랑받기만을 바란다. 심지어, 변함없는 애정이 하나만 있어도 나로선 충분하리라는 생각도 든다. 마음의 애처로운 습관이란……!

나는 늘 한 가지가 이상했다. 나는 사랑하는 여자의 노예가 된 적이 결코 없었다. 오히려 나는 전혀 노력하지 않고도 늘 그들의 의지와 마음에 대해 무소불위의 권력을 획득했다. 왜 그럴까? 내 쪽에서는 절대 아무것도 그리 소중히 여기지 않는 반면, 그들은 나를 놓칠까 봐 매 순간 두려웠기 때문일까? 아니면 강력한 유기체의 마법적인 영향일까? 아니면 그냥 고집이 센 여자를 만나지 못했기 때문일까?

솔직히 말하자면, 나는 성격이 강한 여자는 딱 싫다. 그런 게 어디 여자인가!

사실, 이제야 생각났다. 한 번, 딱 한 번 자기 의지가 확고한 여자를 사랑한 적이 있었는데, 그녀만은 나도 절대 정복할 수 없었다…… 우리는 원수가 돼서 헤어졌다. 그래도 5년쯤 뒤에 만났더라면 우리는 다른 식으로 헤어졌을지도 모르겠다……

베라는 아프다. 비록 고백하지는 않지만 많이 아프다. 나는 그녀가 결핵이나 fièvre lente(소모열)라 불리는 병이 있는 건 아닐까 걱정이다. 이것은 아예 러시아의 병이 아니라서 우리말에는 그 명칭도 없다.

우리가 동굴에 있을 때 뇌우가 쏟아져, 30분이나 더 붙들려 있었다. 그녀는 나에게만 충실할 것을 맹세하라고 하지도 않았고 우리가 헤어진 뒤 다른 여자를 사랑한 적이 있냐고 묻지도 않았다…… 그녀는 예전처럼 다시 근심 걱정 없이 나를 신뢰했다. 나도 그녀를 기만하지 않을 것이다. 그녀는 세상에서 내가 기만할 수 없는 유일한 여자다! 나는 우리가 곧 다시 헤어질 것임을, 그것도 영원히 그럴 것임을 알고 있다. 둘 다 무덤까지 서로 다른 길을 갈 것이다. 하지만 그녀에 대한 추억은 내 영혼 속에 신성불가침으로 남을 것이다. 나는 그녀에게 이 말을 늘 반복했고, 그녀도 입으론 정반대 얘기를 하면서도 어떻든 내 말을 믿는다.

마침내 우리는 헤어졌다. 나는 그녀의 모자가 관목과 절벽 뒤로 사라질 때까지 그녀의 뒷모습에 오랫동안 시선을 던져놓았다. 나의 심장은 처음 이별을 했을 때처럼 고통스럽게 죄어들었다. 오, 내가 이 감정에 얼마나 기뻐했던가! 청춘이 그 유익한 폭풍우를 안고 다시 나에게로 돌아오고 싶어 하는 것이 아닐까, 아니면 이건 그저 청춘이 내게 기념으로 선사하는 작별의 시선이자 마지막 선물인 걸까……? 그런데도 내 외모가 아직도 소년처럼 보이는 것은 생각만 해도 우스운 일이다. 얼굴은 창백하긴 해도 아직 풋풋하고, 팔다리도 유연하고 늘씬하며, 풍성한 머리카락은 곱슬곱슬하고 두 눈은 불타오르고 피가 끓어오르고 있다……

집으로 돌아온 뒤 말을 타고 초원으로 달려갔다. 나는 사나운 말을 타고 황야의 바람을 가르며 높이 자란 풀밭을 질주하는 것이 좋다. 향기로운 공기를 탐욕스럽게 들이마시고 저 멀리 푸른 곳을 응시하며 나는 매순간 점점 더 또렷해지는 물체들의 어슴푸레한 윤곽을 포착하려고 애쓴다. 가슴속에 어떤 괴로움이 자리 잡고 있든, 또 어떤 불안이 상념을 괴롭히든 모든 것이 순식간에 흩어져버린다. 마음은 가벼워지고 몸의 피로는 정신의 불안을 정복할 것이다. 남쪽의 햇살을 받는 구불구불한 산맥이나 푸른 하늘을 바라보며, 또 절벽과 절벽 사이를 콸콸 흘러내리는 물소리에 주의를 기울이는 동안 내가 잊지 못할 여자의 시선은 없다.

내 생각에, **망루** 위에서 하품하는 카자크들은 어떤 필요도, 목적도 없이 말을 달리는 나를 보면서 오랫동안 이 수수께끼를 풀어보려고 고민했을 것이다. 옷차림을 보고서 분명히 나를 체르케스인으로 착각했을 테니까. 아닌 게 아니라 체르케스 복장을 하고 말을 탄 내 모습이 어떤 카바르다인보다 더 카바르다인답다는 얘기도 들었다. 정말로 이 고상한 전투복에 관한 한, 나는 완전히 댄디*이다. 레이스 한 올도

---

* 18세기 말부터 19세기 초까지 유럽에서 유행한, 세련되고 멋진 남성을 일컫는 말.

쓸데없는 것은 없고, 값비싼 무기는 단순한 세공이 돋보이며, 모자의 모피는 너무 길지도 또 너무 짧지도 않다. 각반과 굽 높은 구두는 더 없이 딱 맞게 만들어졌다. 하얀 베시메트와 고동색 체르케사*는 또 어떤가. 나는 오랫동안 산악 지대의 승마술을 연구했다. 그래서 나의 캅카스식 승마술을 인정해주는 것보다 더 내 자존심을 치켜세워주는 것은 없다. 나는 말을 네 마리 기르고 있다. 한 마리는 나 자신을 위해, 세 마리는 들판을 달릴 때 혼자 지루하지 않도록 함께해줄 친구들을 위한 것이다. 그들은 내 말을 기꺼이 빌려 가지만, 절대 내 말을 함께 타지는 않는다. 식사 시간이 됐다는 것을 떠올렸을 때는 이미 저녁 여섯시였다. 나의 말은 지쳐 있었다. 나는 퍄티고르스크에서 독일인 거주지로 통하는 길로 나갔는데, 온천장 사교계가 그리로 en pique nique(소풍가기) 하는 일이 종종 있다. 길은 관목 사이로 구불구불 이어지다가, 높이 자란 풀의 그늘 밑으로 시냇물이 콸콸 흘러가는 작은 계곡으로 내려간다. 주위에는 베시투 산, 뱀산, 철산, 대머리산 등 푸른 산들이 원형극장처럼 당당히 솟아 있다. 이곳 말로 발키라고 불리는 계곡 중 하나로 내려간 뒤 나는 말에게 물을 먹이기 위해 멈추어 섰다. 그때 길에 요란스럽고 휘황찬란한 기마 부대가 나타났다. 검정색, 푸른색 승마복을 입은 부인들, 그리고 **체르케스와 니제고로드**의 혼합식 복장을 한 기수들이었다. 그 앞에는 그루시니츠키가 공작 영애 메리와 함께 말을 타고 있었다.

온천장 부인들은 여전히 백주 대낮에도 체르케스인이 공격해올 수

---

* 베시메트 위에 걸쳐 입는 남성용 상의.

있다고 믿는다. 그루시니츠키가 사병 외투 위에 검과 권총 한 쌍을 매달고 있는 것은 그 때문이리라. 저렇게 무슨 영웅처럼 차려입고 있으니 상당히 꼴사나워 보였다. 키가 큰 관목 덕분에 그들은 나를 볼 수 없었지만, 나는 나뭇잎 사이로 모든 것을 보고 또 그들의 얼굴 표정을 통해 감상적인 대화가 오가고 있다는 것도 짐작할 수 있었다. 마침내 그들은 내리막길 쪽으로 다가갔다. 그루시니츠키는 공작 영애의 말고삐를 잡았고, 그때 그들 대화의 끝부분이 들려왔다.

"그럼 평생 캅카스에 있을 생각이세요?" 공작 영애가 말했다.

"나에게 러시아가 뭡니까?" 그녀의 파트너가 대답했다. "수천 명의 사람들이 자기들이 나보다 부자라는 이유로 나를 경멸의 눈으로 바라볼 나라죠. 반면 여기라면, 여기서는 이 두툼한 외투가 우리가 사귀는 것을 방해하지는 않으니까요······"

"정반대인걸요······" 공작 영애가 이렇게 말하며 얼굴을 붉혔다.

그루시니츠키의 얼굴에 만족해하는 표정이 드러났다. 그는 계속했다.

"이곳에서는 나의 인생은 야만인들의 총알 세례를 받으며 소란스럽게, 눈에 뜨이지도 않을 만큼 빨리 흘러가버릴 것이며, 만약 하느님이 해마다 해맑은 여인의 눈길을 보내주신다면, 그러니까······ 그때처럼······"

이때 그들은 내가 있는 곳까지 왔다. 나는 말에 채찍질을 가하며 관목 뒤에서 뛰어나갔다······

"Mon dieu, un Circassien(어머나, 체르케스인이에요)······!" 공작 영애는 공포에 사로잡혀 소리를 질렀다.

그녀의 확신을 완전히 불식시키려고 나는 몸을 살짝 굽히며 프랑스어로 대답했다.

"Ne craignez rien, madame,—je ne suis pas plus dangereux que votre cavalier(무서워하지 마시오, 부인, 내가 당신의 파트너보다 위험하지는 않으니까)."

그녀는 당황했다. 하지만 왜? 자신의 착각 때문에, 아니면 나의 대답이 그녀에게 불손하게 들렸기 때문에? 나의 마지막 가정이 옳았기를 바라는 마음이다. 그루시니츠키는 나에게 불만스러운 시선을 던졌다.

저녁 늦게, 그러니까 열한시쯤 나는 보리수 오솔길을 따라 산책을 갔다. 도시는 잠들어, 몇몇 창문에서만 불빛이 비쳤다. 3면으로 절벽의 꼭대기와 마슈크 산에서 뻗어 나온 산들이 거무스름해 보였고, 산의 정상에는 불길한 구름이 내려앉아 있었다. 동쪽에는 달이 떴고, 멀리서는 눈 덮인 산들이 은빛 술 장식처럼 빛났다. 간수들의 점호 소리가 밤 동안 고삐가 풀린 뜨거운 샘물 소리와 뒤섞였다. 때때로 낭랑한 말발굽 소리가 노가이* 짐마차의 삐걱대는 소리, 음울한 타타르 노래의 후렴구 소리와 함께 온 거리에 울려 퍼졌다. 나는 벤치에 앉아 생각에 잠겼다…… 우정 어린 대화를 나누며 나의 상념들을 토로하고 싶어졌다…… 하지만 누구와……? 베라는 지금 뭘 하고 있을까? 나는 생각했다…… 이 순간 그녀의 손을 잡을 수 있다면 혹독한 대가라도 치르련만.

---

* 터키계 유목민의 후예.

갑자기 다급하고 불규칙적인 발소리가 들린다…… 분명히 그루시니츠키겠지…… 아니나 다를까!

"어디서 오는 길인가?"

"리곱스카야 공작부인 댁에 갔다 오는 길일세." 그가 아주 거드름을 피우며 말했다. "메리가 노래를 어찌나 잘하는지……!"

"한데 알고 있나?" 내가 그에게 말했다. "내기를 해도 좋지만, 그녀는 자네가 사관 후보생인 줄은 모를걸. 자네가 강등됐다고 생각하고 있지……"

"그럴지도 모르지! 그게 나랑 무슨 상관인가……!" 그가 심드렁하게 말했다.

"아니, 그냥 말해두는 것뿐일세……"

"한데 자네 때문에 오늘 그녀가 끔찍이도 화가 난 건 알고 있나? 그녀는 그것이 듣도 보도 못한 불손한 행동이라고 생각하더군. 나는 자네가 교육도 잘 받았고 사교계도 잘 알기 때문에 그녀를 모욕할 의도는 없었을 것이라며 간신히 그녀를 달래놓았네. 그녀는 자네 시선이 불손하고 분명히 자만심에 가득 차 있는 사람일 거라고 말하더군."

"그녀가 잘못 알고 있는 건 아니지…… 한데 자네, 그녀를 편들어줄 마음은 없는 건가?"

"유감이야, 아직은 그럴 권리가 없잖나."

'어라!' 나는 생각했다. '이 녀석, 보아하니 이미 희망이 생긴 모양이군……'

"한데 자네 사정은 더 고약해졌어." 그루시니츠키가 계속했다. "이제는 그들과 안면을 트기도 힘들 테니, 유감이야! 이 집은 내가 아는

146

한 가장 유쾌한 집 가운데 하나인데……"

나는 속으로 미소를 지었다.

"나에게 가장 유쾌한 집은 현재로서는 내 집이야." 나는 하품을 하며 이렇게 말한 뒤 그만 가려고 일어났다.

"하지만 솔직히 말하게, 자네 후회하고 있지……?"

"무슨 헛소리야! 나는 마음만 내킨다면 내일 저녁이라도 당장 공작부인 댁에 갈 수 있어……"

"어디 두고 보자고……"

"자네를 만족시키기 위해서라도 공작 영애의 꽁무니를 쫓아다니겠네……"

"그래, 그녀가 자네와 말이라도 하고 싶어 한다면……"

"나는 자네의 이야기에 그녀가 싫증을 낼 순간만을 기다리겠네…… 잘 가게……!"

"나는 바람이나 좀 쐬러 갈 거야, 아무래도 지금은 잠이 올 것 같지 않거든…… 이봐, 차라리 레스토랑에나 가세, 거기서는 지금 카드 판이 벌어졌을 거야…… 지금 나는 강렬한 감각이 필요하거든……"

"자네가 몽땅 잃기를 바라네……"

나는 집으로 갔다.

5월 21일

거의 일주일이 지나도록 여전히 나는 리곱스카야 모녀와 안면을 트지 않았다. 적당한 기회를 기다리는 중이다. 그루시니츠키는 어딜 가나 그림자처럼 공작 영애의 꽁무니를 쫓아다닌다. 그들의 대화는 끝이 없다. 대체 언제쯤 그녀는 그에게 싫증이 날까……? 그녀의 어머니는 이런 데 신경을 쓰지 않는다. 왜냐하면 약혼자가 아니니까. 바로 이것이 어머니들의 논리다! 나는 두서너 번 부드러운 시선을 포착했는데, 이것도 이제 그만 끝내줘야겠다.

어제 처음으로 우물가에 베라가 나타났다…… 그녀는 동굴에서 나와 만났던 이래 집 밖에 나오지 않았다. 우리는 동시에 컵을 물에 담갔고 그렇게 몸을 숙인 동안 그녀가 내게 속삭였다.

"리곱스카야 모녀와 안면을 틀 마음이 없는 거로군요……! 우리는 오직 거기서만 만날 수 있는데……"

저 질책……! 지루하다! 하지만 나도 그럴 만한 짓을 했지……

그나저나 내일 레스토랑 홀에서 예약 무도회가 있을 텐데, 나는 공작 영애와 마주르카를 출 것이다.

5월 22일

레스토랑 홀은 귀족 모임 홀로 바뀌었다. 아홉시에는 다들 모였다. 공작부인과 그 딸은 마지막에 온 축에 드는 손님들과 더불어 나타났다. 많은 부인들이 그녀를 질투가 담긴 곱지 못한 시선으로 쳐다보았는데, 공작 영애 메리의 옷차림이 세련됐기 때문이다. 그래도 자기가 이곳의 귀족이라고 생각하는 자들은 질투를 숨긴 채 그녀에게 들러붙었다. 하긴 어쩌랴? 여자들이 모이는 곳이라면 어디나 금방 상류층과 하류층이 나타나게 마련인걸. 창문 밑, 군중들 속에서 그루시니츠키가 얼굴을 유리창에 갖다 붙인 채 자신의 여신에게서 눈을 떼지 않고 서 있었다. 그녀는 그의 곁을 지나가며 보일락 말락 고개를 끄덕였다. 그는 태양처럼 빛났다…… 무도회는 폴란드 춤으로 시작됐다. 그다음엔 왈츠가 연주됐다. 박차가 쩔렁거리고 옷자락이 들리며 빙빙 돌았다.

나는 머리에 장밋빛 깃털을 꽂은 어느 뚱뚱한 부인 뒤에 서 있었다. 그녀의 드레스의 화려함은 드레스 속에 파딩게일*을 입던 시대를, 그녀의 푸석푸석하고 얼룩덜룩한 피부는 검정색 태피터 곤지를 얼굴에 붙이던 행복한 시대를 연상시켰다. 그녀의 목에 난 몹시 큰 사마귀는 목걸이의 이음매에 가려져 있었다. 그녀는 자신의 파트너인 용기병 대위에게 말했다.

"저 리곱스카야 공작 영애는 정말 참을 수 없는 계집애군요! 글쎄 말이에요, 나를 떠밀어놓고는 사과는커녕 몸을 돌려서 오페라글라스로 나를 쳐다보더라고요. C'est impayable(정말 가관이지 뭐예요)……! 뭘 믿고 저리 잘난 척하는 거죠? 저런 애는 버르장머리를 고쳐놔야 해요……"

"그런 것쯤이야 식은 죽 먹기죠!" 아첨 잘하는 대위가 이렇게 대답하며 다른 방으로 갔다.

나는 소개받지 않은 부인들과도 춤추는 것이 허락되는 이곳의 자유

---

* 스커트를 불룩하게 하려고 안에 입던 둥근 틀.

분방한 관습을 십분 활용하여, 즉시 공작 영애에게로 다가가 왈츠를 청했다.

그녀는 미소를 억누르느라, 승리감을 감추느라 억지스럽게 안간힘을 썼다. 하지만 상당히 빨리 완전히 무관심하고 심지어 엄격하기까지 한 표정을 짓는 데 성공했다. 그녀는 무성의하게 내 어깨에 손을 얹고 고개를 옆으로 살짝 기울였다. 그리고 우리는 춤을 추기 시작했다. 나는 이보다 더 관능적이고 유연한 허리를 알지 못한다! 그녀의 신선한 숨결이 나의 얼굴에 와 닿았다. 이따금씩 왈츠가 회오리처럼 물결칠 때 머리채에서 따로 떨어져 나온 머리 타래가 나의 뜨거운 뺨 위로 미끄러졌다⋯⋯ 나는 세 바퀴를 돌았다(그녀의 왈츠 솜씨는 정말 일품이다). 그녀는 숨을 헐떡였고 그 눈은 몽롱해졌으며 반쯤 열린 입술은 꼭 필요한 말만을, "Merci, Monsieur(고맙습니다)"만을 간신히 속삭일 수 있었다.

얼마간 침묵한 뒤 나는 아주 공손한 태도를 취하며 그녀에게 말했다.

"공작 영애, 불행히도 저는 당신을 전혀 모르는 상태에서 이미 당신의 미움을 받게 됐다던데⋯⋯ 당신이 저를 불손한 사람으로 생각하신다는 말을 들었는데⋯⋯ 정말 그렇습니까?"

"그래서 지금 저에게 그 점을 확신시키고 싶은 건가요?" 그녀는 이렇게 대답하며 빈정대듯 얼굴을 찌푸렸는데, 그것이 표정이 풍부한 그녀의 얼굴에 아주 잘 어울린다.

"제가 어쩌다 당신을 모욕하는 무례를 범했다면, 당신에게 용서를 구하는, 더욱더 큰 무례를 범하는 것도 허락해주시죠⋯⋯ 그리고 사실, 저는 당신이 저를 잘못 아셨다는 것을 증명해 보이고 싶은 마음이 간절합니다……"

"당신으로선 상당히 힘들걸요……"

"대체 왜죠?"

"우리 집에 오시지도 않고 이런 무도회는 분명히 그다지 자주 열리지 않을 테니까요."

'다시 말해, 자기 집 문이 나에게는 영원히 닫혀 있다는 뜻이로군.' 나는 생각했다.

"그런데 말이죠, 공작 영애." 나는 다소간 짜증을 내며 말했다. "회개하는 죄인은 절대 내쳐서는 안 됩니다. 절망에 차서 두 배는 더 무서운 범죄자가 될 수도 있거든요…… 그리고 그렇게 되면……"

우리 주위의 사람들이 큰 소리로 웃어대고 부산을 떠는 바람에 나는 그쪽으로 고개를 돌렸고, 이로써 나의 첫 대사는 중단되었다. 내게서 몇 걸음 떨어진 곳에 남자들이 무리 지어 서 있었는데, 그들 중에는 사랑스러운 공작 영애에 관해 적대적인 의사를 표명한 용기병 대위도 있었다. 그는 뭐가 그리 좋은지 양손을 비비고 껄껄 웃으며 동료들과 서로 눈짓을 주고받았다. 갑자기 그들 중에서 긴 콧수염에 불그죽죽한 낯짝을 한, 연미복을 입은 신사가 따로 떨어져 나와서는 비틀거리며 곧장 공작 영애 쪽으로 왔다. 술에 취해 있었던 것이다. 그는 당황한 공작 영애의 맞은편에서 걸음을 멈추더니 뒷짐을 지고서 흐리멍덩한 회색 눈으로 그녀를 뚫어져라 바라보며 목쉰 소리로 말했다.

"저어기…… 뭐, 그러니까 지금……! 그냥 마주르카나 한번 추자고……"

"아니, 왜 이러세요?" 그녀는 애원하는 듯한 시선으로 주위를 둘러보며 떨리는 목소리로 말했다. 아! 하지만 그녀의 어머니는 멀리 가 있었고, 그녀 곁에는 신사가 아무도 없었다. 한 명의 부관이 이 장면을 전부 본 것 같았지만 소동에 휘말리지 않으려고 군중 뒤로 숨어버렸다.

"뭐라고요?" 술에 취한 신사는 이렇게 말하며, 자기에게 신호를 보내 용기를 북돋워주는 용기병 대위에게 눈을 찡긋했다. "그럼 싫다는 거요……? 그래도 나는 또 한 번 당신에게 pour mazure(마주르카를) 추자고 권하는 영광을 누리는 바요…… 내가 술에 취했다고 생각하시오? 무슨 상관이람……! 오히려 훨씬 더 자유자재로 출 수 있소, 정말이오……"

그녀는 너무 무섭고 또 너무 화가 나 기절하기 일보 직전으로 보였다.

나는 술 취한 신사에게 다가가 그의 팔을 제법 꽉 붙잡고 그의 눈을 뚫어져라 쏘아보며 그만 물러가라고 했다. 그 이유인즉 공작 영애는 이미 오래전에 나와 마주르카를 추기로 약속했기 때문이라고 덧붙였다.

"그럼 할 수 없군……! 다음번에 보지!" 그는 이렇게 말하더니 히죽거리며 후안무치한 자기 동료들 쪽으로 물러났다. 그들은 즉시 그를 다른 방으로 데려갔다.

나는 그 보답으로 깊고 경이로운 시선을 선사받았다.

공작 영애는 어머니에게 가서 모든 일을 이야기했고, 어머니 쪽에서는 군중 속에서 나를 찾아내어 감사의 인사를 건넸다. 그녀는 나에게 나의 어머니를 알고 있으며, 나의 이모들 대여섯 명과도 친한 사이였다고 했다.

"우리가 어떻게 지금까지 모르고 지냈는지 모르겠어요." 그녀가 덧붙였다. "하지만 이건 오직 당신의 잘못이라는 걸 인정하세요. 사람이라면 다들 너무 꺼리시니, 원, 그런 건 처음 봤네요. 내 거실의 공기가 당신의 우울증을 쫓아주었으면 좋겠군요…… 안 그런가요?"

나는 그녀에게 이런 경우에 대비하여 누구나 준비해두게 마련인 대사 하나를 말했다.

카드리유*는 끔찍이도 오랫동안 이어졌다.

마침내, 악단에서 마주르카가 울려 퍼지기 시작했다. 나와 공작 영애는 자리를 잡고 앉았다.

나는 술 취한 신사나 나의 이전 행동이나 그루시니츠키에 대해서는 숫제 일언반구도 하지 않았다. 불쾌한 장면으로 인한 인상이 조금씩 지워지자, 그녀의 얼굴은 활짝 피어났다. 그녀는 몹시 귀엽게 농담을 했다. 그녀의 이야기는 재치가 넘쳤는데, 구태여 재치를 뽐내려고 하지 않건만 생기 있고 자유분방했으며 이따금씩 심오한 의견을 내놓기도 했다…… 나는 몹시 뒤엉킨 어구를 써서 그녀가 오래전부터 내 마음에 들었다는 것을 감지하도록 했다. 그녀는 고개를 기울이며 살짝 얼굴을 붉혔다.

"당신은 이상한 사람이에요!" 그녀가 이렇게 말하고는 나를 향해 벨벳 같은 눈을 들어 어색하게 웃었다.

---

* 네 사람이 한 조가 되어 사방에서 서로 마주 보며 추는 프랑스 춤.

"저는 당신과 인사를 나누고 싶지 않았습니다." 내가 계속했다. "너무나 많은 숭배자들이 무리 지어 당신 주위를 에워싸고 있어서, 그 속에 완전히 묻혀버릴까 봐 걱정스러웠거든요."

"괜한 걱정을 하셨군요! 그들은 전부 지루하기 짝이 없는걸요……"

"전부! 정말로 전부인가요?"

그녀는 흡사 뭔가를 기억해내려고 애쓰듯 나를 주의 깊게 바라보더니, 다시 얼굴을 살짝 붉혔고, 마침내 단호하게 "전부!"라고 말했다.

"심지어 제 친구인 그루시니츠키도?"

"그분이 당신 친구예요?" 그녀가 다소 의구심을 보이며 말했다.

"그분은 물론, 지루한 부류에는 들어가지 않지만……"

"하지만 불행한 부류에는 들어가겠죠." 내가 웃으며 말했다.

"물론이죠! 그게 우스운가요? 제 바람으론 당신이 그분과 같은 처지라면……"

"아니, 왜요? 저도 한때는 사관 후보생이었고, 사실 그때가 제 인생의 가장 훌륭한 시절이었지요!"

"아니, 그분이 사관 후보생인가요……?" 그녀는 재빨리 이렇게 말한 다음 덧붙였다. "저는 달리 생각했었네요."

"어떻게 생각하셨는데요……?"

"아무것도 아니에요……! 저 부인은 누구죠?"

여기서 화제는 바뀌었고 더 이상 그 얘기로 돌아가지 않았다.

그때 마주르카가 끝났고, 우리는 다음에 또 보자며 작별 인사를 했다. 부인들도 제각기 흩어졌다…… 나는 저녁을 먹으러 가다가 베르너를 만났다.

"아하!" 그가 말했다. "역시 그렇군요! 꼭 그녀를 죽음의 문턱에서 구해주면서 나타나 그녀와 인사를 나누고 싶다더니."

"내 방식은 더 훌륭했죠." 내가 그에게 대답했다. "그녀가 무도회에서 기절하기 일보 직전에 구했거든요."

"어떻게요? 얘기 좀 해봐요……!"

"아니요, 알아맞혀보시죠. 당신은 이 세상의 모든 것을 다 알아맞히잖아요!"

5월 23일

저녁 일곱시쯤 나는 산책로를 거닐고 있었다. 그루시니츠키가 멀리서 나를 알아보고는 이쪽으로 다가왔다. 어쩐지 우스꽝스러운 환희가 그의 두 눈에서 빛났다. 그는 내 손을 꼭 잡고 비극적인 목소리로 말했다.

"고맙네, 페초린…… 내 말 알아듣겠나……?"

"아니. 하지만 어쨌거나 감사할 필요는 없네." 정말 양심상 어떤 선행도 한 적이 없었기 때문에 나는 이렇게 대답했다.

"무슨 말인가? 그럼 어제는? 설마 잊었나……? 메리가 나에게 전부 이야기해줬네……"

"그래서? 설마 자네들은 지금 뭐든 다 함께하나? 감사하는 것까지도?"

"이봐." 그루시니츠키가 몹시 근엄하게 말했다. "자네가 내 친구로 남고 싶다면 제발 내 사랑을 놀리지 말아주게…… 그러니까 나는 그녀를 미칠 정도로 사랑하고…… 내 생각으론, 또 내 바람이지만, 그녀도 나를 마찬가지로 사랑하네…… 그래서 자네한테 부탁이 있어. 오늘 저녁에 공작부인 댁에 가는 거야…… 모든 것을 눈여겨봐주겠다고 나한테 약속하게. 자네가 이런 쪽에 경험이 많다는 건 나도 알거든, 자네는 여자를 나보다 더 잘 알잖나…… 여자들이란! 여자들이란! 누가 그들을 이해할까? 그들은 미소와 시선이 서로 모순되고, 또 말로는 희망을 주고 유혹하지만 그 목소리로는 사람을 내치잖나…… 한순간에 우리의 가장 은밀한 생각까지 간파하고 읽어내는가 하면, 또 가장 분명한 암시도 이해하지 못하고…… 이 공작 영애만 해도 그래. 어제 나에게 머무는 그녀의 두 눈은 열정으로 불타올랐는데, 오늘은 흐리멍덩하고 냉랭하더라고……"

"아마 온천수가 효력을 발휘한 결과겠지." 내가 대답했다.

"자네는 뭐든 나쁜 면만 보는군…… 유물론자 같으니!" 그가 경멸스럽다는 듯 덧붙였다. "하긴 그럼 물질을 좀 바꾸자고." 그는 상당히 형편없는 말장난에 만족하며 즐거워했다.

여덟시가 지났을 무렵, 우리는 함께 공작부인 댁으로 갔다.

베라의 방 옆을 지날 때 나는 그녀를 창가에서 보았다. 우리는 서로 재빨리 시선을 주고받았다. 우리가 들어간 다음, 그녀도 곧 거실로 들어왔다. 공작부인은 나를 자기 친척인 그녀에게 소개해주었다. 다들 차를 마셨다. 손님도 제법 많았다. 다들 함께 대화를 나누었다. 나는 공작부인의 마음에 들려고 애썼고, 농담을 해서 몇 번이나 그녀를 진

심으로 웃게 만들었다. 공작 영애도 여러 번이나 깔깔 웃고 싶은 눈치였지만 자기가 맡은 역할에서 벗어나지 않으려고 자제하고 있었다. 그녀는 노곤한 표정이 자기에게 잘 어울린다고 생각하는 모양인데, 그다지 틀린 것 같지는 않다. 그루시니츠키는 나의 명랑함이 그녀를 감염시키지 못하는 것에 몹시 기뻐하는 것 같다.

차를 마신 뒤에는 다들 홀로 갔다.

"나의 복종에 만족해, 베라?" 내가 그녀 곁을 스쳐 지나가며 말했다.

그녀는 나에게 사랑과 고마움이 가득한 시선을 보냈다. 내게는 익숙한 시선이지만, 한때는 그런 것이 나의 지복을 이루기도 했다. 공작 부인은 딸을 피아노 앞에 앉혔다. 다들 그녀에게 아무거나 노래를 불러달라고 부탁했다. 나는 잠자코 있다가 소란을 틈타 베라와 함께 창문 쪽으로 물러났는데, 그녀는 우리 둘에게 몹시 중대한 얘기를 하고 싶어 했다…… 알고 보니 시시껄렁한 것이었지만……

한편 공작 영애는, 잔뜩 골이 나 번득거리는 시선만 봐도, 나의 무심함 때문에 몹시 속이 상한 모양이었다…… 오, 나는 말은 없지만 풍부한 표정을 담은, 짧으면서도 강렬한 이런 대화를 놀라울 정도로 잘 이해한다……!

그녀는 노래를 부르기 시작했다. 목소리가 나쁘지는 않지만 노래는 영 별로다…… 하긴 나는 제대로 듣지도 않았다. 대신, 그루시니츠키가 그녀의 맞은편에서 그랜드피아노에 팔꿈치를 댄 채, 탐욕스럽게 그녀를 응시하며 쉴 새 없이 들릴락 말락 한 목소리로 "Charmant! délicieux(매혹적이야! 황홀해)!"라고 말했다.

"이봐요." 베라가 나에게 말했다. "당신이 내 남편과 알게 되는 건

싫지만, 공작부인의 마음에는 꼭 들어야 해요. 당신에게는 쉬운 일이
죠. 당신은 원하는 건 전부 할 수 있으니까. 우리는 오직 여기서만 만
날 수 있어요……"

"오직……?"

그녀는 얼굴을 붉히며 계속했다.

"내가 당신의 노예라는 거, 알잖아요. 나는 결코 당신을 거역할 수
없었고…… 이 때문에 벌을 받게 될 거예요. 당신의 사랑은 식을 테
니까! 적어도 내 체면만은 지키고 싶군요…… 그나마도 나를 위해서
가 아니라는 거, 당신도 잘 알고 있잖아요……! 오, 부탁이에요. 괜히
의심하고 억지로 냉담한 척 굴면서 예전처럼 나를 괴롭히지는 마요.
나는 아마 곧 죽을 거예요, 하루하루 몸이 약해지는 게 느껴져요……
그럼에도 앞으로의 인생에 대해서는 생각도 할 수 없어요, 오직 당신
만 생각하니까…… 당신들, 남자들은 시선을 주고받고 손을 꼭 잡는
쾌감을 이해하지 못하지만…… 나는, 맹세코, 당신의 목소리에 귀를
기울이면 너무도 깊고 이상한 지복을 느껴요. 가장 뜨거운 키스도 그
것을 대신할 수 없죠."

그러는 동안에 공작 영애 메리가 노래를 마쳤다. 주변에서 그녀에
게 찬사가 쏟아졌다. 다들 찬사를 끝낸 뒤에 나는 그녀에게 다가가,
그녀의 목소리에 대해 상당히 무성의하게 뭐라고 말했다.

그녀는 아랫입술을 삐죽 내밀고 인상을 살짝 쓰더니, 몹시 비아냥
거리며 왼발을 뒤로 빼고 무릎을 굽혀 답례했다.

"이러시니까 더 몸 둘 바를 모르겠는걸요." 그녀가 말했다. "제 노
래를 아예 듣지도 않으시더니. 음악을 별로 안 좋아하시나 봐요……?"

"천만에요, 식후에는 특히 좋아하죠."

"그루시니츠키가 당신은 취향이 몹시 산문적이라고 하던데 정말이었군요…… 당신이 미식가적 관점에서 음악을 좋아하신다는 것을 이제 저도 알겠어요……"

"또 오해를 하시는군요. 저는 전혀 미식가가 아닙니다. 위가 아주 나쁘거든요. 하지만 식후에 음악을 들으면 잠이 잘 오고, 식후 수면은 건강에도 좋죠. 따라서 저는 음악을 의학적 관점에서 좋아하는 겁니다. 한데 저녁에는 음악이 신경을 너무 자극합니다. 너무 슬퍼지거나 너무 즐거워지거든요. 슬퍼하거나 기뻐할 이유가 딱히 없을 때는 이도 저도 피곤한 일입니다. 더욱이 사교 모임에서는 슬퍼하는 것도 우습고 너무 즐거워해도 점잖지 못하니까요."

그녀는 끝까지 듣지도 않고 저쪽으로 가더니 그루시니츠키 옆에 앉았다. 그들 사이에는 어떤 감상적인 대화가 시작됐다. 공작 영애는 그의 말을 주의 깊게 듣고 있다는 걸 보여주려고 무던히 애썼지만, 그의 오묘한 어구에 상당히 멍하고 엉뚱하게 응수했다. 그래서 그는 그녀의 불안한 시선에 이따금씩 드러나는 내적인 흥분의 원인을 알아내려고 애쓰며 이따금씩 놀란 표정으로 그녀를 바라보았다……

하지만 나는 당신의 속셈을 간파했다오, 사랑스러운 공작 영애, 조심하시길! 나와 똑같은 수법으로 나한테 복수하고 나의 자존심에 상처를 줄 생각이겠지만, 뜻대로 안 될걸요! 그리고 만약 당신이 나에게 선전포고를 하면 나는 무자비하게 굴 거요.

저녁 내내 나는 몇 번이나 일부러 그들의 대화에 끼어들려고 노력했지만 그녀는 나의 의견에 상당히 썰렁하게 응수했고, 마침내 나는 짜증이 난 척 굴며 물러났다. 공작 영애는 기고만장했다. 그루시니츠키도 마찬가지였다. 기고만장하시라, 친구들이여, 서두르시라…… 기고만장하는 것도 오래가진 못할 테니……! 하지만 어쩌라! 나에게는 예감이라는 것이 있다…… 어떤 여자와 알게 되면 나는 늘 그녀가 나를 사랑하게 될지 아닐지를 정확하게 알아맞혔다……

남은 저녁 시간은 베라 곁에서 보내며 옛날 얘기를 실컷 나눴다! 무엇 때문에 그녀는 나를 이렇게 사랑하는 걸까, 정말 모르겠다! 더욱이 이 여자는 나를, 나의 온갖 사소한 약점과 고약한 열정까지도 완전히 이해한 유일한 여자다…… 정녕 악이란 이토록 매력적인 것일까……?

나는 그루시니츠키와 함께 밖으로 나왔다. 거리에서 그는 내 팔짱을 끼고 오랫동안 잠자코 있다가 말했다.

"그래, 어떤가……?"

"자네는 바보야"라고 대답해주고 싶었지만, 자제력을 발휘하여 어깨만 으쓱했다.

5월 29일

요즘 나는 단 한 번도 나의 체계에서 벗어나지 않았다. 공작 영애는 내 이야기가 마음에 들기 시작한다. 나는 그녀에게 살아오면서 겪은 이상한 사건들 몇 개를 이야기해주었고 그녀는 나를 특이한 사람이라고 생각하기 시작한다. 나는 세상의 모든 것을, 특히 감정들을 비웃는

다. 이것에 그녀는 놀라기 시작한다. 내가 있는 데서는 그루시니츠키와 감상적인 대화를 나눌 용기를 내지 못하고, 벌써 몇 번이나 그의 행동거지에 냉소로 응수했다. 하지만 나는 그루시니츠키가 그녀에게 다가갈 때마다 겸손한 표정을 지으며 그들을 단둘이 남겨놓는다. 처음에는 그녀도 이것에 기뻐하거나 적어도 그렇게 보이려고 노력했다. 하지만 두번째는 나에게 화를 냈고 세번째는 그루시니츠키에게 화를 냈다.

"당신은 정말 자존심도 없군요!" 그녀가 어제 나에게 말했다. "대체 왜 제가 그루시니츠키와 있으면 즐거워할 거라고 생각하시죠?"

나는 친구의 행복을 위해 자신의 만족을 희생하는 것이라고 대답했다……

"저의 만족까지도요." 그녀가 덧붙였다.

나는 그녀를 주의 깊게 바라보며 진지한 표정을 지었다. 그다음에는 하루 종일 그녀와 한 마디도 하지 않았다…… 저녁에도 그녀는 생각에 잠겨 있었지만, 오늘 아침 우물가에서 보니 더욱더 생각에 잠긴 표정이었다. 내가 그녀 쪽으로 다가갔을 때, 그녀는 자연에 흠뻑 도취된 것 같은 그루시니츠키의 말을 심드렁하게 듣고 있었다. 하지만 나를 보자마자 꼭 내 존재를 알아채지 못한 척 굴며 (참으로 뜬금없게도) 깔깔 웃기 시작했다. 나는 좀 더 멀리 떨어져 나와 몰래 그녀를 관찰하기 시작했다. 그녀는 말벗으로부터 고개를 돌려 두 번 하품을 했다.

확실히 그녀는 그루시니츠키에게 싫증이 났다.

나는 이틀은 더 그녀와 말을 하지 않을 것이다.

6월 3일

나는 종종 자문해본다. 뭐하러 나는 유혹하고 싶지도 않고 절대 결혼하지도 않을 젊은 처녀의 사랑을 이토록 집요하게 손에 넣으려고 하는 걸까? 여자의 이런 교태가 대체 왜 필요한가? 베라는 공작 영애 메리가 언제든 나를 사랑하게 될 그 이상으로, 훨씬 더 많이 나를 사랑한다. 만약 그녀가 나에게 정복할 수 없는 미인으로 보였다면, 오히려 실행의 어려움에 끌리기라도 했을 텐데. 하지만 그런 건 절대 아니다! 따라서 이것은 청춘의 초창기에 우리를 괴롭히는 저 욕구는 아닌데, 우리를 참을 수 없어 하는 여자를 찾을 때까지 우리를 한 여자에게서 다른 여자에게로 자꾸만 옮겨 가게 만드는 사랑의 저 불안한 욕구 말이다. 우리의 꾸준함은 바로 그 경우에 시작된다. 수학적으로 표현하자면 점에서 공간으로 떨어지는 선과 같은, 진실되고 무한한 열정 말이다. 이 무한함의 비밀은 오직 목적에, 즉 종말에 도달할 수 없다는 데 있다.

대체 나는 무엇 때문에 부산을 떠는 걸까? 그루시니츠키에 대한 질투 때문에? 불쌍한 녀석! 그는 그녀를 얻을 가치가 전혀 없다. 아니면 이건 저 추악하지만 억누르기 힘든 감정, 우리로 하여금 이웃의 달콤한 방황을 파괴하도록 만드는 저 감정의 결과일까. 그러니까 나는 그가 절망에 사로잡혀 대체 무엇을 믿어야 하냐고 물어올 때 다음과 같은 대답을 해줄 만족을 누리려는 걸까.

"이봐, 나도 똑같은 일이 있었지만, 자네도 보다시피, 나는 점심 먹고 저녁 먹고 잠도 아주 편히 자고, 그리고 비명도 눈물도 없이 죽을 수 있길 바랄 뿐이야!"라는 대답을.

사실 막 피어난 젊은 영혼을 차지하는 데는 무한한 쾌락이 있다! 그것은 태양의 첫 광선을 맞이하며 가장 훌륭한 향기를 내뿜는 꽃송이와 같다. 그 순간에 꺾어서 실컷 향기를 맡은 다음 길바닥에 내팽개쳐야 한다. 그럼 아무나 주워 가겠지! 나는 길을 가다 마주치는 모든 것을 집어삼킬 만큼 게걸스러운 탐욕이 나의 내부에서 끓어오름을 느낀다. 나는 타인들의 고통과 기쁨을 오직 나 자신과의 관계에서만, 나의 영혼의 힘을 지탱해주는 양식처럼 바라본다. 나란 놈은 이제 더 이상 열정에 휘둘려 광기 어린 행동을 할 능력이 없다. 나의 야심은 이러저런 상황 탓에 억압됐지만, 그것은 다른 형태로 발현됐다. 야심은 바로 권력욕이고 나의 첫번째 만족은 나를 둘러싸고 있는 모든 것을 나의 의지에 종속시키는 데 있으니까. 자신에 대한 사랑과 충성과 공포의 감정을 불러일으키는 것, 이것이야말로 권력의 첫번째 표식이자 가장 위대한 승리가 아니겠는가? 어떤 확실한 권리도 없건만 누군가에게 고통과 기쁨의 원인이 되는 것, 이것이야말로 오만함의 가장 달콤한 양식이 아니겠는가? 그럼 행복이란 무엇인가? 한껏 충족된 오만함이다. 만약 내가 스스로를 세상에서 제일 훌륭하고 강력한 자로 여길 수 있다면, 나는 행복할 것이다. 만약 모든 사람이 나를 사랑해준다면, 나는 내 안에서 무한한 사랑의 원천을 발견할 것이다. 악은 악을 낳는다. 첫 고통은 남을 괴롭히는 만족이 어떤 것인지를 알게 해준다. 악에 대한 생각은, 그것을 현실에 적용시키고 싶은 마음 없이는, 사람의 머릿속에 떠오를 수 없다. 생각은 유기체의 창조물이다, 라고 누군가 말했다. 생각은 태어나는 순간 이미 형식을 부여받고, 그 형식이 곧 활동이다. 따라서 머릿속에서 더 많은 생각이 태어나는 사람일수록 다른 사람들보다 더 많이 행동한다. 이 때문에 관리용 책상에 붙박인 천재는 죽거나 미치게 마련인데, 이는 왕성한 체력을 가진 사람이 가만히 앉아만 있고 행동을 삼가며 살다 보면 뇌졸중으로 죽는 것과 똑같다.

열정이란 바로, 그 발전의 첫 단계에서 나타나는 생각들이다. 그것은 마음이 청춘일 때만 가질 수 있는 것이며, 따라서 평생 그로 인해 흥분할 것이라고 생각하는 자는 바보이다. 많은 고요한 강들이 시끌 벅적한 폭포로 시작하지만, 바다에 이르러서까지 질주하고 거품을 뿜어내는 것은 단 하나도 없다. 하지만 이 고요함은 종종, 숨어 있지만 위대한 힘의 표식이다. 감정과 사상의 충만함과 깊이는 광적인 격정을 허용하지 않는다. 영혼은 고통스러워하고 또 쾌감에 젖으면서 모든 것을 명확히 이해하고 또 마땅히 그래야 한다고 확신한다. 그것은 뇌우 없이 폭염만 지속되면 태양이 자기를 바싹 말려버릴 것임을 알고 있다. 그것은 자신의 삶으로 충만하고, 사랑하는 아이 대하듯 스스로를 어르고 또 벌한다. 자기 인식의 최고 상태에서만 인간은 신의 심판을 평가할 수 있다.

이 페이지를 다시 읽다 보니, 내가 원래 주제에서 너무 많이 일탈했다는 것을 알겠다…… 하지만 무슨 소용이 있나……? 실상 이 일지는 나 자신을 위해 쓰는 것이며, 고로 내가 여기에 휘갈겨놓는 건 모두 때가 되면 나에게 귀중한 추억이 될 것이다.

그루시니츠키가 와서 나를 얼싸안았다. 장교로 승진한 것이다. 우리는 샴페인을 마셨다. 의사 베르너가 그의 뒤를 따라 들어왔다.

"나는 당신에게 축하 인사를 하지 않겠습니다." 의사가 그루시니츠키에게 말했다.

"왜요?"

"사병 외투가 당신에게 아주 잘 어울리기 때문이고, 아시겠지만 이곳 온천장에서 만든 육군 보병 군복은 당신에게 어떤 매력도 주지 못할걸요…… 그러니까 당신은 지금까지는 예외였지만 이제는 보통 사람이 되는 거죠."

"마음대로 해석하시죠, 마음대로, 의사 선생! 그래본들 내가 기뻐하는 걸 방해하지 못할 테니까요. 저 양반은 뭘 모르는군." 그루시니츠키가 나의 귀에 대고 덧붙였다. "이 견장이 나에게 얼마나 많은 희망을 주었는지 말이야…… 오, 견장, 견장이여! 너의 그 별, 안내자인 별이여…… 천만에! 지금 나는 완전히 행복하네."

"우리와 함께 웅덩이 쪽으로 산책이나 가지 않겠나?" 내가 그에게 물었다.

"나 말인가? 군복이 완성될 때까지는 어떤 일이 있어도 공작 영애 앞에 나타나지 않을 걸세."

"그녀에게 자네의 기쁜 소식을 알려줄까……?"

"아니, 제발 아무 말 말아주게…… 그녀를 놀래주고 싶거든."

"그나저나, 자네, 그녀와는 어떻게 돼가나, 어?"

그는 당혹스러워하며 생각에 잠겼다. 호기를 부리며 거짓말이라도 하고 싶은 마음이 굴뚝같지만 그러기엔 창피했고, 그렇다고 사실대로 말하자니 부끄러웠던 것이다.

"자네 생각은 어때, 그녀는 자네를 사랑하나?"

"사랑하냐고? 세상에, 페초린, 자네는 당최 무슨 생각을 하고 사나……! 진도가 어떻게 그렇게 빨리 나갈 수 있나……? 설령 그녀가 나를 사랑한다고 해도 점잖은 여자라면 그런 말은 하지 않지……"

"좋아! 그럼 자네 생각엔 점잖은 남자도 역시 자신의 열정에 대해 분명히 침묵을 지켜야 하겠군……?"

"에라이, 이 양반아! 모든 일에는 그 나름의 방식이 있는 법이야. 말은 많이 안 해도 저절로 아는 거지……"

"그야 그렇지…… 다만 우리가 눈으로 읽는 사랑은 여자에게 어떤 구속도 되지 않는 반면, 말이란…… 하여간 조심하게, 그루시니츠키, 그녀는 자네를 속이고 있는 거야……"

"그녀가!" 그는 이렇게 대답하고선, 하늘을 향해 눈을 들어 올리고 자족적인 미소를 지었다. "나는 자네가 안됐네, 페초린……!"

그는 가버렸다.

저녁에 많은 사람들이 함께 모여 웅덩이로 향했다.

이곳 학자들의 견해로, 이 웅덩이는 다름 아니라 불 꺼진 분화구라고 한다. 그것은 도시에 1베르스타 떨어진, 마슈크 산기슭에 있다. 거기까지는 관목 숲과 절벽 사이로 좁다란 오솔길이 나 있다. 산을 오르며 나는 공작 영애에게 손을 내밀었고, 그녀는 산책하는 동안 내내 그 손을 놓지 않았다.

우리의 대화는 독설로 시작됐다. 나는 눈앞에 있는 사람이든, 없는 사람이든 하여간 우리가 아는 사람을 죄다 꼽아가며 처음에는 그들의 우스꽝스러운 면을, 그다음엔 고약한 면을 까발렸다. 비꼬는 성미가 발동한 것이다. 시작은 농담이었지만 끝은 진정한 악의였다. 처음에는 그녀도 재미있어했지만 나중에는 깜짝 놀랐다.

"당신은 위험한 사람이군요!" 그녀가 나에게 말했다. "그 독설의 먹이가 되느니 숲 속에서 살인자의 칼을 맞는 편이 차라리 낫겠다 싶은걸요…… 나는 정말로 당신을 용서하지 않겠어요. 나에 대해 고약한 말을 할 생각이 든다면, 차라리 칼로 나를 찌르세요. 내 생각엔 당신에게 그다지 어려운 일도 아닐 텐데."

"아니, 내가 살인자 같습니까……?"

"더 나빠요……"

나는 잠깐 생각에 잠겼다가 깊이 감동한 표정을 지으며 말했다.

"그렇죠! 나의 운명은 어린 시절부터 그랬지요! 다들 나의 얼굴에서 있지도 않은 고약한 성질의 표식을 읽어냈습니다. 하지만 그런 것이 있다고 가정하자 정말로 그런 것이 태어났습니다. 나는 얌전했지만 사람들은 나더러 교활하다고 비난하더군요. 그래서 내성적인 성격이 됐습니다. 나는 선과 악을 깊이 느꼈습니다. 누구도 나를 상냥히 대하지 않고 오히려 다들 모욕했지요. 나는 원한에 사무치게 됐습니다. 나는 음울했지만, 다른 아이들은 명랑하고 수다스러웠습니다. 나는 내가 그들보다 우위에 있다고 느꼈지만, 그들은 나를 낮게 취급했습니다. 그러다 보니 질투심이 많아졌지요. 나는 전 세계를 사랑할 준비가 돼 있었지만, 아무도 나를 이해하지 못했습니다. 그래서 증오하는 법을 배웠지요. 나의 무채색의 젊음은 나 자신과의 싸움, 세계와의 투쟁 속에서 흘러가버렸습니다. 나의 훌륭한 감정들은 조롱이 두려웠던 나머지 가슴 깊은 곳에 묻어버렸습니다. 그것들은 거기서 그렇게 죽어버렸지요. 나는 진실을 말했지만 아무도 내 말을 믿어주지 않더군요. 그래서 거짓말을 하기 시작했습니다. 사교계와 사회의 원동력이 무엇인지 잘 알게 되자 인생이라는 학문에 능수능란해졌고, 다른 사람들은 어떤 기교도 없이, 내가 그토록 지칠 줄 모르고 손에 넣으려 애썼던 저 이점들을 공짜로 누리며 행복해하는 걸 보았습니다. 그러자 내 가슴속에는 절망이 태어났습니다. 권총의 총구로 치료할 수 있는 절망이 아니라 차갑고 무기력한, 상냥함과 선량한 미소로 슬쩍 가려진 절망 말이죠. 나는 정신적인 불구자가 됐습니다. 내 영혼의 절반은 존재하지 않았습니다. 그것은 바싹 말랐고 증발했고 죽어버렸으므로, 나는 그것을 잘라내서 던져버렸습니다. 반면, 다른 나머지 절반은 꿈틀거리며 누구에게나 봉사하며 살아왔는데, 아무도 그것을 알아채지 못하더군요. 하긴 아무도 그것의 파멸해버린 반쪽의 존재를 몰랐으니까요. 하지만 지금 당신이 나의 내부에서 그것에 대한 추억을 환기시켰기에, 당신에게 그 묘비명을 읽어준 것입니다. 묘비명이란 어떤 것이든 대개 많은 사람에게 우스워 보이겠지만, 나에게는 아닙니다. 특히 그 밑에 무엇이 잠들어 있는지를 회상할 때는요. 그러나 당신에게 나의 의견을 공유하자고 부탁하진 않겠습니다. 내 행동이 당신에게 우스워 보인다면 마음껏 웃으시죠. 미리 말씀드리지만, 그래도 나는 조금도 슬퍼지지 않을 테니까요."

그 순간 나는 그녀와 눈이 마주쳤다. 그녀의 눈에는 눈물이 글썽였다. 그녀의 손은 나의 손에 의지한 채 파르르 떨렸고 뺨은 불타올랐다…… 내가 가여웠던 것이다! 여자라면 누구나 너무도 쉽게 굴복해

버리는 연민이란 감정이 경험 없는 여자의 가슴에 발톱을 박아 넣은
것이다. 산책을 하는 내내 그녀는 얼이 빠져 있었고 그 누구 앞에서도
교태를 부리지 않았다. 이것은 대단한 징조다!

우리는 웅덩이에 도착했다. 부인들은 자기 파트너들에게서 떨어졌
지만, 그녀만은 내 손을 놓지 않았다. 이곳 댄디들의 재담도 그녀를
웃기지 못했다. 그녀는 가파르게 깎아지른 절벽 옆에 서서도 놀라지
않았지만, 다른 귀족 아가씨들은 꽥꽥 비명을 지르며 눈을 감았다.

돌아오는 길에 나는 우리의 슬픈 대화를 다시 꺼내지 않았다. 하지
만 나의 실없는 질문과 농담에 그녀는 넋이 나간 듯 짧게 대답했다.

"사랑을 해본 적이 있으세요?" 마침내 내가 그녀에게 물었다.

그녀는 나를 주의 깊게 바라보다가 고개를 가로젓더니 또다시 생각
에 잠겼다. 뭔가 말하고 싶은 기색이 역력했지만 어디서부터 시작해
야 할지를 모르는 것 같았다. 가슴이 요동치고 있었기 때문이다……
어쩌랴! 모슬린 소매는 부실한 방어 수단이라, 불꽃이 일면서 전기가
나의 손에서 그녀의 손으로 통해버린 것이다. 거의 모든 열정이 이렇
게 시작되건만, 우리는 여자가 우리를 사랑하는 것이 육체적이거나
정신적인 장점 때문이라고 생각하며 스스로를 호되게 기만하는 일이
종종 있다. 물론 그런 장점이 여자의 마음을 움직여 성스러운 불꽃을
받아들일 준비를 시키긴 하지만, 어쨌거나 일을 결정짓는 것은 첫 접
촉이다.

"오늘은 내가 몹시 친절했죠, 예?" 산책에서 돌아올 때 공작 영애
가 억지로 미소를 지으며 나에게 말했다.

우리는 헤어졌다.

그녀는 스스로에게 불만이다. 나에게 냉담하게 굴었던 것을 탓하는 것이다…… 오, 첫 승리, 이 중요한 승리여! 내일이면 그녀는 나에게 보답하고 싶어 할 것이다. 나는 이 모든 것을 이미 훤히 알고 있다— 이 얼마나 따분한 일인가!

6월 4일

오늘 나는 베라를 보았다. 그녀는 질투를 하며 나를 괴롭혔다. 공작 영애가 그녀에게 마음속 비밀을 털어놓을 생각을 한 모양이다. 솔직히 말해, 사람 한번 참 잘 골랐다!

"나는 이 모든 것이 어떻게 끝날지 대충 알겠어요." 베라가 나에게 말했다. "차라리 지금 그냥 그녀를 사랑한다고 말해요."

"하지만 내가 그녀를 사랑하지 않는다면?"

"그럼 대체 뭐하러 그녀를 쫓아다니고 그녀의 상상을 뒤흔들어놓고 흥분시키는 거죠……? 오, 난 당신을 너무도 잘 알지! 들어봐요, 내가 당신의 말을 믿길 원한다면, 일주일 뒤에 키슬로보츠크로 와요. 모레 우리는 거기로 옮겨 가요. 공작부인은 여기에 좀 더 오래 머무를 거예요. 우리 집 옆에 있는 집을 빌려요. 우리는 샘물 근처, 큰 저택의 다락방에서 살 거예요. 아래층은 리곱스카야 공작부인이 쓸 테고. 그 옆에 주인은 같은데 아직 비어 있는 집이 있어요…… 올 거예요……?"

나는 그러겠다고 약속했고, 바로 그날 그 집을 빌리라며 사람을 보냈다.

그루시니츠키는 저녁 여섯시에 나를 찾아와, 내일 그의 군복이 완성될 것이라고, 마침 무도회 날에 맞출 수 있게 됐다고 말했다.

　"드디어 나는 저녁 내내 그녀와 춤을 추게 될 걸세…… 이야기도 마음껏 나누고!" 그는 이런 말도 덧붙였다.

　"무도회가 대체 언제인가?"

　"내일이라니까! 큰 축제라서 여기 관청 주최로 열리는 거라고……"

　"산책로에나 가보세……"

　"절대 안 돼! 이 추잡한 외투를 입고는……"

　"왜, 싫증이 났나……?"

　나는 혼자 나갔고, 공작 영애 메리를 만나 그녀에게 마주르카를 청했다. 그녀는 깜짝 놀라면서도 기뻐하는 것 같았다.

　"나는 당신이 지난번처럼 꼭 필요할 때만 춤을 추는 줄 알았어요." 그녀는 이렇게 말하며 몹시 사랑스러운 미소를 지었다……

　그녀는 그루시니츠키가 없는 걸 전혀 알아채지 못하는 모양이다.

　"내일 기분 좋게 놀라실 일이 있을 겁니다." 내가 그녀에게 말했다.

　"무슨 일인데요……?"

　"그건 비밀입니다…… 무도회에서 직접 알아맞혀보시죠."

　나는 공작부인 댁에서 저녁을 보냈다. 베라, 그리고 몹시 재미있는 어떤 노인 말고는 손님도 없었다. 나는 기분이 좋아서 온갖 특이한 이야기를 즉석에서 지어냈다. 내 맞은편에 앉은 공작 영애가 나의 시시껄렁한 얘기를 너무나 주의 깊게, 열심히, 심지어 상냥하게 들어주었기 때문에 창피해졌다. 그녀의 활기, 그녀의 교태, 그녀의 변덕, 그녀의 오만한 표정, 경멸을 머금은 미소, 얼빠진 시선은 전부 어디로 사라진 것일까……?

이 모든 것을 베라는 알아챘다. 병색이 완연한 그녀의 얼굴에는 깊은 슬픔이 어렸다. 그녀는 넓은 안락의자에 푹 파묻힌 채 창문 옆, 그늘진 곳에 앉아 있었다. 나는 그녀가 가엾어졌다.

그때 나는 그녀를 알게 되고 사랑하기까지 그 극적인 사연을 전부 늘어놓았는데, 물론 그 모든 것을 지어낸 이름으로 은폐했다.

나의 다정함, 나의 불안과 환희를 너무도 생생하게 묘사하고 그녀의 행동과 성격을 워낙 좋은 쪽으로 부각시켰기 때문에, 그녀는 내가 공작 영애에게 교태를 부리는 것쯤은 어쩔 수 없이 용서해야 했다.

그녀는 일어나 우리 곁으로 와서 앉았고 생기를 되찾았다…… 그리고 새벽 두시가 돼서야 우리는 의사가 열한시에 잠자리에 들라고 지시한 것을 상기했다.

6월 5일

무도회가 시작되기 30분 전, 그루시니츠키가 육군 보병 군복을 멋들어지게 차려입고 내 앞에 나타났다. 세번째 단추에는 청동 사슬이 붙어 있고 거기에는 접힌 오페라글라스가 매달려 있었다. 또 어마어마하게 큰 견장이 아모르의 날개 모양으로 위쪽으로 휘어져 있었다. 구두는 찍찍 소리가 났다. 그는 왼손에는 갈색의 염소가죽 장갑과 군모를 들고, 오른손으론 돌돌 말아 올린 앞머리를 쉴 새 없이 배배 꼬아 자잘한 곱슬머리를 만들고 있었다. 자기만족과 더불어 다소간의 망설임이 그의 얼굴에 드리워져 있었다. 축제 분위기를 풍기는 그의 차림새와 오만한 걸음걸이에 나는 껄껄 웃지 않을 수 없었을 것이다, 그것이 내 계획에 부합했더라면 말이다.

그는 군모와 장갑을 탁자 위로 던지고 거울 앞에서 소맷자락을 잡아당기며 매무새를 다듬기 시작했다. 거대한 검정색 스카프가 턱까지 오는, 빳빳하고 높게 선 안감을 감싸느라 깃 바깥으로 반(半)베르쇼크* 넘게 튀어나와 있었다. 그것도 부족했는지, 그는 스카프를 귀에 닿을 만큼 위로 당겨 올렸다. 이 어려운 작업 때문에―군복 깃이 매우 좁고 불안정했으니까―그의 얼굴로 피가 다 쏠렸다.

"들자하니 자네가 요즘 나의 공작 영애의 꽁무니를 죽도록 쫓아다닌다던데?" 그가 나를 보지도 않고 상당히 태연하게 말했다.

"우리 같은 멍청이가 어디서 차를 마시겠나!" 나는 언젠가 푸시킨이 찬양한 지난 시절의 가장 날렵한 건달들 중 한 명**이 애용한 어구를 반복하며 그에게 대답했다.

"어떤가, 군복이 나한테 잘 어울리나……? 에잇, 빌어먹을 유대인 같으니……! 겨드랑이 밑이 왜 이리 끼는 거야……! 자네, 혹시 향수 없나?"

"세상에, 뭘 또 더 하게? 자네한테서는 지금도 장미 포마드 냄새가 진동을 하는걸……"

---

* 1베르쇼크는 4.445센티미터.
** 푸시킨의 친구인 P. P. 카베린(1794~1855)을 말함.

"상관없어. 그냥 이리 줘보게……"

그는 향수 반병을 넥타이, 손수건, 소매에 들이부었다.

"자네, 춤을 출 건가?" 그가 물었다.

"안 출 생각이네."

"나는 공작 영애와 마주르카를 시작하게 될까 봐 걱정일세. 제대로 아는 동작이 거의 하나도 없는데……"

"그런데 그녀에게 마주르카를 신청하긴 했나?"

"아직 안 했네……"

"누가 선수를 치지 않도록 조심하게……"

"정말 그렇군." 그가 자기 이마를 때리며 말했다. "잘 있게…… 가서 현관 옆에서 그녀를 기다리겠네." 그는 군모를 집어 들고 뛰어나갔다.

반 시간 뒤 나도 출발했다. 거리는 어둡고 한산했다. 회합장인지 술집인지 어쨌거나 그 주변은 사람들이 들끓었다. 그곳 창문은 불이 밝혀져 있었다. 저녁 바람에 군악대 소리가 실려 왔다. 나는 천천히 걸었다. 슬펐다. 이런 생각이 들었다. 과연 이 지상에서 나의 유일한 소명이 타인의 희망을 파괴하는 것이란 말인가? 내가 살고 행동하기 시작한 그때부터 운명은 어쩐지 늘 나를 타인의 드라마의 대단원으로 데려갔는데, 흡사 내가 없으면 아무도 죽을 수도, 절망에 빠질 수도 없다는 듯 말이다! 나는 5막에 꼭 필요한 인물이었다. 어쩔 수 없이 나는 형리나 배신자라는 애처로운 역할을 맡았다. 운명은 어떤 목적이 있어 이렇게 해왔던 것일까……? 설마 내가 소시민 비극이나 가정 소설 따위의 저자가 될 운명, 혹은 예컨대 『독서 문고』*에 소설이나 납품하는 동업자가 될 운명을 타고난 것은 아닐까……? 하긴 어떻게 알랴……! 인생을 시작할 때는 알렉산드로스 대왕이나 바이런 경처럼 끝내리라고 생각하지만, 평생 9등관으로 남는 사람이 어디 한둘인가……?

홀 안으로 들어선 뒤 나는 남자들의 무리 속에 몸을 감추고 관찰하기 시작했다. 그루시니츠키는 공작 영애 옆에 서서 대단히 열을 올리며 무슨 말을 하고 있었다. 그녀는 그의 말을 건성으로 들었고 사방팔방을 둘러보며 부채를 입술에 갖다 댔다. 그녀의 얼굴에는 초조한 빛이 어렸고, 그녀의 눈은 주위를 두리번거리며 누군가를 찾고 있었다. 나는 그들의 대화를 엿듣기 위해 뒤로 살그머니 다가갔다.

"당신은 나를 괴롭히시는군요, 공작 영애." 그루시니츠키가 말했다. "못 본 동안에 너무 변하셨습니다……"

"변한 건 당신도 마찬가지예요." 그녀는 이렇게 대답하며 그를 힐끔 쳐다봤는데, 그 시선에 담긴 내밀한 냉소를 그는 읽어내지 못했다.

"내가요? 내가 변했다고요? 오, 설마요! 당신도 아시잖습니까, 절대 그럴 리 없다는 것을! 당신을 한 번 본 사람은 영원토록 당신의 성스러운 형상을 간직할 텐데요."

"그만 좀 하세요……!"

"얼마 전까지만 해도 그토록 자주 호감을 갖고 경청하시더니, 지금은 대체 왜 듣기 싫어하시죠……?"

"반복을 싫어하니까요." 그녀가 웃으며 대답했다……

---

* 1834년부터 1865년까지 발간된 월간지.

"오, 내가 그만 지독한 실수를 했군요……! 나는 미친 사람같이, 적어도 이 견장이 나에게 희망을 품을 권리를 주리라고 생각했지 뭡니까…… 아니, 차라리 평생 저 경멸스러운 사병 외투나 입고 있는 편이 나을 뻔했습니다. 그랬으면 당신의 주의를 끌었을지도 모르겠군요……"

"정말로 당신에게는 그 외투가 훨씬 더 잘 어울려요……"

그때 내가 공작 영애에게 다가가 인사했다. 그녀는 얼굴을 살짝 붉히며 재빨리 말했다.

"그런데 말이죠, 무슈 페초린, 무슈 그루시니츠키에게는 회색 외투가 훨씬 더 잘 어울리지 않나요……?"

"내 생각은 좀 다른걸요." 내가 대답했다. "군복을 입으니까 훨씬 더 앳돼 보여요."

그루시니츠키는 이 일격을 참지 못했다. 모든 소년들처럼 그도 노인처럼 보이고 싶어 안달이니까. 자기 얼굴에 새겨진 열정의 깊은 자국이 세월의 각인을 대체해준다고 생각하는 것이다. 그는 나에게 분노의 시선을 던지고 발을 한 번 구른 뒤 멀리 가버렸다.

"솔직히 털어놓으시죠." 내가 공작 영애에게 말했다. "그는 원래 참으로 우스운 위인이었지만, 최근까지만 해도 당신에게 흥미로운 인물이었던 것 같은데…… 회색 외투를 입고 있었을 때는 말이죠……?"

그녀는 눈을 내리깔며 아무 대답도 하지 않았다.

그루시니츠키는 저녁 내내 공작 영애를 쫓아다니며 그녀와 함께, 혹은 vis-à-vis(마주 보고) 춤을 추었다. 그는 집어삼킬 듯 바라보며 한숨을 내쉬고 애원과 책망을 퍼부어 그녀를 질리게 만들었다. 세번째 카드리유를 추고 난 뒤에는 이미 그녀는 그를 증오하게 됐다.

"자네가 이럴 줄은 몰랐네." 나에게로 다가와 손을 잡으며 그가 말했다.

"무슨 소린가?"

"자네 그녀와 마주르카를 추나?" 그가 엄숙한 목소리로 물었다. "그녀가 나에게 고백하더군……"

"아니, 그래서? 그게 무슨 비밀이라도 되나?"

"그야 물론, 교태나 부리는 계집애니까…… 이 정도는 예상했어야 했지. 꼭 복수할 걸세!"

"자네 외투나 견장을 탓할 일이지, 뭐하러 그녀를 비난하나! 자네한테 더 이상 마음이 없는걸, 그녀가 무슨 잘못을 했다고……?"

"뭐하러 희망을 주냔 말이야?"

"뭐하러 자네는 희망을 품었지? 뭘 바라고 손에 넣으려 하는 건 이해해! 하지만 대체 누가 희망을 품은 건가?"

"자네가 이겼어. 다만, 완전히 이긴 건 아니야." 그는 표독스러운 미소를 지으며 말했다.

마주르카가 시작됐다. 그루시니츠키는 오직 공작 영애만을 골랐고, 다른 신사들도 쉴 새 없이 그녀를 골랐다. 이것은 분명히 나를 겨냥한 음모였다. 그럴수록 더 좋다. 나와 얘기하고 싶은데 다들 방해가 되니까 그녀는 더더욱 나와 단둘이 있고 싶어질 것이다.

나는 두 번 정도 그녀의 손을 잡았다. 두번째는 그녀가 한 마디도 하지 않고 그 손을 빼냈다.

"오늘 밤엔 잠을 잘 못 잘 것 같아요." 마주르카가 끝난 뒤 그녀가 나에게 말했다.

"그루시니츠키 때문이겠군요."

"오, 아니에요!" 그러고서 그녀의 얼굴이 워낙에 깊은 생각에 잠긴 듯 애잔하게 바뀌었기 때문에 나는 오늘 저녁에 꼭 그녀의 손에 키스를 하겠노라고 스스로 다짐했다.

사람들이 흩어지기 시작했다. 공작 영애를 마차에 태우면서 나는 재빨리 그녀의 작은 손을 입술에 갖다 댔다. 어두웠기 때문에 본 사람은 아무도 없었다.

나는 스스로 몹시 만족한 채 홀로 돌아왔다.

큰 식탁 앞에서 젊은이들이 저녁 식사를 하고 있었는데, 그루시니츠키도 끼어 있었다. 내가 들어서자 다들 입을 다물었다. 내 얘기를 하고 있었던 모양이다. 지난번 무도회 이래, 많은 이들이 나를 못마땅하게 여기는데, 특히 용기병 대위가 그렇다. 지금은 그루시니츠키의 지휘하에 나를 겨냥한, 적의에 찬 패거리가 확고히 조직되는 것 같다. 그는 너무도 오만하고 용맹스러운 표정이다······

몹시 기쁘다. 나는 원수를 사랑한다, 비록 기독교식으론 아니지만. 그들은 나를 재미있게 해주고 내 피를 들끓게 한다. 늘 경계를 늦추지 않는 것, 시선 하나하나, 말 한 마디 한 마디의 의미를 포착하는 것, 그 의도를 알아맞히는 것, 음모를 와해시키는 것, 속은 척하는 것, 그러다가 갑자기 그들이 간계와 계략을 써서 힘들게 만든 거대한 건물을 일격에 무너뜨리는 것 ─ 바로 이것을 나는 삶이라고 부른다.

저녁 식사를 하는 내내 그루시니츠키는 용기병 대위와 뭐라 쑥덕대며 눈짓을 주고받았다.

6월 6일

오늘 아침 베라는 남편과 함께 키슬로보츠크로 떠났다. 나는 리곱
스카야 공작부인에게 가던 길에 그들의 마차를 보았다. 그녀는 나에
게 고갯짓을 했는데, 그 시선에는 책망이 들어 있었다.

누구의 잘못인가? 어째서 그녀는 나에게 단둘이 만날 기회를 주려
하지 않는가? 사랑은 불꽃과 같아서 태울 양식이 없으면 꺼지게 마련
이다. 아마 질투가 나의 부탁이 해줄 수 없었던 일을 해줄 것이다.

나는 공작부인 댁에 꼬박 한 시간 동안 앉아 있었다. 메리는 아프다
며 나오지 않았다. 저녁 산책로에도 그녀는 없었다. 새로 조직된 패거
리는 오페라글라스로 무장한 채 정말로 위협적인 태도를 취했다. 나
는 공작 영애가 아파서 기쁘다. 그들이 그녀에게 무슨 불손한 짓을 한
것이리라. 그루시니츠키는 헝클어진 머리에 절망적인 표정이었다. 정
말로 괴롭고 특히나 자존심에 손상을 입은 것 같았다. 하지만 절망에
빠진 모습조차도 우스운 사람이 있다.

집으로 돌아온 뒤 나는 뭔가 허전하다는 것을 알아차렸다. 그녀를
보지 못한 것이다! 그녀가 아프다! 정말로 사랑에 빠진 것일까? 말도 안
되는 소리!

6월 7일

오전 11시, 평소 리곱스카야 공작부인이 예르몰롭스카야 목욕탕에

서 땀을 빼는 시간에 나는 그녀의 집 옆을 지나갔다. 공작 영애는 생각에 잠긴 채 창가에 앉아 있다가 나를 보자 벌떡 일어났다.

나는 현관 안으로 들어섰다. 사람이라곤 아무도 없었는데, 나는 이곳의 자유분방한 풍습을 마음껏 누리며 미리 언질을 주지도 않고 불쑥 거실로 들어갔다.

희미한 창백함이 공작 영애의 사랑스러운 얼굴에 드리워져 있었다. 그녀는 피아노 옆에 서서 한 손을 안락의자의 등받이에 얹어놓고 있었다. 그 손이 조금씩 떨렸다. 나는 그녀에게로 조용히 다가가 말했다.

"저 때문에 화가 났습니까……?"

그녀는 나를 향해 노곤하고 그윽한 시선을 던지며 고개를 내저었다. 무슨 말을 하고 싶어 입술을 달싹였지만 그러지는 못했다. 눈에 눈물이 가득 고이더니, 그녀는 안락의자에 주저앉아 두 손으로 얼굴을 가렸다.

"무슨 일입니까?" 내가 그녀의 손을 잡으며 말했다.

"당신은 나를 존경하지 않아요……! 오! 나를 그냥 내버려둬요……!"

나는 몇 발짝을 뗐다. 그녀는 안락의자에 앉은 채로 몸을 바로 폈는데, 그녀의 눈이 번득였다……

나는 걸음을 멈추고 문손잡이를 잡은 채 말했다.

"저를 용서하십시오, 공작 영애! 미치광이 같은 행동이었어요…… 그런 일은 두 번 다시 없을 겁니다. 제 나름의 조치를 취하도록 하죠……! 지금까지 제 영혼 속에서 일어났던 일을 당신이 왜 알아야

하겠습니까? 당신은 그것을 절대 알지 못하실 테고, 그럴수록 당신에
겐 더 좋지요. 안녕히 계십시오."

나오는 길에 그녀의 울음소리가 들리는 것 같았다.

저녁까지 나는 마슈크 산 근처를 거닐다가 완전히 녹초가 됐고, 집
에 온 뒤에는 기진맥진한 상태로 침대에 몸을 던졌다.

베르너가 나를 찾아왔다.

"아니, 당신이 리곱스카야 공작 영애와 결혼한다는 게 정말입니
까?" 그가 물었다.

"뭐라고요?"

"온 도시가 그렇게 말하는걸요. 나의 환자들도 전부 이 중대한 뉴
스에 열을 올리고 있는데, 이 환자들이란 원래 또 그런 족속이지요.
모르는 게 없다니까요!"

'이건 그루시니츠키의 농간이다!' 나는 생각했다.

"그 소문이 거짓이라는 것을 증명하기 위해, 의사 선생, 당신에게
만 몰래 알려주는 건데요, 나는 내일 키슬로보츠크로 옮겨 갑니
다……"

"그럼 공작 영애도……?"

"아니요, 그녀는 여기에 일주일 더 있을 겁니다……"

"그럼 결혼을 하는 게 아니군요……?"

"의사 선생, 의사 선생! 나를 좀 보세요. 정말이지 내가 어딜 봐서
약혼자나 뭐 그 비슷한 걸로 보입니까?"

"그런 말을 하는 게 아니잖습니까! 하지만 당신도 아시다시피, 왜
그런 경우들이 있잖습니까." 간특하게 웃으면서 그가 덧붙였다. "점

잖은 사람이라면 꼭 결혼을 해야 하는 경우들이 있고, 또 적어도 그런 기회를 구태여 막으려 하지 않는 어머니들도 있지요. 그러니까 친구로서 충고하는데, 좀 신중을 기하세요. 이곳 온천장의 공기는 무척이나 위험합니다. 훌륭한 운명을 누릴 만한 멋진 젊은이들이 여기서 곧장 예식장으로 직행하는 것을 나는 수도 없이 봐왔거든요…… 심지어, 믿으실지 모르겠지만, 사람들이 나까지 결혼을 시키고 싶어 했다니까요! 무슨 군(郡)의 어느 엄마가 그랬는데, 그 딸이 몹시 창백했습니다. 나는 그만 불행히도, 딸이 결혼하고 나면 얼굴색이 돌아오리라고 말해버렸지 뭐예요. 그때 그녀가 감사의 눈물을 흘리며 자기 딸과 결혼해달라더군요. 재산까지 전부 주겠다고 했는데, 농노가 쉰 명이나 됐지요, 아마! 하지만 나는 그럴 능력이 없노라고 대답했지요."

베르너는 나에게 충분히 주의를 주었다는 확신에 가득 차 떠났다.

그의 말을 통해 나는 나와 공작 영애에 대한 고약한 소문이 이미 도시에 쫙 퍼졌다는 것을 알았다. 이런 짓을 하다니, 그루시니츠키 녀석, 그냥 곱게 넘어갈 수는 없을걸!

6월 10일

자, 키슬로보츠크에 온 지 벌써 사흘째다. 매일 우물 근처에 산책을 나가 베라를 본다. 아침에 잠에서 깨면 창가에 앉아 오페라글라스를 그녀의 발코니 쪽으로 가져간다. 그녀는 이미 오래전에 옷을 입고 약속된 신호를 기다린다. 우리는 우리의 집들과 우물 사이의 내리막길

에 있는 정원에서 우연인 것처럼 만난다. 활기찬 산 공기가 그녀의 안
색과 원기를 돌려주었다. 나르잔*이 용사의 샘이라 불리는 것도 당연
하다. 이곳 주민들은 키슬로보츠크의 공기가 사랑을 품게 만든다고,
언젠가 마슈크 산기슭에서 시작된 로맨스가 모두 여기서 대단원의 막
을 내린다고 주장한다. 정말 그렇기도 하다. 여기서는 모든 것이 고독
을 들이마시고, 또 여기서는 모든 것이 신비스럽다. 거품을 뿜어내고
요란스럽게 이 반석에서 저 반석으로 떨어지며 푸른 산들 사이로 길
을 뚫어가는 격류 위로 보리수 오솔길이 짙은 그림자를 드리우고, 계
곡들은 암흑과 침묵을 가득 안은 채 사방팔방으로 뻗어나가고, 높이
자란 남방의 풀들과 하얀 아카시아의 증기를 머금은 향기로운 공기는
싱그럽고, 차디찬 시냇물들은 졸음이 몰려올 것 같은 달콤한 소음을
쉴 새 없이 내며 계곡 끝에서 만나 사이좋게 앞을 다투어 달려가다가
결국엔 포트쿠모크 강으로 치닫는다. 이편에서 계곡은 더 넓어지면서
푸른 저지대로 바뀐다. 그 저지대를 따라 먼지 자욱한 길이 꼬불꼬불
나 있다. 그 길을 볼 때면 나는 늘 마차가 지나가고, 그 마차 창문으로
장밋빛 얼굴이 살포시 보이는 것만 같다. 정말로 많은 마차가 이 길을
지나갔지만, 아직 그 마차는 오지 않았다. 요새의 뒤편에 있는 마을에
는 사람들이 많이 산다. 나의 집에서 겨우 몇 발짝 떨어진, 언덕 위에
있는 레스토랑에서는 저녁이면 두 줄로 나란히 늘어선 포플러 사이로
불빛들이 어른거리기 시작한다. 시끄럽게 떠들며 유리잔을 부딪치는
소리가 밤늦도록 울려 퍼지는 것이다.

---

* 키슬로보츠크의 휴양지.

그 어디에도 여기처럼 카헤티야산 술과 광천수를 많이 마시는 곳은 없다.

그런데 이 두 종류를 섞어 마시는 자들도
정말 많답니다 — 저는 그런 축에 들지 않지요.*

그루시니츠키는 이 술집에서 자신의 패거리와 함께 매일 난동을 부리면서도 나와는 거의 인사도 하지 않는다.

그는 어제야 도착했지만, 그사이에 벌써 자기보다 먼저 목욕탕에 들어가려 했던 노인 세 명과 싸움까지 벌였다. 분명히 불행한 일 때문에 그의 내부에 호전적인 기운이 커가는 것이리라.

6월 11일

마침내 그들이 도착했다. 그들의 마차 소리가 들렸을 때 나는 창가에 앉아 있었다. 심장이 부르르 떨렸다…… 이건 대체 뭐지? 정말 사랑에 빠진 건가……? 나란 놈은 나 자신에게서 아직도 이런 것을 기대할 수 있을 만큼 어리석게 창조되었다.

나는 그들 집에서 식사를 했다. 공작부인은 몹시 다정한 눈길로 나를 바라보며 딸 곁을 떠나려 하지 않는다…… 나쁘군! 반면에 베라는

---

* 러시아 극작가 A. S. 그리보예도프(1795~1829)의 희곡 「지혜의 슬픔」 3막 3장 중 차츠키가 모찰린에게 하는 말을 변형한 것.

공작 영애와 나의 관계 때문에 질투에 시달린다. 이 행운을 나는 손에 넣은 것이다! 여자라면 연적을 슬프게 하기 위해 무슨 일이든 못하겠는가? 내가 다른 여자를 사랑하기 때문에 나를 사랑하게 됐던 한 여자가 기억난다. 여자의 머리보다 더 모순적인 것은 아무것도 없다. 여자들에게 뭘 확신시키기는 어렵기 때문에, 그들 스스로가 자신을 확신시키도록 몰아가는 수밖에 없다. 그들이 자신의 편견을 없애가는 그 논증 과정은 매우 독특하다. 그들의 변증법을 익히기 위해서는 머릿속에 든, 학교에서 배운 모든 논리 법칙을 뒤엎어야 한다. 예컨대, 통상적인 방식은 다음과 같다.

이 사람은 나를 사랑한다. 하지만 나는 결혼한 몸이다. 따라서 나는 그를 사랑해서는 안 된다.

여자의 방식은 다음과 같다.

나는 그를 사랑해서는 안 된다. 왜냐하면 나는 결혼한 몸이니까. 하지만 그가 나를 사랑한다. 따라서…… 여기서 말줄임표가 찍히는데, 이성은 더 이상 아무 말도 하지 않고, 말을 하는 것은 대개 혀, 눈, 그리고 그 뒤를 따라 심장이다, 물론 심장이 있다면.

이 수기가 행여나 언제 여자의 눈에 뜨이면 어떻게 될까? "중상모략이야!" 분개하며 이렇게 외칠 테지.

시인들이 시를 쓰고 여자들이 그것을 읽어준 (이 점에 관한 한 그들에게 마음속 깊이 감사하는 바이다) 이래, 여자들은 수도 없이 천사라 불렸기 때문에 순진한 마음에 이 찬사를 정말로 믿게 되었는데, 바로 그런 유의 시인들이 돈만 주면 네로도 반쯤 신이라도 되는 양 칭송했다는 사실은 잊고서 말이다……

내가 그들에 대해 이렇게 악의를 품고 말하는 것이 엉뚱해 보일 것이다. 나란 놈은 여자들 말고는 이 세상의 어떤 것도 사랑하지 않고 그들을 위해서라면 언제라도 안정과 공명심을, 목숨까지도 희생할 준비가 되어 있으니까…… 하지만 사실 나는 괜히 신경질이 나서, 또 상처받은 자존심이 발작을 일으켜서, 익숙한 시선으로만 꿰뚫어 볼 수 있는 저 마법의 베일을 그들에게서 걷어내려고 애쓰는 게 아니다. 아니, 내가 그들에 대해 말하는 모든 것은 오직

이성의 냉정한 관찰과
마음의 쓰라린 깨달음*

의 결과일 따름이다.

여자로서는 모든 남자들이 그들을 나처럼 잘 알기를 바라는 것이 마땅할 것이다. 왜냐하면 나는 그들을 두려워하지 않고 그들의 사소한 약점마저도 간파한 그때부터 그들을 백배는 더 사랑하기 때문이다.

겸사겸사 베르너는 최근에 여자를 타소가 「해방된 예루살렘」**에서 얘기하는 마법에 걸린 숲에 비유했다. "발을 내딛자마자 사방에서 기절할 만한 공포가 엄습하겠죠. 의무, 교만, 체면, 통념, 냉소, 경멸 등…… 단, 그것을 보지 말고 곧장 가야 합니다. 그러면 괴물들은 슬슬 사라지고, 당신 앞에는 조용하고 환한 들판이 펼쳐지고 그 한가운

---

* 푸시킨의 운문 소설 『예브게니 오네긴』의 헌사(플레토뇨프에게 바침) 중 마지막 두 행을 인용한 것.
** 이탈리아 시인 T. 타소(1544~1595)의 서사시.

데에 초록색의 은매화가 피어날 겁니다. 반면, 첫 발짝을 내디딜 때부터 가슴이 떨려 뒤를 돌아본다면 큰일이죠!"

6월 12일

오늘 저녁은 사건들이 풍부했다. 키슬로보츠크에서 3베르스타쯤 떨어진, 포트쿠모크 강이 흐르는 계곡에 '반지'라고 불리는 절벽이 있다. 그것은 자연이 만들어낸 대문으로서, 높은 언덕 위에 우뚝 솟아 있어 석양이 그 대문을 통해 최후의 열정적인 시선을 던진다. 수많은 기마 행렬이 그 석조 창문을 통해 일몰을 보려고 그리로 향했다. 하지만 솔직히 말해 우리 중 아무도 태양에 대해서는 생각하지 않았다. 나는 공작 영애와 나란히 말을 몰았다. 집으로 돌아가는 길에 포트쿠모크 강의 여울목을 건너야 했다. 산속의 강은 아무리 보잘것없는 것이라도 위험한데, 그 밑바닥이 완전히 만화경이기 때문에 특히 더 그렇다. 강바닥은 물살 때문에 매일 변한다. 어제는 돌이 있었던 곳에 오늘은 구멍이 파여 있다. 나는 공작 영애의 말에 재갈을 물려 붙잡은 뒤, 수심이 무릎을 넘지 않은 곳으로 끌고 갔다. 우리는 강물의 흐름을 거슬러 살금살금 움직이기 시작했다. 주지하다시피 물살이 빠른 강물을 건널 때는 당장 머리가 핑 도니까 물을 보지 말아야 한다. 나는 공작 영애 메리에게 이 점을 일러두는 걸 잊었다.

이미 강 한가운데 물살이 가장 빠른 곳에 이르렀을 때, 갑자기 그녀가 안장 위에서 휘청거렸다. 그녀는 힘없는 목소리로 "어지러워요!"라고 말했다…… 나는 그녀에게로 몸을 숙이고 한 손으로 그녀의 유연한 허리를 감쌌다. "위를 봐요!" 내가 그녀에게 속삭였다. "이건 아무것도 아닙니다. 무서워할 것 없어요. 제가 같이 있잖습니까."

그녀는 상태가 좋아지자 나의 팔에서 벗어나려고 했지만 나는 그녀의 부드럽고 나긋나긋한 몸을 더욱더 세게 끌어안았다. 나의 뺨이 거의 그녀의 뺨에 닿았다. 거기서 열기가 느껴졌다.

"무슨 짓이에요……? 맙소사……!"

나는 그녀의 전율과 당혹에는 아랑곳하지 않았다. 나의 입술이 그녀의 부드러운 뺨에 닿았다. 그녀는 몸을 부르르 떨었지만 아무 말도 하지 않았다. 맨 뒤에서 가고 있었기 때문에 아무도 우리를 보지 못했다. 우리가 강둑으로 올라왔을 때는 다들 전속력으로 질주하고 있었다. 공작 영애는 자기 말의 고삐를 잡아당겼다. 나는 그녀 곁에 남아 있었다. 나의 침묵에 그녀가 불안해하는 것이 보였음에도 한 마디도 하지 않기로 맹세했는데, 호기심이 발동해서였다. 그녀가 이 곤혹스러운 상황에서 어떻게 빠져나오는지를 보고 싶었던 것이다.

"당신은 나를 경멸하거나 아니면 몹시 사랑하는 거예요!" 마침내 그녀가 울먹이는 목소리로 말했다. "아마 나를 비웃고 내 마음을 뒤흔들어놓은 다음 그냥 버리고 싶겠죠…… 이 얼마나 비열하고 저속한 일인지, 생각만 해도…… 오, 안 돼요! 정말." 그녀는 다정한 신뢰가 담긴 목소리로 덧붙였다. "정말. 내가 존경을 받지 못할 이유는 전혀 없지 않나요? 당신의 그 불손한 행동에 관한 한, 나는 반드시, 반드시 용서해야겠죠, 내가 허락한 것이니까…… 대답하세요, 말 좀 해보세요, 당신 목소리가 듣고 싶단 말이에요……!" 마지막 말에는 여자다운 초조함이 너무 많이 들어 있어서, 나는 어쩔 수 없이 미소를 지었다. 다행히도 날이 어둑어둑해지기 시작했다…… 나는 아무 대답도 하지 않았다.

"입 다물고 있기예요?" 그녀가 계속했다. "내가 먼저 당신을 사랑한다고 말했으면 좋겠어요?"

나는 계속 입을 다물고 있었다……

"그랬으면 좋겠냐고요?" 그녀가 재빨리 내 쪽으로 몸을 돌리며 말을 이어나갔다. 그녀의 단호한 시선과 목소리에는 뭔가 끔찍한 것이 깃들어 있었다……

"아니, 뭐하려요?" 나는 어깨를 으쓱하며 대답했다.

그녀는 채찍으로 말을 때리더니 전속력을 내며 비좁고 위험한 길을 따라 질주했다. 워낙 순식간에 일어난 일이라, 내가 간신히 그녀를 따라잡았을 때는 이미 다른 사람들과 합류한 상태였다. 집 앞에 도착하기 직전까지도 그녀는 쉴 새 없이 말하고 웃었다. 그녀의 몸짓을 보면 꼭 열병에라도 걸린 것 같았다. 나를 쳐다보는 일은 한 번도 없었다. 다들 이 예사롭지 않은 명랑함을 알아챘다. 공작부인은 딸을 바라보며 내심 기뻐했다. 하지만 정작 딸은 그냥 신경질이 나서 흥분한 것일 뿐이니, 잠 못 이루며 눈물로 밤을 지새울 것이다. 이런 생각이 나에게 무한한 쾌감을 안겨준다. 나는 뱀파이어를 이해하는 순간이 있다……! 그런데도 선량한 녀석으로 명성을 날리고 또 그런 평판을 얻으려 하다니!

말에서 내리자 부인들은 공작부인 댁으로 들어갔다. 나는 흥분한 상태였는데, 머릿속에 꽉 들어찬 생각들을 날려버리려고 산 쪽으로 말을 몰았다. 이슬을 머금은 저녁이 황홀한 시원함을 내뿜었다. 어둠 침침한 산봉우리 뒤편에서 달이 떠올랐다. 편자를 박지 않은 말이 발을 뗄 때마다 그 소리가 계곡의 침묵을 깨며 멍멍하게 울려 퍼졌다. 폭포 옆에서 나는 말에게 물을 먹이고 남방의 신선한 밤공기를 두어 번 탐욕스럽게 들이마신 뒤 귀로에 올랐다. 나는 마을을 가로질러 갔다. 창문의 불빛들이 꺼지기 시작했다. 요새의 성벽을 지키는 보초병들과 변방의 전초지에 있는 카자크들이 소리를 길게 늘이며 서로 신호를 주고받았다.

나는 마을의 집들 중 골짜기 끝에 있는 한 집이 굉장히 환한 것을 알아챘다. 군인이 술판을 벌였다는 것을 적나라하게 보여주는, 시끌벅적한 말소리와 고함 소리가 때때로 울려 퍼졌다. 나는 말에서 내려 창문 쪽으로 몰래 다가갔다. 덧문이 엉성하게 닫혀 있었기 때문에 술판을 벌이는 사람들이 다 보였고 그들이 하는 말도 알아들을 수 있었다. 나에 대한 얘기가 오가는 중이었다.

용기병 대위는 술기운에 절어, 좌중의 주의를 요구하며 주먹으로 책상을 쾅 내리쳤다.

"제군들!" 그가 말했다. "이건 말도 안 되는 일이야. 페초린한테 따끔한 맛을 보여줘야 해! 이런 페테르부르크 햇병아리들은 콧대를 꺾어놓지 않는 한 늘 건방을 떨지! 항상 깨끗한 장갑과 광을 낸 구두를 신고 다니기 때문에 자기 혼자만 상류사회 맛을 봤다고 생각하는 거야."

"그 오만방자한 미소는 또 어떻고! 나는 그럼에도 그가 겁쟁이라고 확신해, 그래, 겁쟁이!"

"내 생각도 똑같네." 그루시니츠키가 말했다. "그는 농담으로 얼버무리는 걸 좋아해. 한번은 내가 좀 그렇고 그런 얘기를 잔뜩 늘어놨는데, 다른 사람이라면 그 자리에서 나를 난도질했을 것을, 페초린은 전부 우스갯소리로 바꿔버리더군. 물론 나는 그에게 결투 신청은 하지 않았어, 그것은 그의 일이었으니까. 게다가 괜히 엮이기도 싫었고……"

"그루시니츠키가 그에게 골이 난 건 공작 영애를 빼앗겼기 때문이야." 누군가가 말했다.

"그런 생각을 다 하다니! 사실 내가 공작 영애의 꽁무니를 좀 쫓아다닌 건 맞지만, 그나마도 금방 물러섰어. 결혼할 마음도 없으면서 처녀의 명예를 손상시키는 건 내 원칙에 어긋나니까."

"그래, 단언하건대, 그가, 즉 그루시니츠키가 아니라 페초린이 천하 제일의 겁쟁이야. 그루시니츠키라면 대장부이고, 덧붙여 그는 나의 진정한 친구거든!" 용기병 대위가 다시 말했다. "제군들! 여기 누구 하나 그를 옹호하는 사람은 없나? 아무도 없군! 그렇다면 더 좋아! 그의 용맹을 시험해보고 싶나? 그러면 우리도 재미를 좀 볼 텐데……"

"그럼 해보지. 다만, 어떻게?"

"자, 들어봐. 그루시니츠키는 그에게 특히나 화가 났으니까 첫 발짝을 떼는 거지! 아무거나 괜히 트집을 잡아서 페초린에게 결투를 신청하는 건데…… 잠깐만, 바로 여기에 농간이 있어…… 결투를 신청하다니, 좋지! 이 모든 것이—결투 신청, 준비, 조건 제시—가능한 한 장엄하게, 또 끔찍하게 진행될 거야. 이건 내가 책임지지. 나는 자네의 결투 입회인이 되겠네, 이 가엾은 친구! 좋아! 다만, 함정이 어디에 있느냐 하면, 권총에 총알을 넣지 않는 거야. 내 장담하지만, 페초린은 겁을 집어먹을 거야. 내가 그들을 여섯 걸음을 사이에 두고 세울 테니까, 제기랄! 찬성하나, 제군들?"

"멋진 생각이야! 찬성! 반대할 이유가 어디 있나?" 사방에서 이런 소리가 울려 퍼졌다.

"그럼 자네는 어때, 그루시니츠키?"

나는 떨면서 그루시니츠키의 대답을 기다렸다. 이런 기회가 없었더라면 내가 이 바보들의 조롱거리가 되었을 것이라는 생각이 들자, 싸늘한 증오가 나를 휘감았다. 만약 그루시니츠키가 찬성하지 않았다면 나는 그를 얼싸안았을 것이다. 하지만 얼마간 침묵이 흐른 뒤에 그는 자리에서 일어나 그 대위에게 한 손을 내밀고 몹시 근엄하게 말했다. "좋아, 찬성이야"라고.

저 정직한 일당의 열광은 묘사하기도 힘들 정도다.

나는 서로 다른 두 가지 감정으로 인해 흥분한 채 집으로 돌아왔다. 첫번째 감정은 슬픔이었다. '무엇 때문에 그들은 모두 나를 증오할까?' 나는 생각했다. '무엇 때문에? 내가 누굴 모욕했던가? 아니다. 설마 내가 그냥 보기만 해도 반감을 불러일으키는 부류에 속하는 걸까?' 나는 독살스러운 증오가 나의 영혼을 점점 더 채워가는 것을 느꼈다. '조심하시오, 그루시니츠키 씨!' 나는 방을 앞뒤로 오가며 말했다. '누구도 나한테 이런 식의 장난을 치지는 않는다오. 멍청한 친구들의 제안에 찬성하다니, 그 대가는 톡톡히 치러야 될 거요. 나는 당신의 장난감이 아니거든……'

나는 밤새도록 잠을 이루지 못했다. 아침 녘에는 얼굴이 탱자처럼 누렇게 떠 있었다.

아침에 나는 우물가에서 공작 영애를 만났다.

"어디 아프세요?" 나를 뚫어져라 바라보며 그녀가 말했다.

"밤에 잠을 못 잤습니다."

"나도 그랬어요…… 내가 당신을 책망한 건…… 괜한 짓이었겠지요? 하지만 솔직히 얘기해주세요. 나는 당신의 모든 것을 용서할 수 있어요……"

"모든 것이라고요……?"

"예, 모든 걸…… 다만 솔직히 말해주세요…… 다만, 어서 빨리요…… 이봐요, 나는 당신의 행동을 설명하고 또 받아들이려고 애쓰면서 많은 생각을 했어요. 아마 나의 친지들 쪽에서 반대를 할까 봐 걱정이 되시겠지만…… 그건 아무것도 아니에요. 그들이 알게 되면…… (그녀의 목소리가 떨려왔다) 내가 그들을 설득하겠어요. 아니면 당신의 처지 때문이라면…… 하지만 알아두세요, 나는 사랑하는 사람을 위해서라면 모든 것을 희생할 수 있어요…… 오, 어서 빨리 대답해주세요, 내가 가엾지도 않으세요…… 나를 경멸하시는 건 아니죠, 예?"

그녀는 나의 손을 잡았다. 공작부인은 베라의 남편과 함께 우리 앞에서 걷고 있었기 때문에 아무것도 보지 못했다. 하지만 산책을 하던 환자들, 호기심 많은 사람들을 통틀어 가장 호기심 많은 호사가들이 우리를 볼 수도 있었으므로 나는 그녀가 열정적으로 꼭 쥐고 있는 내 손을 얼른 빼냈다.

"전부 솔직히 말씀드리죠." 나는 공작 영애에게 대답했다. "변명을 하지도, 제 행동을 해명하지도 않겠습니다. 저는 당신을 사랑하지 않습니다."

그녀의 입술이 약간 창백해졌다⋯⋯

"혼자 있게 해주세요." 그녀는 거의 들릴락 말락 말했다.

나는 어깨를 으쓱하곤 돌아서서 그 자리를 떴다.

6월 14일

나는 이따금씩 스스로를 경멸한다⋯⋯ 내가 타인을 경멸하는 것도 이 때문이 아닐까⋯⋯? 나는 고결한 격정에 사로잡힐 수 없게 됐다. 나는 나 자신에게 우스꽝스럽게 보일까 봐 두렵다. 다른 사람이 나와 같은 입장이었다면 공작 영애에게 son coeur et sa fortune(자신의 마음과 운명을 걸고) 청혼하지 않았겠는가! 하지만 '결혼'이라는 말은 나에게 어떤 마법적인 힘을 갖고 있다. 한 여자를 아무리 열정적으로 사랑할지라도, 그녀가 자기와 결혼해야 한다는 느낌이라도 갖게 할라치면 사랑은 영영 안녕이다! 내 마음은 돌로 변해, 아무것도 그것을 다시 달아오르게 하지 못한다. 그것만 아니라면 나는 어떤 희생도 감수할 준비가 돼 있다. 스무 번이라도 내 목숨을, 심지어 명예까지도 걸 수 있지만⋯⋯ 하지만 내 자유만은 팔지 않겠다. 그것을 왜 이다지도 아끼는 걸까? 그것이 나한테 뭐라고⋯⋯? 나는 무엇을 준비하고 있는 걸까? 미래로부터 무엇을 기다리는 걸까⋯⋯? 사실 아무것도 없다. 이것은 어떤 타고난 공포이며 설명할 수 없는 예감일 따름이다…… 사실 이유 없이 거미나 바퀴벌레나 쥐를 무서워하는 사람들이 있잖은가…… 고백할까……? 내가 어린아이였을 적에 한 노파가 나의 어머니에게 내 점을 쳐준 적이 있다. 그녀는 나에 대해 사악한 아내로 인해 죽을 것이라고 예언했다. 그 때문에 그 당시 나는 크나큰 충격을 받았다. 마음속에 결혼에 대한 극복할 수 없는 혐오감이 생겨났던 것이다…… 한데 뭔가가 나에게 그녀의 예언이 실현될 것이라고 말한다. 적어도 나는 그 실현 시기가 가능한 한 늦추어지도록 노력하겠다.

6월 15일

어제 압펠바움*이라는 마술사가 이곳에 왔다. 레스토랑 문 앞에는 긴 포스터가 등장했는데, 앞서 언급한 놀라운 마술사이자 곡예사이자 화학자이자 광학 전문가가 오늘 저녁 여덟시에 귀족 모임 홀(즉 레스토랑)에서 존경해 마지않는 관람객 여러분에게 멋진 공연을 선보일 것이라고 알렸다. 입장권 가격은 2루블 50코페이카였다.

다들 저 경이로운 마술사를 보러 갈 채비를 한다. 심지어 공작부인 리곱스카야도 딸이 아픈데도 입장권을 구했다.

점심을 먹은 뒤 나는 베라의 창문 옆을 지나갔다. 그녀는 발코니에 혼자 앉아 있었다. 내 발밑으로 쪽지가 떨어졌다.

---

* 1820년대 말 모스크바에 살았던 실존 인물.

오늘 밤, 열시가 가까워지면 큰 계단을 통해 나에게 와요. 남편은 퍄티고르스크로 떠났는데 내일 아침에야 돌아올 거예요. 아랫사람들과 몸종들도 집에 없을 거예요. 그들 모두, 또 공작부인의 아랫사람들한테도 입장권을 나눠줬거든요. 그럼, 기다리겠어요. 꼭 와주길.

'어라!' 나는 생각했다. '드디어 내 생각대로 됐군.'

여덟시에 나는 마술사를 보러 갔다. 관람객은 아홉시가 다 돼서야 몰려들었다. 공연이 시작됐다. 나는 뒷줄 좌석에 베라와 공작부인의 하인들, 몸종들이 앉아 있는 것을 보았다. 한 사람도 빠짐없이 모여 있었다. 그루시니츠키는 맨 앞줄에 오페라글라스를 들고 앉아 있었다. 마술사는 손수건, 시계, 반지 등이 필요할 때마다 그에게 말을 걸었다.

그루시니츠키는 나에게 인사를 하지 않은 지 벌써 꽤 됐지만, 오늘은 상당히 뻔뻔스러운 표정을 지으며 나를 두 번이나 쳐다보았다. 우리가 서로 셈을 치러야 할 때 그는 이 모든 것이 기억나리라.

열시가 거의 다 됐을 때 나는 자리에서 일어나 나왔다.

밖은 한 치 앞도 안 보일 만큼 캄캄했다. 무겁고 냉랭한 먹구름이 근처 산봉우리에 드리워져 있었다. 그저 스러져가는 바람만이 간간이 레스토랑을 에워싼 포플러의 꼭대기에서 사각거리는 소리를 낼 뿐이었다. 창가에는 사람들이 모여 있었다. 나는 산에서 내려와 대문으로 방향을 틀며 걸음을 재촉했다. 갑자기 누군가가 내 뒤를 따라오는 것만 같았다. 그래서 걸음을 멈추고 주위를 둘러보았다. 어두워서 아무것도 분간할 수 없었다. 하지만 신중을 기하는 차원에서 산책을 하는 것처럼 집 주위를 한 바퀴 빙 돌았다. 공작 영애의 창문 옆을 지날 때 나는 또 내 뒤에서 발소리를 들었다. 외투로 몸을 감싼 사람이 내 옆으로 뛰어갔다. 이것이 나를 불안하게 만들었다. 하지만 나는 현관으로 몰래 들어가, 서둘러 어두운 계단을 뛰어 올라갔다. 문이 열렸다. 조그만 손이 나의 손을 붙잡았다.

"아무도 당신을 못 봤겠죠?" 베라가 나에게 찰싹 달라붙으며 속삭였다.

"아무도!"

"이제 내가 당신을 사랑한다는 걸 믿겠어요? 오, 나는 오랫동안 망설이고 오랫동안 괴로워했어요…… 하지만 당신은 나에게서 자기가 원하는 건 뭐든 다 하죠."

그녀의 심장이 거세게 고동쳤고 손은 얼음처럼 차가웠다. 책망과 질투와 하소연이 시작됐다. 그녀는 나에게 모든 것을 고백하라고 요구했으며, 자기는 오로지 나의 행복만을 바라기 때문에 나의 배반 따위는 온순히 감내하겠노라고 말했다. 나는 이 말을 전혀 믿지 않았지만, 맹세와 약속 등등을 퍼부으며 그녀를 안심시켰다.

"그럼 메리와 결혼하지 않을 건가요? 그녀를 사랑하지 않는다는 말이죠……? 하지만 그녀 생각으론…… 당신도 알다시피, 그녀는 당신한테 흠뻑 빠졌는데…… 가엾은 것 같으니……!"

새벽 두시경, 나는 창문을 열고 숄 두 개를 묶은 다음, 주랑을 잡고 위층 발코니에서 아래층으로 내려왔다. 공작 영애의 방은 아직도 불이 켜져 있었다. 웬지 나는 그 창문 쪽으로 이끌렸다. 커튼을 완전히 치지 않았기 때문에, 방의 내부로 호기심에 찬 시선을 던질 수 있었다. 메리는 침대 위에 앉아, 무릎 위에 양손을 포개놓고 있었다. 그녀의 풍성한 머리카락은 레이스 장식이 달린 나이트캡 밑에 모여 있었다. 커다란 진홍색 스카프가 그녀의 하얀 어깨를 가려주었다. 작은 발은 알록달록한 페르시아 슬리퍼에 감춰져 있었다. 그녀는 고개를 가슴팍에 떨어뜨린 채 꼼짝도 않고 앉아 있었다. 그녀 앞의 작은 탁자에는 책이 펼쳐져 있었지만, 설명할 수 없는 슬픔에 가득 찬 그녀의 눈은 미동도 없이 백번이나 똑같은 페이지를 훑고 있을 뿐 마음은 영 콩밭에 가 있는 것 같았다……

그 순간 관목 숲 뒤에서 인기척이 났다. 나는 발코니에서 잔디밭으로 뛰어내렸다. 보이지 않는 손이 내 어깨를 붙잡았다.

"어라!" 거친 목소리가 말했다. "딱 걸렸군……! 내가 버젓이 있는데 밤에 공작 영애들의 집이나 드나들 텐가……!"

"더 꽉 붙들고 있어!" 또 다른 사람이 구석에서 튀어나오며 소리쳤다.

그것은 그루시니츠키와 용기병 대위였다.

나는 후자의 머리를 주먹으로 후려치고 다리를 걸어 넘어뜨린 뒤 관목 숲으로 돌진했다. 우리 집 맞은편의 비탈을 덮고 있는, 정원의 오솔길이라면 내 손바닥처럼 훤히 알고 있었다.

"도둑이다! 사람 살려……!" 그들이 소리쳤다. 총소리가 울려 퍼졌다. 연기가 피어나는 화약 마개가 거의 내 발밑으로 떨어졌다.

잠시 후 나는 이미 내 방에 와 있었고 옷을 벗고 누운 상태였다. 하인이 문을 걸어 잠그기가 무섭게 그루시니츠키와 대위가 문을 두드리기 시작했다.

"페초린! 주무시오? 집에 있는 거요……?" 대위가 소리쳤다.

"잡니다." 나는 화를 내며 대답했다.

"일어나시오, 도둑이 들었소…… 체르케스인들인데……"

"콧물이 자꾸 나오는데, 감기라도 걸릴까 걱정이오." 내가 대답했다.

그들은 그냥 가버렸다. 괜히 응수를 해주었다. 녀석들, 한 시간은 족히 더 나를 찾아 정원을 헤맸을 것을. 그동안에 끔찍한 소란이 일어났다. 요새에서 카자크가 달려왔다. 온통 술렁거리기 시작했다. 온 관목 숲을 뒤지며 체르케스인들을 찾기 시작했다. 물론 아무것도 찾지 못했다. 하지만 많은 사람들이 경비대가 좀 더 용맹하고 신속히 대처했다면 적어도 약탈자 스무 명쯤은 현장에서 붙잡았으리라는 굳은 확신을 버리지 않는 것 같았다.

6월 16일

오늘 아침 우물 근처에서는 온통 체르케스인들의 야간 침입 얘기뿐이었다. 정해진 잔 수만큼 나르잔의 물을 마시고서 긴 보리수 오솔길을 열 번쯤 거닐다가, 이제 막 퍄티고르스크에서 돌아온 베라의 남편을 만났다. 그는 내 팔을 잡았고, 우리는 아침을 먹으러 레스토랑에 갔다. 그는 아내 걱정을 끔찍이도 했다. "아내가 간밤에 얼마나 놀랐는지 모른다오! 하필이면 내가 집을 비운 사이에 그런 일이 일어나다니." 그가 말했다. 우리는 아침을 먹기 위해 구석진 방으로 통하는 문 옆에 앉았는데, 저쪽 방에는 젊은이가 열 명 정도 있었고 그루시니츠키도 거기 끼어 있었다. 운명이 나에게 두번째로 그들의 대화를 엿들을 기회를 선사했는데, 그루시니츠키의 운명을 결정해줄 법한 대화였다. 그는 나를 보지 못했고, 따라서 나는 그에게 무슨 속셈이 있는 건 아닌지 의심할 수도 없었다. 하지만 그 때문에 오히려 내 눈에는 그의 잘못이 더 커 보였다.

"과연, 정말로 체르케스인들이었을까?" 누군가가 말했다. "누구 직접 본 사람은 있나?"

"자네들한테 사건의 전말을 다 얘기해주지." 그루시니츠키가 대답했다. "다만 지금부터 하는 말은 비밀로 해주게. 어떻게 된 일이냐 하면, 어제 내가 자네들한테 이름을 밝힐 수 없는 한 사람이 나를 찾아와, 밤 열시가 다 된 시각에 누가 공작부인 댁에 잠입하는 것을 봤다고 얘기하더군. 자네들한테 일러둘 것이 있는데, 그때 공작부인은 여기 있었고 공작 영애는 집에 있었다는 사실이야. 그래서 나와 그 사람은 그 행운아가 뭘 어쩌나 망을 보려고 창문 아래로 갔던 걸세."

솔직히 말해, 나는 경악을 금치 못했지만 나의 말벗은 아침을 먹느라 여념이 없었다. 혹시나 그루시니츠키가 사실대로 알아맞혔다면 이 양반으로서는 상당히 불쾌한 얘기를 들었을 수도 있는데 말이다. 그나저나 그루시니츠키는 질투에 눈이 먼 나머지 추호의 의심도 하지 않았다.

"자, 그래서 말이지." 그루시니츠키가 계속했다. "우리는 그냥 겁을 좀 주자는 생각에 공포탄을 장전한 총을 들고 갔던 걸세. 두시까지 정원에서 기다렸지. 마침내 어디선지 모르겠지만 하여간 그놈이 나타났는데, 창문이 열린 건 아니었기 때문에 그리로 나온 것은 아니고, 분명히 기둥 뒤에 있는 유리문으로 나왔을 거야. 하여간 내 말인즉, 마침내 누군가가 발코니에서 내려오는 것이 보이더군…… 그럼 공작 영애는 대체 어떤 여자란 말인가? 어? 뭐, 솔직히 말해, 모스크바의 아가씨들이란! 이러니 뭘 믿을 수 있겠나? 우리가 붙잡으려고 하자마자 그놈은 용케 빠져나가 토끼처럼 관목 숲으로 돌진해버렸어. 당장에 나는 그놈에게 총을 쐈지."

그루시니츠키 주위에서는 믿기지 않는다며 웅성거렸다.

"못 믿겠나?" 그가 계속했다. "진정으로 맹세하지만, 이 모든 것이 정말로 사실이며, 그 증거로 자네들한테 그 양반의 이름을 밝힐 수도 있네."

"말해봐, 말해보라고, 대체 누군지!" 사방에서 웅성거렸다.

"페초린이야." 그루시니츠키가 대답했다.

그 순간, 그는 눈을 들어 올렸고, 나는 문가에, 그의 맞은편에 서 있었다. 그는 완전히 시뻘게졌다. 나는 그에게로 다가가서 천천히 또박또박 말했다.

"정말 유감이군, 하필이면 당신이 가장 역겨운 중상모략을 확증하느라 맹세까지 한 이후에 내가 들어왔으니 말이오. 내가 진즉부터 이 자리에 있었더라면 괜히 그런 비열한 짓은 하지 않았으련만."

그루시니츠키는 자리에서 벌떡 일어났는데, 발끈할 태세였다.

"부탁인데," 나는 똑같은 어조로 말을 이어나갔다. "지금 당장 당신이 한 말을 취소하시오. 그게 날조된 얘기라는 건 당신도 잘 알고 있 겠지. 당신의 훌륭한 장점을 여자가 몰라준다는 이유로 이런 식으로 복수할 건 없다고 생각하는데. 잘 생각해보시오. 계속 그 의견을 고수 한다면 당신은 고결한 사람이라고 불릴 권리를 잃고 목숨을 내놓는 거나 다름없소."

그루시니츠키는 몹시 흥분하여 눈을 내리깐 채 내 앞에 서 있었다. 하지만 양심과 자존심 사이의 투쟁은 그다지 오래가지 않았다. 그의 옆에 앉아 있었던 용기병 대위가 그를 팔꿈치로 쿡 찔렀다. 그는 부르 르 떨면서, 눈을 들어 나를 보지도 않고 재빨리 대답했다.

"이보시오, 내가 무슨 말을 할 때는 정말 그렇게 생각한다는 것이 며, 또 언제든 반복할 준비가 돼 있소…… 당신의 협박 따위는 두렵 지 않으니, 뭐라도 할 준비가 돼 있소."

"그 마지막 것이라면 이미 증명한 셈이오." 나는 그에게 냉랭하게 대답하고서, 용기병 대위의 손을 잡고 방에서 나왔다.

"왜 그러시오?" 대위가 물었다.

"당신은 그루시니츠키의 친구니까 분명히 그의 결투 입회인이 돼 주시겠지요?"

대위는 몹시 근엄하게 고개를 숙였다.

"제대로 알아맞히셨군요." 그가 대답했다. "나는 그의 결투 입회인 이 되어야 할 의무마저 있소. 그가 받은 모욕은 나와도 상관이 있으니 까요. 어젯밤에 그와 함께 있었거든요." 그는 구부정한 몸을 바로잡으 며 이렇게 덧붙였다.

"아! 그럼 내가 그렇게 어설프게 후려쳤던 머리가 당신 머리였소……?"

그의 얼굴이 붉으락푸르락했다. 감추어졌던 증오가 그의 얼굴에 적나라하게 드러나는 순간이었다.

"그럼 오늘 중으로 나의 결투 입회인을 당신에게 보내겠소." 나는 이렇게 덧붙인 다음, 그의 격분에는 아랑곳하지 않는 양 아주 정중하게 인사를 했다.

레스토랑 입구의 층계참에서 나는 베라의 남편을 만났다. 나를 기다렸던 모양이다.

그는 황홀감 비스름한 감정에 휩싸여 내 손을 덥석 잡았다.

"고결한 젊은이!" 그는 눈에 눈물까지 글썽이며 말했다. "얘기 다 들었소. 정말 추잡한 놈이지 뭐요! 고결하지 못한 놈 같으니……! 이런 마당에 저놈들을 점잖은 집에 받아들이라니! 딸이 없으니, 나는 얼마나 다행인지! 하지만 당신이 목숨을 걸면서까지 지키려는 그 아가씨가 보답을 해줄 거요. 당분간 나는 얌전히 있을 테니 염려하지 마시오." 그가 말을 계속했다. "나도 젊었을 때 군복무를 했지요. 이런 일에는 간섭하지 말아야 한다는 것쯤은 알고 있다오. 그럼, 이만."

불쌍한 양반! 딸이 없다고 기뻐하다니……

나는 곧장 베르너를 찾아갔는데, 마침 집에 있기에 모든 얘기를 해주었다. 베라, 그리고 공작 영애와 나의 관계, 내가 엿들은 대화, 그것을 통해 알아낸, 공포탄을 쏘아 나를 바보로 만들려는 저 양반들의 계략 등. 하지만 이제 일은 장난 수준을 넘어섰다. 저들은 이런 식으로 결말이 날 줄은 생각도 못했겠지. 의사는 나의 결투 입회인이 되는 데 찬성했다. 나는 그에게 결투의 조건에 대해 몇 가지 주의를 당부했다.

가령 그는 일이 가능한 한 비밀리에 진행되어야 한다는 주장을 굽히지 말아야 한다. 나는 비록 언제든지 죽을 준비가 되어 있긴 하지만 이 세상에 사는 동안 내 장래를 영원히 망칠 마음은 조금도 없기 때문이다.

그런 연후에 나는 집으로 갔다. 한 시간 뒤 의사가 원정에서 돌아왔다.

"확실히 당신을 해치려는 음모가 있더군요." 그가 말했다. "그루시니츠키 집에 가보니 용기병 대위와 성이 기억나지 않는 신사가 한 명 더 있었습니다. 덧신을 벗으려고 잠깐 현관에서 멈추어 있었는데, 그들 사이에서 무척 떠들썩하게 논쟁이 오가더군요…… '어떤 일이 있어도 찬성하지 않겠어!'라고 그루시니츠키가 말합디다. '그는 나를 공개적으로 모욕했어. 그때는 전혀 다른 일이었다고……' '그게 자네와 무슨 상관인가?'라며 대위가 응수하더군요. '내가 모든 것을 책임진다니까. 다섯 번이나 결투 입회인 노릇을 해봐서 나는 일을 어떻게 진행시켜야 할지를 잘 알고 있어. 모든 것을 다 생각해놨네. 제발 나를 방해하지만 말아주게. 겁을 좀 주는 것도 나쁘진 않아. 빠져나갈 구멍이 있는데 구태여 뭐하러 위험을 자초한단 말인가……?' 그 순간에 내가 안으로 들어갔지요. 그들은 갑자기 입을 다물더군요. 우리의 협상은 상당히 오랫동안 지속됐습니다. 마침내 다음과 같은 결정을 내렸습니다. 여기서 5베르스타 정도 떨어진 곳에 인적이 드문 계곡이 있습니다. 그들은 내일 새벽 네시에 그리로 갈 테고, 우리는 그들보다 30분 늦게 출발합니다. 총은 여섯 걸음 떨어져서 쏠 텐데, 그루시니츠키가 직접 제시한 요구사항이었습니다. 사망자가 생기면 체르케스인의 소행으로 돌립니다. 여기서 좀 의심이 드는데, 그들, 즉 결투 입회인들은 분명히 이전 계획을 좀 바꾸었는지, 그루시니츠키의 권총 한 자루에만 총알을 장전하고 싶어 합니다. 이것은 살인 행위와 다소 비슷하지만, 전시에, 또 특히 아시아의 전쟁에서는 이런 계략이 허용됩니다. 그래도 그루시니츠키만은 다른 동료들보다는 좀 점잖은 것 같더군요. 어떻게 생각하십니까? 우리가 알아챘다는 것을 그들에게 알려줘야 하지 않을까요?"

"어떤 일이 있어도 안 됩니다, 의사 선생! 안심하시죠, 그들에게 굴복하지 않을 테니."

"어떻게 할 작정입니까?"

"비밀입니다."

"걸려들지 않도록 조심해요…… 아닌 게 아니라 여섯 걸음이잖아요!"

"의사 선생, 그럼 내일 새벽 네시에 오시는 걸로 알겠습니다. 말은 준비해두겠습니다…… 안녕히 가시죠."

나는 저녁까지 내 방에 틀어박혀 있었다. 하인이 공작부인 댁에서 좀 오란다는 말을 전하러 왔었지만, 나는 아프다고 말하라고 했다.

....

새벽 두시. 잠이 오지 않는다. 내일 손을 떨지 않으려면 잠을 자두어야 하건만. 그나저나 여섯 걸음이라면 빗나가긴 어렵겠군. 아! 그루시니츠키 씨! 당신의 속임수는 별 볼일 없을 거요…… 우리의 역할이 뒤바뀔 테니까. 이제 나는 당신의 창백한 얼굴에서 내밀한 공포의 표식을 찾게 될 테지. 뭐하러 당신은 이 숙명적인 여섯 걸음을 정한 거요? 내가 토 하나 달지 않고 당신 앞에 내 이마빡을 갖다 댈 거라고 생각하시겠지…… 하지만 우리는 제비를 뽑을 거요……! 그때…… 그때는…… 만약 행운이 그의 편을 들어준다면 어쩔 텐가? 만약 결국 엔 나의 별이 나를 배반한다면……? 하긴 놀랄 일도 아니지. 그것은 너무도 오랫동안 나의 변덕을 충실히 떠받들어왔으니까. 하늘이라고 해서 땅보다 더 지조가 있으란 법은 없지.

뭐가 어때서? 죽으면 그냥 죽는 거다. 세상의 입장에서는 별로 큰 손실도 아니다. 게다가 나 역시도 제법 권태롭다. 나는 무도회장에서 하품을 하면서도 오직 마차가 아직 없기 때문에 잠자러 가지 못하는 사람과 같다. 한데 이제 마차가 준비되었다면? 그럼, 안녕히……!

나의 과거의 기억을 모두 대강 더듬어보니 어쩔 수 없이 자문하게 된다. 나는 대체 왜 살아왔는가? 어떤 목적을 위해 나는 태어난 것일까? 분명히 목적이 존재하긴 했을 것이며 또 분명히 나의 소명은 드높은 것이었으리라, 왜냐하면 나의 영혼 속에서 무한한 힘을 느끼니까. 하지만 나는 그 소명이 무엇인지 깨닫지 못한 채 공허하고 배은망덕한 열정의 유혹에 사로잡혀버렸다. 그 도가니에서 나올 때 나는 무쇠처럼 단단하고 싸늘해져 있었지만 고결한 지향의 불길을, 삶의 가장 훌륭한 빛을 영원히 상실해버렸다. 그리고 그때 이후로 벌써 수차례나 운명의 손아귀에 잡힌 채 도끼 역할을 해왔던 것이다! 그렇게 나는 징벌의 무기처럼 희생양의 운명을 타고난 자들의 머리 위로 떨어졌던 것이다, 종종 증오도 없이, 늘 동정도 없이…… 나의 사랑은 내가 사랑한 자들을 위해 아무것도 희생하지 않았기 때문에 아무에게도 행복을 가져다주지 못했다. 나는 나 자신을 위해, 나 자신의 만족을 위해 사랑했다. 오직 내 마음의 이상한 욕구만을 만족시키고 그들의 감정, 그들의 상냥함, 그들의 기쁨과 고통을 게걸스럽게 집어삼켰건만, 그러면서도 결코 만족을 몰랐다. 이렇듯 굶주림에 시달리고 기진맥진한 상태로 잠이 들면 진수성찬과 거품이 이는 술이 눈앞에 보인다. 허공에 떠도는 상상의 선물을 황홀해하며 먹어치우고 나면 한결 가뿐해지는 것도 같다. 하지만 잠에서 깨자마자 몽상은 사라지고…… 남는 것은 더 배가된 굶주림과 절망뿐이다!

아마 나는 내일 죽게 될 것이다……! 그리고 이 지상에는 나를 완전히 이해할 만한 존재가 단 하나도 남지 않을 것이다. 어떤 자들은 나를 실제의 나보다 더 나쁘게 생각할 테고, 또 어떤 자들은 더 좋게 생각할 테지…… 어떤 자들은 "그는 좋은 녀석이었어"라고 말할 것이다. 또 어떤 자들은 "추잡한 놈……!"이라고 말할 것이다. 이쪽이든 저쪽이든 다 거짓이 될 것이다. 이런데도 살려고 아등바등할 가치가 있을까? 그럼에도 다들 멀쩡히 사는 건 호기심 때문이다. 뭔가 새로운 것을 기대하기 때문이다…… 웃기고 또 짜증나는 일이다!

———

N 요새에 온 지 벌써 한 달 반째다. 막심 막시미치는 사냥을 나갔다. 나는 혼자 창가에 앉아 있다. 회색 먹구름이 산기슭까지 다 덮어버렸다. 안개 사이로 보이는 태양은 노르스름한 얼룩 같다. 춥다. 바람이 윙윙 소리를 내며 빗장을 뒤흔든다…… 권태롭다. 너무나 이상

한 사건들 때문에 중단됐던 나의 일지를 계속 이어나가려고 한다.

마지막 페이지를 다시 읽어본다. 웃긴다! 내가 죽을 것이라고 생각했다니. 그건 불가능한 일이었다. 나는 고통의 잔을 아직 다 비우지 않았으며, 이제는 내가 아직도 더 오래 살아야 할 것이라는 느낌이 든다.

모든 과거가 또렷하고 날카롭게 나의 기억 속에 아로새겨져 있노라! 단 하나의 선도, 단 하나의 음영도 시간은 지워버리지 못했다.

나는 결투를 앞둔 그날 밤새도록 단 1분도 자지 못했던 것을 기억한다. 글도 오래 쓸 수 없었다. 은밀한 불안에 사로잡혔던 것이다. 한 시간쯤 나는 방 안을 거닐었다. 그러고 나서는 자리에 앉아, 책상 위에 놓여 있던 월터 스콧의 소설을 펼쳤다. 『스코틀랜드의 청교도들』*이었다. 처음에는 애를 써가며 읽었지만 나중에는 마법적인 가공의 이야기에 매혹되어 푹 빠져버렸다. 이 스코틀랜드의 음유시인이 남긴 책은 시시각각 환희의 순간을 선사하는데 정녕 저세상에서 그에게 대가를 지불해주지 않을까……?

드디어 날이 밝았다. 나의 신경은 진정이 됐다. 나는 거울을 봤다. 푸석푸석한 창백함이 고통스러운 불면의 흔적을 담은 나의 얼굴을 뒤덮고 있었다. 하지만 두 눈은 갈색 그림자가 드리워져 있긴 했지만 오만하게, 가차 없이 번득였다. 나는 스스로에게 만족했다.

말에 안장을 얹으라고 명령한 뒤, 옷을 입고 목욕탕으로 달려갔다. 나르잔의 차가운 샘물에 몸을 담그자 육체와 영혼의 힘이 되살아나는

---

* 『묘지기 노인Old Morality』의 프랑스어 번역본 제목.

것 같았다. 목욕탕에서 나왔을 때는 무도회에 갈 채비를 할 때처럼 상쾌하고 원기왕성해져 있었다. 이런데도 영혼이 육체에 달려 있는 것이 아니라고 말할 텐가……!

집에 돌아오니 의사가 와 있었다. 그는 회색 승마 바지와 아시아식 아르할루크*를 입고 체르케스 모자를 쓰고 있었다. 나는 이 작은 체구에 거대한 털모자를 쓴 모습을 보고서 껄껄 웃음을 터뜨렸다. 그의 얼굴은 원래도 무사다운 데라곤 전혀 없었지만, 지금은 평소보다 더 길어 보였다.

"왜 그리 슬픈 표정입니까, 의사 선생?" 내가 그에게 말했다. "아니, 당신은 수없이 많은 사람들을 대단히 무심하게 저세상으로 떠나보내지 않았습니까? 내가 담낭염에 걸렸다고 상상하세요. 나는 회복될 수도, 또 죽을 수도 있습니다. 이쪽이든 저쪽이든 다 사물의 이치지요. 나를 당신이 아직 알지 못하는 병에 걸린 환자로 보도록 노력하세요. 그러면 당신의 호기심은 극도로 고조될 겁니다. 지금 나를 두고 몇 가지 중대한 생리학적 관찰을 할 수도 있고…… 횡사를 기대한다는 것 자체가 이미 진짜 병이 아니겠습니까?"

이런 생각에 감화된 나머지 의사는 즐거워졌다.

우리는 말에 올라탔다. 베르너는 양손에 고삐를 쥐었고, 우리는 출발했다. 순식간에 요새를 지나고 마을을 통과해 계곡으로 들어섰다. 그 계곡을 따라, 높이 자란 풀로 반쯤 뒤덮인 길이 구불구불 이어지고 요란스레 흐르는 시냇물이 군데군데 그 길을 가로질렀다. 시냇물을

---

* 주로 실크로 만든 캅카스 지역의 상의.

건너야 할 때마다 의사의 말이 물속에서 걸음을 멈추는 바람에 그는 큰 낭패를 겪었다.

나는 이보다 더 심오하고 싱그러운 아침을 기억하지 못한다! 태양이 푸른색 산봉우리 뒤에서 살포시 모습을 드러내고, 그 첫 햇살이 죽어가는 한밤의 냉기를 머금은 채 따사롭게 반짝이며 모든 감각에 어떤 달콤한 피로감을 안겨주었다. 막 하루를 여는 앳되고 기쁜 햇살도 아직 계곡 안까지는 스며들지 못하고 그저 우리 위에 양쪽으로 버티고 있는 절벽의 꼭대기들을 황금빛으로 물들여놓을 뿐이었다. 절벽의 깊숙한 틈새에서 자라고 있는, 잎이 무성한 관목들은 바람이 조금만 불어도 우리에게 은빛 빗방울을 뿌려주었다. 나는 내가 그 순간 예전의 그 어느 때보다 자연을 더 많이 사랑했음을 기억한다. 넓적한 포도나무 잎사귀 위에서 떨고 있는 이슬을, 수많은 무지갯빛 광선이 어른거리는 그 이슬 하나하나를 얼마나 호기심 어린 눈으로 들여다보았던가! 안개 자욱한 먼 곳을 꿰뚫어 보려고 나의 시선은 얼마나 탐욕스럽게 애썼던가! 그곳에서 길은 점점 더 좁아지고 절벽은 더 푸르고 더 무시무시해지다가 마침내는 뚫을 수 없는 벽처럼 서로 맞붙어버리는 것 같았다. 우리는 말없이 달렸다.

"유언장은 써놓았습니까?" 갑자기 베르너가 물었다.

"아니요."

"만약 죽임을 당한다면⋯⋯?"

"상속자들이 알아서 나타나겠죠."

"정말 마지막 작별 인사를 하고 싶은 친구가 없는 겁니까⋯⋯?"

나는 고개를 내저었다.

"정말로 이 세상에 기념으로 무엇이든 남기고 싶은 여자가 없는 거냐고요……?"

"정 그러시면, 의사 선생." 내가 그에게 대답했다. "내 마음을 털어놓아볼까요……? 사실 나는 죽어가면서 자기가 아끼는 여자의 이름을 부르거나, 포마드를 발랐든 안 발랐든 하여간 친구에게 머리카락 뭉치를 남기는 나이를 이미 지났습니다. 상당히 가능성이 높은 임박한 죽음을 생각할 때 나는 오직 나 자신만을 생각합니다. 어떤 사람들은 그나마도 생각하지 않겠지요만. 친구들이란 내일이면 나를 잊을 테고, 아니면 더 나쁜 일인데, 있지도 않은 엉뚱한 얘기를 지어내 나를 수렁에 빠뜨리겠죠. 여자들은 다른 남자를 껴안으면서 그가 고인에게 질투를 품는 일이 없도록 하려고 나를 비웃을 테니, 잘들 살라고 해요! 인생의 폭풍우로부터 나는 오직 몇 가지 이념들만 품었을 뿐, 감정이라곤 단 하나도 품지 못했습니다. 나는 이미 오래전부터 마음이 아니라 머리로 살고 있습니다. 나는 나 자신의 열정과 행동을 엄격한 호기심을 갖고, 하지만 관심을 배제한 채 저울질해보고 헤아려봅니다. 나의 내부에는 두 명의 인간이 있습니다. 한 명은 삶이라는 단어의 온전한 의미대로 삶을 살고, 다른 한 명은 그에 대해 사유하고 그를 심판합니다. 전자는 아마 한 시간 후면 당신과, 또 세계와 영원토록 작별할 것이지만, 후자는…… 후자는…… 저쪽 좀 보세요, 의사 선생. 저 절벽 위, 오른쪽에 거무스름한 형체 세 개가 보이죠? 우리의 적수인 것 같은데요……?"

우리는 말을 전속력으로 몰았다.

절벽의 기슭 옆, 관목 숲에는 세 마리의 말이 매여 있었다. 우리도 거기에 말을 매어놓고 걸어서 좁은 오솔길을 따라 공터까지 올라갔는데, 그루시니츠키가 용기병 대위와 함께 우리를 기다리고 있었다. 이반 이그나티예비치라고 불리는 또 다른 결투 입회인도 있었는데, 그의 성은 한 번도 들어본 적이 없었다.*

"우리는 이미 오래전부터 기다리고 있었습니다." 용기병 대위가 비아냥거리는 미소를 지으며 말했다.

나는 시계를 꺼내 그에게 보여주었다.

그는 자기 시계가 좀 빠르다고 말하며 사과했다.

곤혹스러운 침묵이 몇 분간 지속되었다. 마침내 의사가 침묵을 깨뜨리며 그루시니츠키 쪽을 향했다.

"제 생각으론 양쪽 모두 결투를 할 각오를 보여주었고 이로써 명예에 필요한 의무 조건은 충족시켰으므로, 이번 일은 함께 의논하여 원만하게 끝낼 수 있으면 합니다." 그가 말했다.

"나는 그럴 준비가 돼 있소." 내가 말했다.

대위는 그루시니츠키에게 눈짓을 보냈다. 그루시니츠키는 방금 전까지만 해도 뺨이 푸석푸석하고 창백하더니, 내가 겁을 내고 있다고 생각하는지 오만한 태도를 취했다. 우리가 도착한 이래, 그는 처음으로 눈을 들어 나를 보았다. 하지만 그의 시선에는 내적인 투쟁을 여실히 보여주는 어떤 불안이 깃들어 있었다.

"그쪽의 조건을 설명해보시오." 그가 말했다. "내가 당신을 위해 할

---

* 러시아인의 이름은 이름, 부칭, 성으로 구성된다. 이반 이그나티예비치는 각각 이름과 부칭에 해당한다.

수 있는 일이 있다면 뭐든 할 테니 그 점은 염려 마시고……"

"자, 이쪽의 조건은 이렇소. 지금 당장 그 중상모략을 취소하고 나한테 사과하시오……"

"거참, 놀라울 따름인데, 감히 어떻게 나에게 그런 제안을 할 수 있소……?"

"그럼 달리 어떤 제안을 할 수 있겠소……?"

"서로 총을 겨눌 수밖에 없겠군."

나는 어깨를 으쓱했다.

"그러죠. 단, 우리 중 하나는 반드시 죽임을 당할 것임을 생각하시오."

"그것이 당신이었으면 하는 바람이오……"

"나는 그 반대일 거라고 굳게 확신하는 바요……"

그는 당혹스러워하며 얼굴을 붉혔고, 그다음에는 억지로 너털웃음을 터뜨렸다.

대위는 그의 팔을 잡고 저쪽으로 데려갔다. 그들은 오랫동안 쑥덕거렸다. 여기에 도착할 때만 해도 나는 기분이 상당히 평온한 상태였는데, 이 모든 것을 보자 미칠 듯 화가 났다.

의사가 나에게로 다가왔다.

"좀 들어봐요." 그가 불안을 조금도 감추지 않으며 말했다. "그들의 음모는 까맣게 잊은 모양이죠? 나는 권총을 장전할 줄 모르지만, 이번 경우에는…… 당신은 이상한 사람입니다! 그들의 의도를 알고 있다고 말하세요. 그럼 그들도 감히 엄두를 못 낼 게 아닙니까…… 이쯤에서 그만두면 좋으련만! 당신을 새처럼 쏘아 죽일 텐데……"

"제발 걱정 붙들어 매세요, 의사 선생, 좀 기다리시라고요…… 저쪽에서 아무 이득도 못 보도록 내 알아서 다 잘 할 테니까. 저렇게 마음껏 쑥덕대도록 내버려둬요……"

"여러분, 슬슬 따분해지는군요!" 내가 그들에게 큰 소리로 말했다. "자, 결투는 결투요. 얘기라면 어제 충분히 나눌 만한 시간이 있었잖소……"

"우리 쪽도 준비됐소." 대위가 대답했다. "제자리에 서시오, 여러분……! 의사 선생, 여섯 걸음을 재주시지요……"

"제자리에 서시오!" 이반 이그나티예비치가 빽빽거리는 목소리로 반복했다.

"잠깐만!" 내가 말했다. "조건이 하나 더 있소. 우리는 죽음까지 불사하며 결투를 할 것이므로, 이 일이 밖으로 드러나지 않도록, 그래서 우리 결투 입회인들에게 책임이 돌아가지 않도록 최선을 다해야 합니다. 찬성합니까……?"

"전적으로 찬성합니다."

"자, 그럼 내 생각은 이렇소. 저 깎아지른 절벽의 꼭대기, 오른쪽으로 비좁은 공터가 보이지요? 저기서부터 밑바닥까지는 아무리 낮게 잡아도 30사젠 정도는 될 거요. 아래에는 뾰족한 돌들이 있지요. 우리는 한 사람씩 공터의 맨 가장자리에 서는 거요. 이런 식이라면 가벼운 부상만 입어도 치명적일 거요. 이것은 당신의 바람과도 일치할 수밖에 없을 텐데, 당신이 직접 여섯 걸음을 정했으니까요. 부상을 당한 사람은 반드시 밑으로 떨어져 산산조각 날 거요. 총알은 의사가 빼낼 거요. 그러면 뛰다가 발을 헛디디는 바람에 급작스럽게 사망했다는

214

식의 설명을 하기가 한결 쉬울 테니까요. 누가 먼저 쏠지는 동전 던지기로 정합시다. 끝으로 일러두고 싶은 것이 있는데, 이 방식이 아니라면 나는 결투를 하지 않을 거요."

"좋습니다!" 대위는 그루시니츠키가 찬성한다는 표시로 고개를 끄덕이는 것을 의미심장한 표정으로 쳐다본 뒤에 이렇게 말했다. 그루시니츠키의 얼굴은 시시각각 변했다. 내가 그를 곤혹스러운 상황에 밀어 넣은 것이다. 통상적인 조건이라면 사격을 할 때 나의 다리를 조준해 가벼운 부상을 입히고 이런 식으로 양심의 부담을 그다지 지지 않으면서도 자신의 복수심을 만족시킬 수 있었을 것이다. 하지만 이제는 허공에 쏘거나 아니면 살인자가 되거나 아니면 끝으로 자신의 야비한 속셈을 접고 나와 똑같은 위험을 감수하는 수밖에 없었다. 그 순간, 나는 그의 처지가 되고 싶은 마음이 전혀 없었다. 그는 대위를 한쪽으로 데리고 가, 굉장히 열을 올리며 그에게 큰 소리로 말하기 시작했다. 나는 그의 입술이 새파랗게 질린 채 파르르 떨리는 것을 보았다. 하지만 대위는 경멸하는 듯한 미소를 지으며 그를 외면했다. "자네는 바보야!" 그가 그루시니츠키에게 상당히 큰 소리로 말했다. "아무것도 못 알아먹는군! 그럼 출발하시죠, 여러분!"

좁다란 오솔길이 관목 사이로 가파른 절벽을 향해 나 있었다. 절벽에서 떨어져 나온 파편들이 이 자연의 계단을 위해 흔들리는 층계가 되어주었다. 우리는 관목을 꽉 붙잡고 기어 올라가기 시작했다. 그루시니츠키가 앞장서 걸었고, 그 뒤를 따라 그의 결투 입회인들이, 그다음엔 나와 의사가 걸어갔다.

"나는 당신이 놀라워요." 의사가 내 손을 꼭 쥐며 말했다. "맥이나 좀 짚어봅시다……! 어라! 열이 나는군요…… 하지만 얼굴에는 아무것도 드러나지 않으니…… 오직 눈만 평소보다 더 환하게 빛날 뿐이군요."

갑자기 자잘한 돌멩이들이 요란스레 소리를 내며 발밑으로 굴러떨어졌다. 이건 또 뭔가? 그루시니츠키가 발을 헛디딘 것이다. 그가 붙잡고 있던 나뭇가지가 부러지는 바람에, 결투 입회인들이 부축해주지 않았다면, 아래로 나자빠졌을 것이다.

"조심하시오!" 내가 그에게 소리쳤다. "미리 쓰러지지는 말아야죠. 불길한 징조니까. 율리우스 카이사르를 기억하시오!"*

드디어 우리는 돌출된 절벽의 꼭대기까지 올라왔다. 공터는 흡사 결투를 위해 일부러 만들어놓은 것처럼 자잘한 모래로 덮여 있었다. 주위의 산봉우리들은 아침의 황금빛 안개 속에 파묻히면서 수없이 많은 양 떼처럼 복작댔고, 남쪽에서는 엘브루스 산이 얼음 덮인 산봉우리들을 쇠사슬처럼 연결하며 하얀 덩어리처럼 우뚝 서 있었다. 그 산봉우리들 사이로 동쪽에서부터 몰려온 구름들이 드문드문 배회하고 있었다. 나는 공터의 끄트머리로 다가가, 아래를 내려다보았다. 거의 머리가 빙빙 돌 지경이었다. 저 아래는 관 속처럼 캄캄하고 추울 것 같았다. 오랜 세월 비바람을 맞은 절벽은 이끼 낀 돌기를 톱니마냥 뾰족이 세우고 먹잇감을 기다리고 있었다.

우리가 결투를 치를 공터는 거의 정삼각형이었다. 돌출된 꼭짓점에서 여섯 걸음을 재고 적수의 포화를 먼저 맞이할 자가 낭떠러지를 등

---

* 로마의 황제 카이사르도 암살당하기 직전에 문지방을 헛디디는 일이 있었다고 함.

진 자세로 그 꼭짓점에 서는 걸로 결정됐다. 만약 그자가 죽임을 당하지 않는다면 적수들은 서로 자리를 맞바꿀 것이었다.

나는 그루시니츠키의 편의를 한껏 봐주기로 결심했다. 그를 시험해보고 싶었던 것이다. 그의 영혼 속에 관대함의 불꽃이 깨어날 수도 있고, 그러면 모든 일이 훌륭하게 마무리될 것이다. 하지만 틀림없이 자존심과 그 성격의 약점이 승리를 거두지 않겠는가……! 나는 운명이 나에게 자비를 베푼다면 그를 무자비하게 대할 권리를 스스로에게 오롯이 주고 싶었다. 누군들 자신의 양심과 이런 계약을 하지 않을쏘냐?

"동전을 던지시죠, 의사 선생!" 대위가 말했다.

의사가 호주머니에서 은화를 꺼내 위로 들어 올렸다.

"격자!" 그루시니츠키가 옆에서 친구가 쿡 찔러 정신이 번쩍 든 사람처럼 서둘러 소리쳤다.

"독수리!" 내가 말했다.

동전은 공중에서 빙그르 돌다가 쩽그랑거리며 바닥으로 떨어졌다. 다들 그쪽으로 달려갔다.

"운이 좋군요." 내가 그루시니츠키에게 말했다. "당신이 먼저 쏘게 됐으니! 하지만 당신이 나를 죽이지 않아도 나는 헛방을 쏘지 않을 것임을 명심하시오. 분명히 못 박아두는 거요."

그는 얼굴을 붉혔다. 무기가 없는 사람을 죽이는 것이 부끄러웠던 것이다. 나는 그를 주의 깊게 응시했다. 한순간이지만, 나는 그가 내 발밑에 몸을 던지며 용서해달라고 애원할 것만 같았다. 하지만 그토록 야비한 속셈을 어떻게 고백하겠는가……? 그에게는 딱 한 가지 수단밖에 없었다. 즉 허공에 쏘는 것. 나는 그가 허공에 쏠 것이라고 확신했다! 다만 한 가지, 즉 내가 재차 결투를 요구해 올 것이라는 생각이 여기에 방해가 될 수는 있으리라.

"시간이 됐소!" 의사가 나의 소매를 잡아당기며 속삭였다. "우리가 그들의 계획을 알고 있다는 얘기를 지금 하지 않으면 완전히 끝장이에요. 봐요, 저자는 이미 장전을 하고 있어요…… 만약 당신이 아무 말도 하지 않으면, 내가 직접……"

"어떤 일이 있어도 절대 안 됩니다. 의사 선생!" 내가 그의 손을 잡으며 대답했다. "일을 망치려고만 드니, 원. 방해하지 않겠다고 약속했잖습니까…… 당신과 무슨 상관입니까? 어쩌면 나는 죽임을 당하고 싶은지도 몰라요……"

의사가 놀란 눈으로 나를 바라보았다.

"오! 그건 다른 문제죠……! 단, 저세상에서 나를 원망하지만 마세요."

그동안 대위는 권총을 장전한 다음, 그중 하나를 그루시니츠키에게 건네며 미소를 짓고 뭐라고 속닥댔다. 나머지 하나는 나에게 건넸다.

나는 공터의 꼭짓점에 섰는데, 가벼운 부상을 입더라도 뒤로 나자빠지지 않기 위해 바위 틈에 왼발을 끼워 넣고 몸을 약간 앞으로 굽혔다.

그루시니츠키는 나의 맞은편에 섰고, 정해진 신호에 따라 권총을 들어 올리기 시작했다. 그의 무릎이 벌벌 떨리고 있었다. 그는 곧장 나의 이마를 겨냥했다.

설명할 수 없는 분노가 나의 가슴속에서 끓어올랐다.

갑자기 그는 총구를 떨어뜨리며, 백지장처럼 새하얘져선 결투 입회인 쪽으로 몸을 돌렸다.

"못하겠네." 그가 멍멍한 목소리로 말했다.

"겁쟁이!" 대위가 대답했다.

총성이 울려 퍼졌다. 총알은 나의 무릎을 할퀴었다. 나는 어서 빨리 절벽의 가장자리에서 멀어지려고 나도 모르게 앞으로 몇 발짝을 내디 뎠다.

"이봐, 그루시니츠키, 유감인걸, 빗맞히다니!" 대위가 말했다. "이 제 자네 차례야, 서게! 이전처럼 나를 안아주게나. 우리는 이제 다시 못 볼지도 모르잖나!" 그들은 서로 끌어안았다. 대위는 웃음을 참느라 안간힘을 썼다. "두려워 말게." 그는 그루시니츠키를 간특한 시선으로 쳐다본 뒤 이렇게 덧붙였다. "세상의 모든 것이 헛소리야……! 자연이란 병신이고 운명이란 닭대가리이고 인생이란 땡전 한 푼이라네!"

어지간히 거드름을 피우며 이런 비극적인 대사를 읊조린 다음, 그는 자기 자리로 물러났다. 이반 이그나티예비치도 눈물을 흘리며 그루시니츠키를 껴안았다. 자, 이제 그는 혼자서 나와 마주 섰다. 나는 지금까지도 그때 어떤 종류의 감정이 내 가슴속에서 끓어올랐는지를 스스로에게 설명하려고 노력한다. 그것은 손상된 자존심에서 비롯된 짜증이요 또 경멸이었다. 또한 그것은 분노, 즉 지금 저렇게 확신에 차서, 저렇게 평온한 뻔뻔스러움을 자랑하며 나를 바라보는 저 인간이 불과 2분 전만 해도 자기는 어떤 위험도 무릅쓰지 않은 채 나를 개처럼 죽이려고 했다는 생각에서 비롯된 분노이기도 했다. 실상 다리에 조금만 더 심한 부상을 입었어도 나는 틀림없이 낭떠러지에서 굴러떨어졌을 것이 아닌가.

나는 그의 얼굴에서 조금이나마 후회의 흔적을 찾아내려고 애쓰면서 몇 분간 그를 주의 깊게 응시했다. 하지만 내가 보기엔 그가 웃음을 참고 있는 것만 같았다.

"죽음을 앞두고 하느님에게 기도하라고 권하는 바요." 그때 나는 그에게 이렇게 말했다.

"내 영혼은 그냥 두고 당신 영혼에나 신경 쓰시지. 내가 부탁할 것은 딱 한 가지요. 어서 빨리 쏘시오."

"그럼 그 중상모략을 취소하지 않겠다는 거로군요? 용서를 빌지 않겠다, 이 말씀……? 잘 생각해보시오. 뭐 양심에 찔리는 건 없소?"

"페초린 씨!" 용기병 대위가 소리쳤다. "당신은 남의 참회나 들어주려고 이 자리에 있는 게 아니오, 명심하시길…… 자, 어서 빨리 끝냅시다. 혹시나 누가 계곡을 지나가다가 우리를 볼 수도 있소."

"좋소. 의사 선생, 내 쪽으로 좀 와주시오."

의사가 다가왔다. 불쌍한 의사 양반! 그는 10분 전의 그루시니츠키보다 더 창백했다.

나는 다음과 같은 말을 일부러, 사형 선고를 읊조리듯 큰 소리로 띄엄띄엄, 또박또박 발음했다.

"의사 선생, 이 양반들 분명히 경황이 없었던 나머지 내 권총에 총알을 장전하는 걸 잊었을 거요. 부탁인데, 당신이 다시 좀 장전해주시오, 그것도 잘!"

"그럴 리 없소!" 대위가 소리쳤다. "있을 수 없는 일이오! 나는 권총 두 자루를 모두 장전했소. 혹시 당신 권총에서 총알이 굴러 나왔다면야…… 그래도 그건 내 잘못은 아니오! 그리고 당신은 다시 장전할 권리가 없소…… 어떤 권리도 없지…… 그건 규칙에 완전히 위배되니까. 나는 용납하지 않겠소……"

"좋소!" 내가 대위에게 말했다. "정 그렇다면, 당신과 내가 똑같은 조건에서 결투를 할밖에……"

대위는 우물거렸다.

그루시니츠키는 고개를 가슴팍에 떨어뜨리고 당혹스럽고 침울한 모습으로 서 있었다.

"저들을 그냥 내버려둬!" 마침내 그루시니츠키가 의사의 손에서 내 권총을 뺏으려는 대위에게 말했다. "사실 자네도 잘 알잖나, 저들 말이 옳다는 걸."

대위가 그에게 온갖 신호를 보내봤지만 헛수고였다. 그루시니츠키는 쳐다보려고도 하지 않았다.

그러는 사이에 의사가 권총을 장전해서 나에게 건넸다.

그것을 본 대위는 침을 탁 뱉고 발을 굴렀다.

"자네는 바보야, 정말." 그가 말했다. "형편없는 바보지……! 기왕지사 나를 믿기로 했으면 끝까지 말을 잘 들어야지…… 자업자득이야! 파리 새끼처럼 뒈져버려……" 그는 몸을 돌려 물러나면서 이렇게 중얼거렸다. "어쨌거나 이건 규칙에 완전히 위배되는 일이야."

"그루시니츠키!" 내가 말했다. "아직 시간은 있네. 그 중상모략을 취소하면 자네의 모든 걸 용서하겠네. 자네는 나를 바보로 만드는 데 실패했고, 나의 자존심은 만족을 얻었어. 그래도 우리가 한때 친구였다는 사실을 기억해주게."

그의 얼굴이 화끈 달아올랐고 두 눈이 번득이기 시작했다.

"쏘시오!" 그가 대답했다. "나는 나 자신을 경멸하고 당신을 증오하오. 만약 당신이 나를 죽이지 않는다면, 나는 한밤중에 당신을 몰래 찔러 죽일 거요. 이 지상에 우리 둘이 함께할 곳이란 없으니까……"

나는 총을 쏘았다.

연기가 흩어졌을 때 그루시니츠키는 공터에 없었다. 절벽의 가장자리에는 오직 먼지만이 가벼운 기둥처럼 계속 솟아오르고 있었다.

다들 한 목소리로 비명을 질렀다.

"Finita la commedia(코미디는 끝났군)!" 내가 의사에게 말했다.

그는 대꾸도 하지 않고 끔찍하다는 듯 몸을 돌렸다.

나는 어깨를 으쓱하고서 그루시니츠키의 결투 입회인들과 작별 인사를 나누었다.

오솔길을 따라 아래로 내려가면서 나는 절벽의 깊이 파인 곳 사이에서 피투성이가 된 그루시니츠키의 시체를 보았다. 나도 모르게 눈을 감았다.

말을 푼 뒤 나는 천천히 집으로 향했다. 가슴속에 돌덩이라도 들어 있는 기분이었다. 태양도 내 눈에는 침침해 보이고 햇빛도 나를 데워주지 못했다.

나는 마을로 들어가지 않고 계곡을 따라 오른쪽으로 방향을 돌렸다. 사람이 보이면 힘겨울 것 같았다. 혼자 있고 싶은 마음이었다. 고삐를 늘어뜨리고 머리를 가슴팍에 떨어뜨린 채 오랫동안 달렸는데, 급기야 전혀 모르는 곳에 와 있었다. 나는 말을 뒤로 돌려 길을 찾기 시작했다. 기진맥진한 말에 기진맥진한 몸을 싣고 키슬로보츠크에 도착했을 때는 이미 해가 저물고 있었다.

하인은 나에게 베르너가 다녀갔다고 말하며 쪽지 두 개를 건넸다. 하나는 그가 쓴 것이었고, 다른 하나는…… 베라가 쓴 것이었다.

첫번째 쪽지를 뜯었다. 다음과 같은 내용이었다.

모든 것이 더할 나위 없이 훌륭하게 처리됐습니다. 엉망진창이 된 시신은 무사히 옮겼고 가슴팍에 박힌 총알도 꺼냈습니다. 다들 그가 불운한 사고를 당해 사망했노라고 확신하더군요. 당신들의 불화를 익히 알고 있는 듯한 사령관만은 고개를 갸우뚱거렸지만 아무 말도 하지 않았습니다. 당신에게 불리한 증거는 아무것도 없으니 편히 주무셔도 됩니다, 그럴 수만 있다면. 그럼, 이만.

두번째 쪽지는 오랫동안 펼치지 못하고 망설였다…… 그녀가 나에게 무슨 말을 쓸 수 있었을까……? 무거운 예감이 나의 영혼을 흥분시켰다.

여기에 그것이, 단어 하나 지워지지 않은 채 내 기억 속에 아로새겨진 그 편지가 있다.

나는 우리가 결코 다시는 만나지 못하리라는 굳은 확신을 갖고 당신에게 이 글을 써요. 몇 년 전에 당신과 헤어지면서도 똑같은 생각을 했죠. 하지만 하늘이 나를 두번째로 시험에 들게 했어요. 나는 이 시험을 견디지 못했고, 나의 약한 마음은 다시 귀에 익은 그 목소리에 굴복했죠…… 설마 이걸로 나를 경멸하진 않겠죠, 예? 이

편지는 작별 인사인 동시에 참회가 될 거예요. 나는 내 마음이 당신을 사랑한 이래 이 마음속에 쌓여온 모든 것을 당신에게 말해야겠어요. 당신을 탓하진 않겠어요. 당신은 남자라면 누구나 그랬을 법한 식으로 나를 대했죠. 나를 소유물로서, 서로 자리바꿈을 해가며 인생이 지루하지 않도록, 단조롭지 않도록 해주는 기쁨과 불안과 슬픔의 원천으로서 사랑했던 거죠. 나는 이 점을 처음부터 알았어요…… 하지만 당신은 불행했고, 나는 나 자신을 희생했죠. 그러면서 당신이 언젠가는 나의 희생을 높이 평가해주리라, 또 언젠가는 어떤 상황에도 변함이 없는 나의 깊은 다정함을 알아주리라는 희망을 품었고요. 그때 이후 많은 시간이 흘렀고, 당신 영혼의 모든 비밀을 꿰뚫어 봤으니…… 그것이 헛된 희망이었음을 확신하게 됐어요. 쓰라린 고통이었죠! 하지만 나의 사랑은 나의 영혼과 붙어버렸기에, 어두워질망정 완전히 꺼지지는 않았어요.

이제 우리, 영원히 헤어지는 거예요. 하지만 당신은 내가 절대 다른 사람을 사랑하지 않을 것임을 확신할 수 있을 테죠. 나의 영혼은 당신을 위해 나 자신의 모든 보물, 모든 눈물과 희망을 다 소진시켜버렸어요. 일단 당신을 사랑했던 여자는 다른 남자를 다소간의 경멸 없이는 바라볼 수 없어요. 당신이 그들보다 낫기 때문이 아니에요, 오, 절대 아니지! 당신의 천성에는 당신 한 사람에게만 있는 뭔가 특별한 것이, 뭔가 오만하고 비밀스러운 것이 있어요. 당신이 무슨 말을 하든 당신의 목소리에는 거역할 수 없는 힘이 깃들어 있어요. 아무도 그렇게 꾸준히 사랑받길 원할 수는 없거든요. 그 누구의 악도 그토록 매력적일 수 없고, 그 누구의 시선도 그토록 많은 행복을 약속해주진 못하죠. 또 그 누구도 자신의 특권을 그토록 잘 활용할 수 없고, 그 누구도 당신처럼 그렇게 진정으로 불행할 수는 없어요. 왜냐하면 그 누구도 스스로에게 정반대되는 것을 확신시키기 위해 그토록 노력하지 않으니까.

이제 내가 이렇게 다급하게 떠나는 이유를 설명해야겠군요. 이건 오직 나에게만 상관있는 일이므로 당신에겐 별로 중요하지 않을 것 같지만.

오늘 아침에 남편이 내 방에 들어와, 당신과 그루시니츠키가 다툰 얘기를 했어요. 내 안색이 확 변했던 모양이에요. 그가 오랫동안 뚫어져라 내 눈을 바라보더라고요. 나는 당신이 오늘 틀림없이 결투를 할 것이고 내가 그 원인이라는 생각이 들어 거의 기절할 뻔했어요. 정말 미칠 것만 같더군요…… 하지만 사리 분별이 생긴 지금에 와서는 당신이 살아남을 거라고 확신해요. 당신이 나 없이 죽을 수는 없으니까, 그런 일은 있을 수 없으니까! 남편은 오랫동안 방을 서성이더군요. 그가 나에게 무슨 말을 했는지도 모르겠고 내가 그에게 뭐라고 대답했는지도 기억이 안 나요…… 분명히 그에게 당신을 사랑한다고 말했을 거예요…… 기억나는 건 오직, 우리 대화가 끝날 무렵 그가 나를 끔찍한 말로 모욕하고 방을 나갔다는 것뿐이에요. 그가 마차를 대령하라고 명령하는 소리가 들리더군요…… 이렇게 벌써 세 시간째 나는 창가에 앉아 당신이 돌아오길 기다리고 있어요…… 하지만 당신은 살아 있어요, 당신이 어떻게 죽어요……! 마차가 거의 준비됐군요…… 그럼, 안녕, 안녕히…… 나는 파멸했어요, 하지만 무슨 상관이 있겠어요……? 만약 당신이 영원히 나를 기억할 거라고 확신할 수만 있다면—사랑이라는 말은 하지 않겠어요—그저, 기억할 거라는 것만 확신할 수 있다면……그럼, 안녕. 누가 와요…… 이 편지를 숨겨야겠어요……

당신, 메리를 사랑하지 않죠, 그렇죠? 그녀와 결혼하지도 않을 거죠? 들어봐요, 당신은 나를 위해 이 정도는 희생해줘야 해요. 나는 당신을 위해 세상의 모든 것을 잃었으니까……

나는 미친 사람처럼 현관 층계참으로 뛰어 내려가, 하인들이 마당에서 몰고 가는 체르케스 말에 올라타고선 퍄티고르스크로 가는 길을 따라 전속력으로 질주했다. 나는 기진맥진한 말을 무자비하게 몰았고, 말은 입에 거품을 물고 힝힝거리면서 나를 태운 채 자갈길을 달렸다.

태양은 벌써, 서쪽 산마루에서 쉬고 있던 시커먼 먹구름 속에 숨어버렸다. 계곡은 어둡고 축축해졌다. 포트쿠모크 강은 돌과 돌 사이를 비집으며 멍멍하고 단조롭게 울부짖었다. 나는 너무 초조해서 숨을 헐떡이며 달렸다. 퍄티고르스크에 도착한들 이미 그녀는 없을지도 모른다는 생각이 망치처럼 내 가슴을 쳐댔던 것이다! 한 순간, 한 순간만 더 그녀를 보고 작별 인사를 나누고 그녀의 손을 잡을 수 있다면…… 나는 기도하고 저주하고 울고 웃었다…… 아니, 아무것도 나의 불안과 절망을 표현해주진 못할 것이다! 베라를 영원히 잃어버릴 수도 있다는 생각이 들자 그녀는 나에게 세상에서 제일 소중한 존재, 목숨보다, 명예보다, 행복보다 더 소중한 존재가 됐다. 하긴 얼마나 이상한 계획들이, 얼마나 미치광이 같은 계획들이 내 머릿속에서 들끓었는지 누가 알겠는가…… 그 와중에도 나는 무자비하게 말을 몰며 계속 달렸다. 그러다 문득 말의 숨소리가 점점 더 가빠지고 있음을 알아채게 됐다. 벌써 두 번이나 평평한 곳에서 발을 헛디뎠으니 말이다…… 예센투키까지는, 즉 다른 말로 갈아탈 수 있는 카자크 역까지는 아직 5베르스타가 남아 있었다.

내 말이 10분만 더 버틸 힘이 있었다면 모든 것이 해결됐을 것이다! 하지만 별로 높지도 않은 계곡을 올라 산을 벗어나서 경사가 가파른 모퉁이를 돌 때 갑자기 말이 쿵하고 땅바닥에 꼬꾸라져버렸다. 나는 날렵하게 뛰어내려, 고삐를 잡아당기면서 말을 일으켜 세우려 했지만 소용없었다. 신음 소리가 꽉 다문 이빨 사이로 들릴 듯 말 듯 새어 나왔다. 몇 분 뒤 말은 숨이 끊겼다. 나는 마지막 희망마저 잃어버린 채 초원에 혼자 남게 됐다. 걸어서 가볼까 했지만 다리가 툭툭 꺾였다. 오늘 낮에 겪은 불안과 간밤의 불면으로 인해 녹초가 된 채, 나는 축축한 풀밭에 쓰러져 어린아이처럼 울기 시작했다.

그리고 오랫동안 꿈쩍도 않고 누워, 눈물과 흐느낌을 참으려 하지도 않고 슬피 울었다. 이러다 가슴이 터져버릴 것만 같은 생각이 들었다. 나의 의연함과 냉담함은 송두리째 연기처럼 사라졌다. 영혼은 힘을 잃고 이성은 침묵에 잠겼다. 만약 이 순간 누가 나를 봤다면 그는 경멸하며 몸을 돌렸을 것이다.

밤이슬과 산바람이 나의 뜨거운 머리를 식혀주고 상념들이 평범한 질서를 되찾았을 때, 나는 파멸한 행복을 좇는 것이 쓸데없고 무모한 일이라는 것을 깨달았다. 나에게 무엇이 더 필요한가? 그녀를 보는 것? 대체 무엇을 위해? 우리 사이엔 모든 것이 끝나지 않았던가? 쓰디쓴 작별의 키스를 한 번 나눈다고 해서 나의 추억이 더 풍요로워지지도 않을 테고, 그래본들 또 우리는 그저 헤어지기만 더 힘들 뿐이리라.

하지만 나는 울 수 있어서 유쾌하다! 하긴 그 원인은 교란된 신경, 뜬눈으로 지새운 밤, 총구 앞에서 버틴 2분, 그리고 공복에 있을지도 모르겠다.

다 잘될 것이다! 이 새로운 고통이 나의 내부에, 군사 용어로 말해, 행복한 교란작전 역할을 해주었다. 우는 것은 건강에 좋다. 게다가 내가 말을 타고 여기까지 오지 않았다면, 또 15베르스타나 되는 거리를 걸어서 되돌아가지 않았다면, 그날 밤도 잠은 내 두 눈을 감겨주지 않았으리라.

나는 새벽 다섯시에 키슬로보츠크로 돌아와 침대로 몸을 던지고 워털루 이후의 나폴레옹처럼 잠들었다.

잠에서 깼을 때 밖은 이미 어두웠다. 나는 열린 창가에 앉아, 아르할루크의 단추를 풀었다. 산바람이 불어와, 피로한 상태에서 푹 자고 난 뒤에도 완전히 진정되지는 못한 가슴이 상쾌해졌다. 멀리 강 너머, 강물 위로 드리워진 무성한 보리수 꼭대기 사이로, 요새와 마을의 건축물에서 흘러나온 불빛들이 어른거렸다. 우리 마당은 쥐 죽은 듯 조용했고, 공작부인의 집은 컴컴했다.

의사가 들어왔다. 이맛살을 잔뜩 찌푸린 채, 여느 때와 달리 나에게 악수를 청하지도 않았다.

"어디서 오는 길입니까, 의사 선생?"

"공작부인 리곱스카야 댁에서 오는 길이에요. 부인의 딸이 아픕니다. 신경 쇠약이에요! 한데 문제는 이게 아니라 다른 데 있습니다. 즉, 상부에서 눈치를 채기 시작했는데, 아무것도 확증은 없지만 어쨌든 충고하건대, 조심하세요. 공작부인은 방금 당신이 자기 딸 때문에 결투를 했다는 것을 알고 있다고 말하더군요. 그녀에게 모든 얘기를 해준 사람은 그 노인이었는데, 이름이 뭐였더라? 어떻든 그는 당신과 그루시니츠키가 레스토랑에서 맞붙는 것을 목격한 사람이지요. 나는 당신에게 경고를 하러 온 거예요. 그럼, 안녕히 계세요. 어쩌면 우리는 더 이상 못 만나겠군요. 당신은 어딘가로 좌천될 테니까."

그는 문지방에서 걸음을 멈추었는데, 악수를 하고 싶어 했고······ 만약 내가 그러고 싶다는 바람을 조금이라도 내비쳤다면 나를 얼싸안았을 것이다. 하지만 나는 돌처럼 냉랭했고 그는 방을 나갔다.

사람들이란 이렇다! 다들 이렇단 말이다. 어떤 행동의 나쁜 면을 전부 다 미리 알고 있건만 그래도 도와주고 충고해주고, 달리 수가 없음을 알기에, 심지어 격려도 아끼지 않지만 나중에는 두 손을 싹 씻고, 과감하게 무거운 책임을 전부 떠맡은 사람에게서 분노하며 몸을 돌리는 것이다. 다들 그렇다, 심지어 가장 선량하고 가장 현명한 사람들도······!

이튿날 아침, 나는 최고사령부로부터 N 요새로 출발하라는 명령을 받고서 작별 인사를 하러 공작부인 댁에 들렀다.

뭐 특별히 중요한 얘기를 할 게 있느냐는 그녀의 물음에 대한 나의 대답을 듣고서 그녀는 무척 놀라워했다. 내가 그냥 안녕히 계시길 바란다는 식으로 대답했던 것이다.

"하지만 저는 당신과 몹시 진지하게 할 말이 있습니다."

나는 말없이 자리에 앉았다.

공작부인은 말을 어떻게 꺼내야 할지 모르는 것이 분명했다. 얼굴은 불그죽죽해지고 통통한 손가락으론 탁자를 두들겼다. 마침내 그녀는 탁탁 끊기는 목소리로 말을 시작했다.

"들어보세요, 무슈 페초린. 저는 당신이 고결한 분이라고 생각해요."

나는 고개를 숙여 인사했다.

"그 점이라면 심지어 확신도 있어요." 그녀가 계속했다. "비록 당신의 행동이 다소 미심쩍긴 하지만요. 하지만 제가 모르는 이유가 있을 테니, 지금 저에게 얘기해주시면 돼요. 당신은 제 딸을 중상모략으로부터 지켜주셨고 그애를 위해 결투까지 하셨어요. 다시 말해 목숨을 거셨던 거죠…… 대답하지 않으셔도 돼요. 당신이 그 사실을 인정하지 않으시리라는 것쯤은 알고 있어요. 그루시니츠키가 죽임을 당했으니까요(그녀는 성호를 그었다). 하느님이 그를 용서하시길, 또한 당신도 용서해주시길……! 저로서는 감히 당신을 비난할 처지가 못 됩니다. 왜냐하면 제 딸이 비록 아무 잘못은 없지만 어쨌든 이 일의 원인을 제공했으니까요. 그애가 저에게 모든 것을 얘기했어요…… 예, 모든 것을 얘기했다고 생각해요. 당신이 그애에게 사랑을 고백했고…… 그애도 당신에게 자신의 감정을 털어놓았고(여기서 공작부인은 무거운 한숨을 내쉬었다)! 하지만 그애는 안 좋아요. 저는 이것이 단순한 병이 아니라고 확신해요! 은밀한 슬픔이 그애를 괴롭히고 있어요. 그애는 솔직히 털어놓지 않지만 저는 그 원인이 당신이라고 확신해요…… 들어보세요, 당신은 제가 사윗감으로 높은 지위나 엄청

난 부를 찾고 있다고 생각하실지 모르지만, 그런 생각은 버리세요! 저는 오직 딸아이의 행복을 바랄 따름이에요. 당신의 처지는 지금은 보잘 것 없지만 나아질 수 있고, 재산도 웬만큼 있으시잖아요. 또 제 딸은 당신을 사랑해요. 그애는 교육을 잘 받았기 때문에 남편에게 행복이 되어줄 거예요. 저는 부자고, 자식이라곤 그애 하나뿐이에요……말해보세요. 대체 무엇 때문에 주저하시는 거죠……? 어쩌면 이런 얘기를 전부 당신에게 해서는 안 되는 거겠지요. 하지만 당신의 마음을, 당신의 명예를 믿고 말씀드리는 거예요. 제발 기억해주세요, 나는 그애 하나밖에, 하나밖에 없단 말이에요……"

그녀는 울기 시작했다.

"공작부인, 저는 부인에게는 뭐라고 대답할 수 없습니다. 따님과 단둘이서 얘기를 나누도록 해주십시오……" 내가 말했다.

"절대 안 돼요!" 그녀는 대단히 흥분하여 의자에서 일어서면서 소리쳤다.

"그럼 그러시죠." 나는 이렇게 대답하며 떠날 준비를 했다.

그녀는 잠깐 생각에 잠기더니 나에게 좀 기다려달라고 손짓을 하곤 나갔다.

5분 정도가 지났다. 내 가슴은 격렬하게 고동쳤지만 생각은 평온하고 머리는 싸늘했다. 가슴속에서 저 귀여운 메리에 대한 사랑의 불씨라도 찾아보려고 애썼지만, 헛수고였다.

드디어 문이 열렸고, 그녀가 들어왔다. 맙소사! 그녀를 못 본 이래로, 얼마나 많이 변했는지 — 아니, 정말 그렇게 오래됐던가?

방 한가운데까지 오자 그녀는 비틀거렸다. 나는 벌떡 일어나 그녀에게 손을 내밀어 그녀를 안락의자까지 데려갔다.

나는 그녀의 맞은편에 서 있었다. 우리는 오랫동안 침묵했다. 설명할 수 없는 슬픔으로 가득 찬 그녀의 커다란 눈은 내 눈에서 희망 비슷한 것을 찾고 있는 것 같았다. 그녀의 창백한 입술은 미소를 지으려고 부질없이 애썼다. 무릎 위에 포개놓은 그녀의 부드러운 손이 너무 여위고 투명해서, 나는 그녀가 가엾어졌다.

"공작 영애, 제가 당신을 희롱했다는 것쯤은 아시겠죠……! 당신은 저를 경멸해야 합니다." 내가 말했다.

그녀의 뺨에는 병색이 완연한, 불그스름한 기운이 어리었다.

나는 말을 계속 이어나갔다. "따라서 당신은 저를 사랑하지 말아야 합니다……"

그녀는 몸을 돌려 탁자에 팔꿈치를 세우곤 한 손으로 눈을 가렸는데, 내가 보기엔 그 눈에 눈물이 반짝이는 것 같았다.

"맙소사!" 그녀가 들릴락 말락 이렇게 내뱉었다.

이것이 참을 수 없어졌다. 1분만 지속됐어도 나는 그녀의 발아래로 쓰러졌을 것이다.

"그래서 당신도 아시다시피," 나는 가능한 한 단호한 목소리로, 또 억지웃음까지 지으며 말했다. "아시다시피, 저는 당신과 결혼할 수 없습니다. 당신도 지금은 그것을 원한다고 할지라도 곧 후회할 겁니다. 당신의 어머님과 대화를 나눴기 때문에 어쩔 수 없이 당신에게 이렇게 노골적으로, 이렇게 거칠게 해명할 수밖에 없게 됐군요. 저는 공작 부인께서 그냥 오해를 하고 계셨으면 하는 마음입니다. 부인의 생각쯤은 당신이 쉽게 바꿔놓을 테니까요. 보시다시피, 저는 당신 눈에 가장 애처롭고 추잡한 역할을 떠맡고 있죠. 이런 것도 솔직히 인정합니다. 자, 이것이 제가 당신을 위해 할 수 있는 전부입니다. 당신이 저에 대해 어떤 나쁜 견해를 갖고 있든, 저는 수긍하겠습니다. 보시다시피, 저는 당신에 비하면 미천한 인간이죠. 안 그렇습니까, 당신이 나를 사랑했다고 할지라도 이 순간부터는 경멸하겠죠……?"

그녀가 나를 향해 몸을 돌렸는데, 대리석처럼 창백한 얼굴에 두 눈만이 경이롭게 반짝였다.

"저는 당신을 증오해요……" 그녀가 말했다.

나는 감사를 표하고 공손하게 인사를 한 뒤 밖으로 나왔다.

한 시간 뒤, 급행 트로이카가 나를 싣고 키슬로보츠크를 떠났다. 예센투키를 몇 베르스타 앞두고 나는 길가에 버려진 내 준마의 시체를 알아보았다. 안장은 없었고—분명히 지나가던 카자크가 벗겨 간 것이리라—말 등에는 안장 대신 두 마리의 까마귀가 앉아 있었다. 나는 한숨을 내쉬며 고개를 돌렸다……!

그리하여 지금, 여기, 이 지루한 요새에서 나는 종종 지난 일을 생각하며 자문하곤 한다. 왜 나는 운명이 나에게 열어준 그 길로, 조용한 기쁨과 심리적인 안정이 나를 기다리던 그 길로 들어서려 하지 않았을까…… 아니다! 나는 그런 운명과는 잘 지내지 못했을 것이다! 나는 해적선의 갑판에서 태어나고 자란 선원과 같다. 그의 영혼은 폭풍우와의 전투에 길들여졌기 때문에, 바닷가로 내던져지면 그늘진 숲이 그에게 아무리 유혹의 손짓을 보내도, 평화로운 햇빛이 아무리 그를 비추어도 권태로움과 괴로움에 시달린다. 그는 하루 종일 바닷가 모래사장을 거닐며 몰아치는 파도의 단조로운 불평에 귀를 기울이고 안개 자욱한 먼 곳을 응시한다. 저기, 푸른 소용돌이와 회색 먹구름을 갈라놓는 창백한 선 위로, 기다리고 기다리던 돛단배가 어른거리지나 않을까, 처음에는 바다 갈매기의 날개 같지만 시나브로 파도의 거품에서 떨어져 나와 일정한 속도로 황량한 부두를 향해 움직이는 돛단배가 보이지나 않을까 싶어서……

3. 운명론자

　어쩌다 한번은 왼쪽 전선에 있는 카자크 마을에서 2주간 살게 된 적이 있었다. 마침 보병 부대가 주둔해 있었다. 장교들은 교대로 서로의 숙소에 모였고 저녁마다 카드놀이를 했다.

　어느 날, 우리는 보스턴*에 질려 카드를 탁자 밑에 집어던지고 S 소령 집에 아주 오랫동안 죽치고 앉아 있었다. 대화는 여느 때와는 달리 흥미진진했다. 인간의 운명이란 하늘에 의해 미리 정해져 있다는 모슬렘의 민간신앙이 우리 기독교인들 사이에서도 많은 호응을 얻고 있다는 얘기가 오갔다. 각자 pro(찬성) 혹은 contra(반대)에 해당하는 여러 가지 특이한 사건들을 이야기했다.

---

*카드놀이의 일종.

"그런 얘기는 여러분, 아무것도 증명해주지 않소." 늙은 소령이 말했다. "사실 여러분 중 누구도 자신의 견해를 확증해줄 만한 그 이상한 사건들을 직접 목격한 건 아니잖소?"

"그야 물론 그렇지요." 많은 이들이 말했다. "하지만 믿을 만한 사람들한테서 들은 얘기인걸요……"

"그건 모두 엉터리요!" 누군가가 말했다. "우리의 사망 시각이 적힌 명부를 본, 그 믿을 만한 사람이라는 것이 대체 어디 있소? 그리고 천명이라는 것이 분명히 존재한다면, 우리에게는 대체 왜 의지나 이성이 주어진 거요? 우리가 왜 우리의 행동을 설명해야 한단 말이오?"

그때 방구석에 앉아 있던 한 장교가 자리에서 일어나더니 천천히 탁자로 다가와 좌중을 침착하고 의기양양한 시선으로 둘러보았다. 그는 이름으로 보건대 세르비아 출신이었다.

불리치 중위의 외양은 그의 성격에 전적으로 부합했다. 큰 키, 거무스름한 얼굴빛, 검은 머리카락, 날카로운 검은 눈, 그 민족의 특징인 크면서도 오뚝한 코, 영원토록 그의 입술 위를 맴도는 슬프고 차가운 미소. 이 모든 것이 조화를 이루어 그가 특별한 존재, 즉 운명이 그의 벗이 되게 해준 자들과 사상과 열정을 공유할 수 없는 존재라는 인상을 주는 것 같았다.

그는 용맹스러웠고, 말수는 적었지만 신랄했다. 아무에게도 자신의 속마음이나 집안의 비밀을 털어놓는 일이 없었고, 술은 거의 마시지 않았으며, 직접 보지 않고선 그 매력을 이해하기 힘든 젊은 카자크 여자들의 꽁무니를 쫓아다니는 일도 없었다. 그나저나 사람들 말로는, 대령 부인이 표정이 풍부한 그의 눈에 은근히 마음이 있었다고 한다.

하지만 그는 그런 쪽으론 넌지시 암시만 해도 정색을 하고 화를 냈다.

그가 숨기지 않는 열정이 딱 하나 있었다. 바로 도박에 대한 열정이었다. 초록색 탁자 앞에 앉으면 그는 만사를 잊었으며, 또한 보통은 졌다. 하지만 지속적인 불운은 그의 옹고집을 자극할 따름이었다. 사람들 얘기로, 한번은 원정 기간 중 한밤중에 그가 쿠션 위에다 카드를 돌리고 있었는데 운이 엄청 잘 따라줬다는 것이다. 갑자기 총성이 울려 퍼지고 전투 경보가 울렸다. 다들 벌떡 일어나 무기 쪽으로 달려갔다. "파아아안돈을 걸어!" 불리치는 자리에서 일어나지도 않고 가장 열심인 파트너 중 한 명에게 소리쳤다. "7에 걸겠어." 상대가 달려 나가며 이렇게 대답했다. 주위가 온통 혼돈에 휩싸였음에도 불리치는 카드를 마저 돌렸다. 패가 나왔다.

그가 전장에 나타났을 때 그곳에서는 이미 맹렬한 총격전이 벌어지고 있었다. 불리치는 총알도, 체첸의 검도 아랑곳하지 않고 행운을 잡은 자신의 파트너를 찾기 시작했다.

"7이 나왔네!" 적을 숲 밖으로 물리치기 시작한 사선(射線) 부대에서 마침내 파트너를 찾아낸 불리치는 이렇게 소리친 뒤 더 가까이 다가가 자신의 지갑과 동전 주머니를 꺼내 행운아에게 건넸는데, 이런 상황에서 돈을 주고받는 것은 적절치 못하다는 상대의 반박에는 아랑곳하지 않았다. 이 불쾌한 의무를 이행한 뒤, 그는 앞으로 돌진했고 끝까지 냉정을 유지하며 병사들을 이끌고 체첸인들과 총격전을 벌였다.

불리치 중위가 탁자로 다가왔을 때, 다들 그가 뭐든 독특한 행동을 하리라 기대하며 입을 다물었다.

"여러분!" 그가 말했다(그의 목소리는 평소보다 톤이 좀 낮긴 했지만 침착했다). "여러분! 뭐하러 이런 쓸데없는 논쟁을 하는 거요? 여러분은 증거를 원하고 있소. 그럼 내가 한 가지 제안을 하겠는데, 인간이 자기 목숨을 마음대로 좌지우지할 수 있는지, 아니면 우리 각자에게 숙명적인 순간이 미리 정해져 있는지를 자기 자신을 통해 시험해봅시다…… 누구 해볼 사람?"

"나는 싫소, 나는 싫어!" 사방에서 울려 퍼졌다. "참 괴짜라니까! 별 생각을 다 해……!"

"그럼, 내기를 해보죠." 내가 농담 삼아 말했다.

"어떤 내기요?"

"천명 같은 것은 없다고 주장하는 바요." 나는 이렇게 말하며, 금화 스무 개 정도를 탁자 위에 뿌렸다. "지금 호주머니 안에 있는 돈의 전부요."

"좋소." 불리치가 멍멍한 목소리로 대답했다. "소령님, 심판이 돼주시죠. 여기 금화 열다섯 개가 있는데, 나머지 다섯 개는 소령님이 나한테 빚진 게 있으니까 우정의 손길이라 생각하시고 여기에 보태주시죠."

"좋소." 소령이 말했다. "다만 뭐가 뭔지 잘 모르겠군…… 어떤 식으로 내기를 하겠다는 건지, 원……"

불리치는 말없이 소령의 침실로 갔다. 우리는 그의 뒤를 따라갔다. 그는 무기가 매달려 있는 벽 쪽으로 다가가더니 못에 걸린 다양한 구경(口徑)의 권총 중 하나를 아무거나 들었다. 그때까지도 우리는 그가 뭘 하려는지 이해하지 못했다. 하지만 그가 공이치기를 올리고 약

238

실에 화약을 넣자 많은 이들이 저도 모르게 소리를 지르며 그의 두 손을 붙잡았다.

"이게 무슨 짓인가? 이봐, 이건 미친 짓이야!" 사람들이 그에게 소리쳤다.

"여러분!" 그는 사람들의 손을 뿌리치며 천천히 말했다. "누구 내 몸값으로 금화 스무 개를 내줄 사람?"

다들 잠자코 있다가 물러났다.

불리치는 다른 방으로 가서 탁자 앞에 앉았다. 다들 그의 뒤를 따랐다. 그는 자기 옆에 앉으라며 우리에게 손짓을 했다. 다들 말없이 그의 말을 따랐다. 그 순간, 그는 우리 사이에서 어떤 신비스러운 권력을 획득했던 것이다. 나는 그의 눈을 주의 깊게 응시했다. 하지만 그는 동요하지 않는 침착한 시선으로 나의 시험하는 듯한 시선을 맞이했고, 그 창백한 입술에는 미소를 머금었다. 하지만 그가 냉정을 유지했음에도 나는 그의 창백한 얼굴에서 죽음의 봉인을 읽은 것만 같았다. 나는 몇 시간 뒤면 죽을 것이 분명한 사람의 얼굴에는 종종 피해 갈 수 없는 운명의 어떤 이상한 각인이 있다는, 그래서 그것에 익숙해진 눈은 실수를 하기가 어렵다는 견해를 피력하곤 했는데, 많은 선참 전사들이 나의 견해를 확증해주었다.

"당신은 지금 죽을 거요!" 내가 그에게 말했다. 그는 빨리 내게로 고개를 돌렸지만, 천천히 침착하게 대답했다.

"그럴 수도 있고, 아닐 수도 있죠……"

그런 다음, 그는 소령을 향해 권총이 장전됐는지 물었다. 소령은 당혹스러웠는지 제대로 기억도 못했다.

"그 정도면 됐어, 불리치!" 누군가가 소리쳤다. "머리맡에 매달아 놓았으니 분명히 장전됐겠지…… 장난도 정도껏 해야지……!"

"어리석은 장난이야!" 다른 이가 말을 받았다.

"권총이 장전되지 않았다는 쪽에, 5루블에 맞서 50루블 걸겠소!" 또 다른 이가 소리쳤다.

새로운 내기가 성립됐다.

나는 이렇게 절차를 따지며 질질 끄는 것에 싫증이 났다.

"이봐요. 빨리 쏘든가, 권총을 제자리에 갖다 놓든가 하고 그만 자러 갑시다." 내가 말했다.

"물론이오. 그만 자러 갑시다." 많은 이들이 소리쳤다.

"여러분, 부탁인데, 제자리에서 꼼짝도 하지 마시오!" 불리치가 총구를 이마에 갖다 대며 이렇게 말했다. 다들 돌처럼 굳어버렸다.

"페초린 씨." 그가 덧붙였다. "카드 한 장을 집어 위로 던져주시오."

나는 탁자에서, 지금 기억으론, 하트의 에이스를 집어 위로 던졌다. 다들 숨이 멎었고, 모든 눈이 공포와 막연한 호기심을 드러내며 권총에서 숙명적인 에이스로 오갔다. 에이스가 허공에서 팔랑거리다가 천천히 떨어졌다. 그것이 탁자에 닿은 순간, 불리치는 방아쇠를 당겼다…… 불발이었다!

"천만다행이야!" 다들 소리쳤다. "장전이 안 돼 있어서……"

"그래도 한번 두고 봅시다." 불리치가 말했다. 그는 또다시 공이치기를 올리고 창문 위에 걸려 있는 군모를 겨냥했다. 총성이 울려 퍼졌고, 연기가 방을 가득 채웠다. 연기가 걷히자 사람들이 군모를 내렸다. 군모 한가운데에는 구멍이 뚫렸고 총알은 벽에 깊숙이 박혀 있었다.

3분 정도 아무도, 입도 뻥긋하지 못했다. 불리치는 극히 침착하게 나의 금화를 자기 지갑에 옮겨 담았다.

권총이 왜 처음에는 발사되지 않았는지를 두고 논란이 오갔다. 어떤 이들은 분명히 약실이 막혀 있었다고 주장했고, 다른 이들은 처음에는 화약이 축축했는데 나중에 불리치가 새것을 더 넣었다고 수군댔다. 하지만 나는 후자의 추측은 틀렸다고 주장했는데, 내가 줄곧 권총에서 눈을 떼지 않았기 때문이다.

"게임 운이 좋으시군요!" 내가 불리치에게 말했다……

"태어나서 처음이오." 그는 자족적인 미소를 지으며 이렇게 대답했다. "이게 파로와 슈토스*보다 낫군요."

"그 대신 조금 더 위험하죠."

"자, 그래, 이제 천명이라는 것을 믿게 됐소?"

"예, 믿습니다. 다만 지금도 이해가 안 되는 것은 왜 나는 당신이 오늘 꼭 죽을 것 같은 생각이 들었는지……"

방금 전만 해도 극히 침착하게 자기 이마를 조준했던 이 사람이 이제는 갑자기 발끈하며 당혹스러워했다.

"어쨌거나 됐소!" 그가 일어나면서 말했다. "우리 내기가 끝났으니까, 이제 당신의 의견은 내 생각으론 부적절한 것 같군요……" 그는 모자를 집어 들고 나갔다. 그것이 내게는 이상하게 여겨졌는데, 다 이유가 있었던 것이다!

---

* 둘 다 카드놀이의 일종.

곧 다들 각자 집으로 돌아가면서 불리치의 괴벽에 대해 이러쿵저러쿵 떠들었는데, 자살하려는 사람을 상대로 내기를 했다며 이구동성으로 나를 이기주의자라고 손가락질했을 것이 분명하다. 흡사 내가 없었으면 그가 마땅한 건수를 찾지 못했을 거라는 듯……!

나는 카자크 마을의 텅 빈 골목길을 지나 집으로 돌아왔다. 불이 붙은 것처럼 붉은 보름달이 들쑥날쑥한 지붕들 너머에서 모습을 드러내기 시작했다. 별들은 검푸른 하늘 위에서 평온하게 반짝였고, 나는 다음과 같은 생각이 떠올라 별안간 우스워졌다. 즉, 언젠가 천체가 조그만 땅뙈기나 무슨 가공의 권리 따위를 쟁취하기 위한 우리의 하찮은 다툼에 참여한다고 생각한 현자들이 있었단 말이다……! 그래서 어떻게 됐나? 그들의 생각으론 오직 그들의 전장과 승리를 비추기 위해 이렇게 불 밝혀진 등불이 지금도 예전처럼 밝게 타오르고 있지만, 그들의 열정과 희망은 오래전에 어느 무심한 순례자가 숲 가장자리에 지펴놓은 모닥불처럼 그들과 함께 꺼져버렸다. 하지만 그 대신, 온 하늘이 자신의 무수한 거주자들과 함께 말은 없지만 변함없는 관심을 기울이며 그들을 바라보고 있다는 확신이 그들에겐 얼마나 큰 의지력을 부여해주었던가……! 우리는 그들의 애처로운 후예로서, 불가피한 종말을 생각할 때면 어쩔 수 없이 심장을 조여오는 두려움을 제외하면 신념도 오만함도 없이, 쾌감도 공포도 없이 지상을 떠도는 그 후예로서 인류의 안녕은커녕 우리 자신의 행복을 위해서도 더 이상 위대한 희생양이 될 수 없는데, 그 불가능성을 알기 때문이다. 그래서 우리는 우리의 조상들이 방랑과 방랑을 거듭하며 이리저리 몸을 내던졌듯, 무심하게 의심과 의심 사이를 오가지만, 그들과는 달리 희망도 없고, 심지어 영혼이 사람들이나 운명에 맞서 벌이는 모든 투쟁에서 찾아볼 수 있는 쾌감도, 진실하긴 하되 모호한 그 쾌감도 없는 것이다.

이와 같은 여러 상념들이 수없이 나의 머릿속을 스쳐 지나갔다. 나는 그 상념들을 딱히 붙잡아두지도 않았는데, 어떤 추상적인 생각에 머물러 있는 걸 좋아하지 않기 때문이다. 더욱이 그래본들 무엇하랴……? 젊음이 막 피어나던 시절, 나는 몽상가였다. 나는 불안하면서도 탐욕스러운 상상력이 나를 위해 그려주는 저 음울한 형상들, 혹은, 저 무지갯빛 형상들을 번갈아 어루만지는 것을 좋아했다. 하지만 그로 인해 나에게 남은 것은 무엇인가? 야밤에 환영과 전투를 벌인 이후에 찾아드는 피로감뿐, 동정으로 가득 찬 희뿌연 추억뿐이다. 이 부질없는 투쟁에서 나는 영혼의 열기를, 또 현실 생활을 위해 꼭 필요한 꾸준한 의지를 소진해버렸다. 그렇게 이 삶으로 들어섰을 때 나는 그것을 이미 생각 속에서 다 체험한 뒤였다. 그래서 나는 지루하고 또 기분이 더러워졌다, 이미 오래전에 알고 있는 책의 질 나쁜 모방을 읽는 사람처럼.

그날 저녁의 사건은 나에게 상당히 깊은 인상을 남겼고 나의 신경을 자극했다. 내가 지금도 천명이라는 것을 믿는지 어떤지 정확히는 모르겠지만, 그날 저녁만은 확고히 믿었다. 입이 쩍 벌어질 만한 증거가 있었으니, 나는 우리 선조들과 그들의 사근사근한 점성술을 비웃었음에도 나도 모르게 그들의 방식을 따르고 있었던 것이다. 하지만 이 위험한 길에서 나는 적시에 가던 걸음을 멈추었고, 아무것도 완강히 부정하지도 않을 것이며 또 아무것도 맹목적으로 믿지도 않겠다는 원칙을 고수하며 형이상학을 저쪽으로 내팽개치고 발밑을 내려다보기 시작했다. 그렇게 신중을 기한 것은 참 시의적절했다. 푸짐하고 물컹하지만, 아무래도 살아 있는 것은 아닌 것 같은 뭔가에 발이 걸려 하마터면 넘어질 뻔했던 것이다. 몸을 숙여보니 달이 곧장 길을 비추어주었다. 이게 뭔가? 내 앞에 검으로 두 동강이 난 돼지가 뻗어 있는 게 아닌가…… 미처 제대로 살펴보기도 전에 갑자기 요란한 발소리가 들렸다. 두 명의 카자크가 골목에서 뛰어나왔다. 한 명이 나에게로 다가와, 돼지를 쫓던 술 취한 카자크를 못 봤는지 물었다. 나는 그런 카자크는 못 봤다고 말한 뒤, 불행히도 그의 맹렬한 용맹에 희생된 돼지를 가리켰다.

"이런 날강도가 다 있나!" 또 다른 카자크가 말했다. "치히리*만 퍼마시면 나가서 닥치는 대로 죄다 난도질을 해버리니, 원. 그놈 뒤를 쫓아가세, 예레메이치, 그놈은 꽁꽁 묶어놔야 해, 안 그러면……"

그들은 멀어졌고, 나는 좀 더 신중을 기하며 계속 내 갈 길을 갔고, 마침내 다행히도 집에 다다랐다.

나는 늙은 카자크 하사관 집에 살았는데, 그의 선량한 성품 때문에, 특히나 예쁜 딸 나스탸 때문에 그를 좋아했다.

그녀는 모피외투로 몸을 감싼 채 여느 때처럼 쪽문 옆에서 내가 오길 기다렸다. 달빛이 한밤의 추위 때문에 파랗게 질린 그녀의 사랑스러운 입술을 비추었다. 나를 알아보고서 그녀는 미소를 지었지만, 나는 그녀는 안중에도 없었다. "잘 있어, 나스탸." 그 곁을 지나며 내

---

* 캅카스 지방의 적포도주.

가 말했다. 그녀는 뭔가 대답을 하려다가 그저 한숨을 내쉴 뿐이었다.

나는 방문을 잠근 다음 양초를 켜놓고 침대로 몸을 던졌다. 다만 이번에는 잠이 나를 평소보다 오래 기다리게 했다. 이미 동녘이 희끄무레해질 무렵에 잠이 들긴 했는데, 아무래도 이날 밤은 푹 자지 못할 팔자였나 보다. 새벽 네시, 두 주먹이 창문을 때렸다. 나는 벌떡 일어났다. 대체 무슨 일인가……? "어서 일어나 옷을 입게!" 나에게 몇몇 목소리가 소리쳤다. 나는 얼른 옷을 입고 나갔다. "무슨 일이 일어났는지 알겠나?" 나를 데리러 온 장교 세 명이 한 목소리로 말했다. 그들은 얼굴이 백지장처럼 새하앴다.

"무슨 일인가?"

"불리치가 살해당했어."

나는 어리둥절해졌다.

"살해당했다니까." 그들이 계속했다. "얼른 가보세."

"아니, 어디로?"

"가면서 얘기하세."

우리는 걷기 시작했다. 그들은 죽기 반 시간 전에 피해 갈 수 없는 죽음으로부터 그를 구해준 이상한 천명을 두고 다양한 견해를 곁들여가며 나에게 사건의 전말을 모두 이야기해주었다. 불리치는 혼자 어두운 거리를 걷고 있었다. 돼지를 베어 죽인 술 취한 카자크가 그와 턱 부딪쳤는데, 아마 불리치가 갑자기 걸음을 멈추고 "이봐, 형씨, 누굴 찾고 있는 거야?"라고 말하지만 않았더라면 아예 그의 존재를 알아채지도 못하고 그냥 지나쳤을 것이다. "네놈을 찾고 있다!" 카자크는 이렇게 대답하고서 검을 내리쳐 그를 어깨부터 심장까지 베어버렸던 것이다…… 나와 마주친 뒤 살인자의 뒤를 쫓고 있던 두 명의 카자크가 마침 도착하여 부상자를 일으켜 세웠지만, 그는 이미 마지막 숨을 내쉬는 참이었고 오직 "그가 옳았어!"라는 두 마디를 내뱉었을 따름이다. 나 혼자만이 이 말의 애매한 의미를 이해했다. 나와 관련된 말이었으니까. 나는 나도 모르게 한 가련한 인간의 운명을 예언했던 것이다. 나의 본능은 나를 속이지 않았으며, 나는 안색이 바뀐 그의 얼굴에서 임박한 종말의 각인을 정확히 읽어냈던 것이다.

살인자는 카자크 마을 끝에 있는 텅 빈 오두막에 틀어박혀버렸다. 우리는 그리로 갔다. 많은 여자들이 울면서 그쪽으로 달려가는 중이었다. 때때로 뒤늦게 도착한 카자크가 거리로 뛰어나와, 황급히 단검을 차면서 우리를 앞질러 갔다. 끔찍한 소동이었다.

자, 마침내, 우리는 도착했다. 보니까, 문과 덧문이 안쪽에서 잠긴 오두막 주위에 사람들이 무리 지어 서 있다. 장교들과 카자크들은 서로 열띤 설전을 벌인다. 여자들은 뭐라 중얼대고 넋두리를 하며 울부짖는다. 그들 중 의미심장한 얼굴에 광기 어린 절망의 표정을 짓고 있는 한 노파가 내 눈에 들어왔다. 그녀는 두툼한 통나무 위에 앉아 팔꿈치를 무릎에 괸 채 두 손으로 머리를 받치고 있었다. 바로 살인자의 어머니였던 것이다. 그녀의 입술은 이따금씩 달싹거렸다. 기도를 읊조리는 것일까, 아니면 저주를 퍼붓는 것일까?

그러나 어떻게든 결단을 내리고 죄인을 붙잡아야 했다. 하지만 아무도 먼저 달려들 용기를 내지 못했다. 나는 창문으로 다가가 덧문의 틈새를 들여다보았다. 그는 오른손에 권총을 든 채 창백한 모습으로 마룻바닥에 누워 있었다. 피범벅이 된 검이 옆에 놓여 있었다. 그는 표정이 풍부한 눈을 사방팔방으로 무섭게 굴려대고 있었다. 때때로 몸을 부르르 떨며 자기 머리를 움켜쥐었는데, 어제 일이 희뿌옇게 떠오르는 모양이었다. 나는 그 불안한 시선에서 대단한 결의 같은 것은 읽지 못했고, 그래서 소령에게 왜 저 문을 부수고 카자크들을 돌진시키지 않느냐, 괜한 짓이다, 나중에 그가 완전히 정신을 차릴 때보다는 지금 하는 편이 낫다고 말했다.

그때 늙은 카자크 대위가 문으로 다가가 그의 이름을 불렀다. 상대방이 반응을 보였다.

"죄를 지었네, 예피미치." 대위가 말했다. "이젠 어쩔 도리가 없으니 그만 항복하게."

"항복할 수 없어!" 카자크가 대답했다.

"하느님이 무섭지도 않나. 자네는 저주받은 체첸인이 아니라 정직한 기독교인이지 않나. 하긴 귀신에 씐 거라면 어쩔 도리가 없지. 자기 운명은 피할 수 없으니까."

"항복할 수 없어!" 카자크는 위협적으로 소리쳤고, 공이치기를 튕기는 소리가 들렸다.

"이봐요, 아줌마!" 대위가 노파에게 말했다. "아들한테 말 좀 해봐요, 아줌마 말은 들을지도 모르잖아…… 이건 그저 하느님을 진노케 할 일이야. 게다가 한번 봐요, 여기 나리들이 벌써 두 시간째 기다리고 있잖소."

노파는 그를 주의 깊게 바라보더니 고개를 내저었다.

"바실리 페트로비치." 대위가 소령에게로 다가가며 말했다. "저 녀석, 굴복하지 않을 겁니다. 내 저 녀석을 잘 알지요. 그렇다고 문을 부수면 우리 쪽이 많이 다칠 겁니다. 차라리 사살하는 편이 낫지 않을까요? 덧문이 틈새가 넓거든요."

그 순간 나의 머릿속에서 이상한 생각이 번뜩였다. 불리치처럼 나도 운명을 시험해볼 마음이 생겼던 것이다.

"잠깐만요." 내가 소령에게 말했다. "제가 저자를 생포하겠습니다."

대위에게 그와 대화를 좀 이끌어보라고 명령하고 또 정해진 신호가 있을 때 문을 박차고 나를 도우러 돌진하도록 문 옆에 세 명의 카자크를 세워놓은 뒤, 나는 오두막을 빙 둘러 저 숙명적인 창문 쪽으로 다가갔다. 심장이 심하게 고동쳤다.

"에잇, 저주받은 이교도 놈아!" 대위가 소리쳤다. "그래, 지금 우리를 갖고 노는 거냐, 어? 아니면 우리가 네놈 하나 처치하지 못할 거라고 생각하냐?" 그는 있는 힘껏 문을 두드리기 시작했다. 나는 틈새에 한쪽 눈을 갖다 대고 이쪽에서 공격을 해올 줄은 꿈에도 생각지 못하는 카자크의 움직임을 예의주시하다가, 갑자기 덧문을 뜯어내고 고개를 숙인 채 창문으로 뛰어들었다. 바로 귓전에서 총성이 울려 퍼졌고, 총알이 견장을 찢어놓았다. 하지만 방 안에 연기가 자욱했기 때문에 나의 적수는 자기 옆에 놓인 검도 제대로 찾지 못했다. 나는 그의 두 팔을 붙잡았다. 카자크들이 밀고 들어왔고, 3분도 안 돼 죄인은 이미 결박되어 호송됐다. 사람들은 흩어졌다. 장교들은 나에게 축하 인사를 건넸는데, 정말로 그럴 만한 일이 아닌가!

이 모든 일을 겪은 연후에 어떻게 운명론자가 되지 않을 수 있겠는가? 하지만 자기가 뭔가를 확신하는지 아닌지를 누가 정확히 알겠는가……? 우리가 감정의 기만이나 이성의 오류를 확신으로 착각하는 일은 또 얼마나 자주 있는가……!

나는 모든 것을 의심하기 좋아한다. 하지만 정신이 이런 성향을 지녔다고 해서 성격에 결단력이 없어지는 것은 아니다. 오히려, 나에 관한 한, 나를 기다리는 것이 무엇인지 모를 때 언제나 더 용감하게 앞으로 나아간다. 실상 죽음보다 더 나쁜 일은 일어날 수 없으며 또 죽음이란 피해 갈 수 없는 법이다!

요새로 돌아와서 나는 막심 막시미치에게 나에게 일어난 일과 내가 직접 목격한 일을 전부 이야기했고, 천명에 관한 그의 견해를 알고 싶다고 했다. 그는 처음에는 이 말을 이해하지 못했지만, 내가 최대한 설명을 해주자 의미심장하게 고개를 주억거리며 말했다.

"그렇지요, 물론! 거참 상당히 오묘한 사건이군요……! 하지만 이 아시아의 공이치기는 기름칠이 잘 안 됐거나 손가락으로 충분히 꽉 누르지 않으면 종종 불발하는 수가 있지요. 솔직히 말해, 나는 체르케스의 라이플총도 별로 좋아하지 않아요. 그것들이 어쩐지 우리 같은 사람에겐 불친절하거든요. 개머리판이 작아서 당장 코를 데기 십상이고…… 그래도 저들의 검이라면 마냥 존경할 수밖에……!"

그다음, 그는 잠깐 생각을 했다가 이렇게 말했다.

"그래요, 그 친구, 참 안됐군요…… 무슨 귀신에 씌어서 한밤중에 술 취한 사람한테 말을 붙였는지……! 하긴 그럴 팔자였겠지……"

나는 그에게 더 이상 아무것도 얻어낼 수 없었다. 대체로 그는 형이상학적인 토론을 좋아하지 않는다.

청춘, 혹은 젊은 날의 초상

요절한 천재 시인

미하일 유리예비치 레르몬토프는 1814년 10월 3일(현재력 15일) 모스크바에서 태어나서 1841년 7월 15일(현재력 27일) 퍄티고르스크에서 죽었다. 일부러 운을 맞춘 것 같은 이 생몰연도와 그의 전기에서 유달리 문제적인 것은 죽음이다. 『우리 시대의 영웅』의 주인공 페초린은 결투에서 그루시니츠키를 죽였지만 작가인 레르몬토프에게는 정반대되는 상황이 펼쳐진다. 1841년, 당국은 레르몬토프의 방종한 생활을 종식시키고자 48시간 이내에 페테르부르크를 떠나 캅카스로 가라고 명령한다. 그는 죽음이 임박했다는 음울한 예감에 젖어 4월 14일 길을 떠나지만 도중에 열병에 걸린다. 완치될 때까지 퍄티고르스크에 머물러도 좋다는 당국의 허가가 떨어진다. 가뜩이나 그에 대한 반감과 질투가 만연한 가운데, 레르몬토프는 7월 13일 어느 저녁 모임에서 동창생이기도 한 마르티노프 소령과 사소한 일로 다툰다. 마르티노프는 그가 던진 "농담과 말장난"을 공식적 이유로 내세워 결투를 신청한다. 이틀 뒤인 7월 15일 저녁 6시에서 7시 사이, 마슈크 산비탈에서 젊은 장교 두 명이 소설 속 한 장면처럼 결투를 벌인다. 그리고 레르몬토프는 마르티노프의 총에 맞아 치명상을 입고 사망한다. 그때 그의 나이는 27세였다.

'요절한 천재 시인'이라는 상투적 문구에 걸맞게 레르몬토프는 세 살 때 어머니를 잃고 일찌감치 고독과 소외의 환경에 노출된다. 스코틀랜드 혈통의 퇴역 보병 대위였던 아버지 대신 그의 양육을 맡은 것은 외할머니 아르세니예바이다. 그녀의 영지인 펜자 현의 타르하니 마을은 사실상 그의 고향이기도 하다. 레르몬토프가 열세 살이 되던 1827년, 아르세니예바는 외손자를 모스크바로 데려가 모스크바국립대학교 부설 기숙학교에 입학시킨다. 그 자신의 말을 빌리자면 이 무렵부터 "시를 끼적이기 시작"하고 당시 러시아에 열병처럼 번진 '바이런'이라는 이름에 푹 빠져든다. 기숙학교에 2년간 머무른 뒤 1830년 가을에는 모스크바국립대학교 윤리정치학부에 입학한다. 풍요로운 지적 토양 속에서 많은 서정시와 서사시, 희곡이 쓰인다. 하지만 1832년에 자퇴서를 제출하고 페테르부르크의 기병학교에 입학한다. 역사소설 「바짐」(1832~34: 미완성)을 집필한 것도 이 무렵이다. 1834년에는 졸업과 동시에 차르스코예 셀로에 있는 기병대에 배속되는 한편, 사교계 생활을 만끽하면서도 동시에 경멸한다. 이 체험이 희곡 「가면무도회」(1835), 소설 「공작부인 리곱스카야」(1836: 미완성) 등에 반영된다.

1837년, 레르몬토프의 문학 인생에 이정표가 된 사건이 발생한다. 당시 러시아 최고의 시인이었던 푸시킨이 단테스와의 결투에서 사망한 것이다. 이를 계기로 레르몬토프는 시인의 죽음에 대한 애도는 물론이거니와 쑥덕공론을 일삼던 사교계에 대한 분노를 격앙된 어조로 담은 시 「시인의 죽음」(1837)을 쓴다. 이 대담한 시로 인해 명성을 얻지만 동시에 당국의 불만을 사는 바람에 체포된다. 이때부터 레르몬토프를 죽을 때까지 따라다닐 박해가 시작된다. 결국 그는 페테르부르크에서 추방되어 캅카스 지역의 니제고로드 부대로 좌천된다. 유형기간은 별로 길지 않았지만 캅카스의 자연과 '원시적인' 삶을 접하며 얻은 경험이 『우리 시대의 영웅』에 고스란히 반영된다. 화가로서도 손색이 없어서 많은 그림을 그리기도 한다.

1838년, 아르세니예바의 노력과 시인 주콥스키의 탄원으로 레르몬토프는 사면되어 페테르부르크로 돌아온다. 다시 사교계 생활에 몰입하면서 1829년에 시작한 서사시 「악마」를 계속해서 퇴고하는 한편 『우리 시대의 영웅』을 쓰기 시작한다. 1839년에는 『조국수기』의 편집진을 비롯하여 당시 여러 문인들과 가까워진다. 특히 당대 최고의 비평가였던 벨린스키는 레르몬토프의 재능을 격찬하며 "푸시킨이 계승자 없이 죽은 건 아니다"라는 말을 남기기도 한다. 문단의 격려 속에서 「명상」 「시인」 등의 시와 서사시 「견습수도사」가 발표된다. 이와 동시에 『조국수기』에 「벨라—어느 장교의 캅카스 수기에서」를, 11월에 「운명론자」를 발표함으로써 소설가로서의 삶을 시작한다. 이듬해 2월에는 「타만」이 발표된 것에 이어, 4월에는 그간의 소설들이 하나의 틀로 묶여 단행본의 형태로 출간된다. 그런데 이때 그는 페테르부르크에 와 있던 프랑스 공사의 아들 바랑과의 결투(1840년 2월 18일)로 인해 감금된 상태였다. 결국 니콜라이 1세의 칙령에 따라 레르몬토프는 두 번째로 캅카스 유형에 처해진다. 체포 기간 중 현실 비판적 경향이 농후한 「저널리스트, 독자, 그리고 작가」와 같은 시를 쓴다. 1840년 5월 초, 그는 수도를 떠나 모스크바에서 5월 말까지 머문 뒤 캅카스로 가서 곧바로 전투에 투입된다. 전투에서 용맹으로 이름을 날리는 와중에도 『조국수기』의 매호에 새로운 시를 발표한다. 1840년 10월에는 엄선된 26편의 시와 2편의 서사시가 수록된 시집이 출간된다.

1841년 2월, 아르세니예바의 집요한 청원 끝에 레르몬토프는 다시 페테르부르크로 돌아온다. 그만 퇴역하여 문학에만 전념하고 잡지를 간행하고 싶은 마음도 있었으나 곧 사교계 생활에 환멸을 느끼던 차 당국의 명령에 의해 다시 캅카스로 떠난다. 여로에서 주옥같은 시(「지루하고 서글퍼」 「나 홀로 길을 나서네」 「예언자」 등)를 남긴 채 앞서 언급했듯 퍄티고르스크에서 사망한다. 그의 유해는 타르하니로 옮겨져 1842년 4월 23일, 아르세니예프 가족묘지에 이장된다. 벨린스키는 "이 새로운, 막대한 손실로 인해 가뜩이나 빈한한 러시아문학이 고아가 되었다"라며 그의 죽음을, 또한 러시아문학을 애도했다.

청춘, 혹은 젊은 날의 초상 『우리 시대의 영웅』

『우리 시대의 영웅』은 당시 유행하던 연작소설의 형식을 취하고 있다. 덧붙여 두 겹, 세 겹으로 이루어진 액자소설이기도 한데, 이는 단순히 검열에 대한 두려움 탓만은 아니다. 일찍이 시인으로서 명성을 날리던 레르몬토프였지만 소설은 뜻대로 되지 않았다. 「바짐」「공작부인 리곱스카야」 등은 모두 수작의 징후를 보여주지만 어느 것 하나 완성되지 못했다. 이와 같은 소설 습작의 연장선상에서『우리 시대의 영웅』을 써가며 레르몬토프는 작품 구성에 유달리 신경을 쓴다. 우선 총 세 명의 화자(여행자 '나', 막심 막시미치, 페초린)를 등장시켜 '밖'에서 '안'으로의 접근을 시도한다. 그리고 각각의 단편을 창작 시기는 물론이거니와 작품 속의 시간과도 거의 어긋나게 배치한다. 두 개의 서문까지 포함하여 총 일곱 개의 텍스트의 중심에 서 있는 것은 캅카스의 젊은 장교 페초린, 즉 '우리 시대의 영웅(주인)'이다. 말하자면『우리 시대의 영웅』은 제목과 구성이 보여주듯, '영웅-주인공'을 찾아가는, 심지어 그 형상을 만들어가는 소설이다. 그렇다면 페초린, 그는 누구인가.

「벨라」속의 페초린은 비극적인 연애담의 다분히 신비화된 주인공이다. 페테르부르크 사교계에 염증이 난 이 청년 귀족 장교는 캅카스의 자연을 상징하는 족장의 딸 벨라에게 반한다. 결국, 카즈비치의 말을 미끼로 벨라의 동생을 꼬드겨 벨라를 납치하도록 하고 벨라의 사랑을 얻는 데도 성공한다. 하지만 그의 사랑은 이내 시들시들해지고, 그 틈에 애마를 빼앗긴 분노, 벨라를 향한 해묵은 열정, 페초린에 대한 질투 등에 사로잡힌 카즈비치가 벨라를 살해한다. 벨라의 임종을 지켜본 페초린의 반응, 아니, 대체로 페초린이라는 인물 자체가 건전한 상식의 소유자이자 '순진'한 막심의 눈에는 한없이 이상하게만 보인다. 그런 그에게서 여행객 화자는 당시 러시아에 만연한 바이런주의의 한 전형을 본다.

실제로 그의 시선이 포착한 페초린의 초상화(「막심 막시미치」), 특히 웃을 때조차도 웃지 않는 눈은 낭만주의 문학에서 공식화된 바이런주의의 표식(환멸)처럼 읽힌다. 막심과 조우한 페초린의 배은망덕한 태도와 냉랭한 반응 역시 비슷한 맥락에서 이해할 수 있다. 그의 치기 어린 염세주의와 냉소주의는 페초린이 직접 쓴 「페초린의 일지」에서 적나라하게 해부된다.

가령 「공작 영애 메리」에서 페초린은 스스로를 내부에 '두 명의 인간'이 들어 있는 이른바 분열된 인간으로 정의한다. 즉, "한 명은 삶이라는 단어의 온전한 의미대로 삶을 살고, 다른 한 명은 그에 대해 사유하고 그를 심판"한다는 것이다. 실제로 여기서 페초린은 일련의 사건의 주인공이면서 동시에 그것을 기록하는 작가로서 자기반성과 자기해부의 강박관념에 시달린다. 소설의 주된 골조인 연애와 결투도 그 나름대로 흥미진진하다. 페초린은 유희 차원에서 가짜 사랑을 진짜 사랑인 양 연기하며 메리를 유혹하지만, 뜻밖에도 오랜 연인이었던 베라가 나타남으로써 진짜 사랑의 열병을 앓기 시작한다. 그리고 이 진짜 사랑을 지속시키기 위해 유희가 아니라 거의 목숨을 건 연극판을 벌이는데, 이렇게 시작된 기만이 축적되어 크나큰 비극을 낳는다. 실상 그루시니츠키와의 결투에서 페초린이 우위에 설 수 있는 것은 그가 마땅히 더 뛰어나서가 아니라 더 많은 정보를 갖고 있기 때문이며, 궁극적으로는 그가 이 소설의 주인공-영웅이기 때문이다. 페초린은 그루시니츠키에 대해 "그의 목적은 소설의 주인공이 되는 것이다"라고 하지만 이 말은 그 누구보다 페초린에게 해당된다. 이른바 모방 욕망은 이 소설의 거의 모든 인물들을(심지어 바이런을 영어로 읽는 메리까지) 감염시킨 일종의 병이다. 물론 페초린은 이것이 우스꽝스럽다는 것을, 자신이 주인공-영웅인 양 굴지만 실은 운명에 의해 "어쩔 수 없이 애처로운 형리나 배신자의 역할"을 맡을 수밖에 없는 "5막에 꼭 필요한 인물"에 불과하다는 것을 알고 있다. 그럼에도 그는 여전히 "알렉산드로스 대왕이나 바이런 경"과 같은 '천재'가 되고자 하는 야망을 숨기지 않는다. 실제로 「타만」과 「운명론자」는 '천재'의 조짐을 보여주는 수작이기도 하다.

특히 「타만」은 훗날 체호프가 극찬한 바, 길지 않은 분량에 흥미진진한 인물들, 긴장감 있는 이야기 전개, 간결하고 아름다운 문체 등 단편소설 시학의 관점에서 본다면 대단히 훌륭한 작품이다. 「타만」의 전반부는 낭만적이다 못해 거의 신비스럽다. 부정한 기운이 감도는 외딴 집, 불길한 '귀머거리' 노파, 우울한 '장님' 소년, 비밀로 중무장한 아리따운 처녀, 바람을 타고 저 세계로 떠나는 배, 달밤의 바닷가 주위로 펼쳐지는 모험들, 엿듣기-엿보기-미행 등은 하나같이 고딕소설을 연상시키며 예사롭지 않은 사건을 예고한다. 하지만 바로 그 이면에는 서로 모순되는 요소들이 도사리고 있다. 가령, 귀머거리 노파는 귀가 멀었건만 자기에게 필요한 말은 잘만 알아듣고, 장님 소년은 이름 그대로 눈이 멀었건만 야밤의 바닷가도 거침없이 잘만 걸어 다닌다. 페초린은 이 모든 것을 알면서도 자기 스스로 만들어놓은 낭만적 코드에 매인 나머지, 또한 처녀의 아름다움에 홀린 나머지 겉만 보고 속을 보지 못한다. 그러다 결국 '루살카'에게 속아 물에 빠져 죽을 뻔했을뿐더러 물건마저 모조리 도둑맞는 어처구니없는 봉변을 당한다. 대체로 「타만」의 페초린은 「벨라」와 「공작 영애 메리」에서 환멸과 악마주의의 화신처럼 신화화됐던 그 페초린과는 전혀 다르다. 하지만 소설 속 인물로서의 페초린이 바보-장님으로 전락하는 순간은 화자-관찰자로서의 페초린이 뛰어난 단편소설 작가로 태어나는 순간이기도 하다. 즉, 스스로 '주인공-영웅'이기를 포기하는 순간 그는 오히려 흥미진진한 주인공이 됨과 동시에 작가로서도 뛰어난 역량을 뽐내게 되는 역설이 발생하는 것이다.

「운명론자」도 비슷하다. 주인공인 불리치는 건장한 체구에 용맹스러운 세르비아 전사로서 동료 병사들 사이에서 대단한 카리스마를 발휘하는 인물이다. 그럼에도 여자에게는 전혀 관심이 없고 대신 그 모든 열정을 도박에 쏟는 것도 매력적이다. 불리치의 영웅주의는 그가 자신의 목숨을 대가로 제안하는 유희(도박)에서 극에 달한다. 즉, 운명이라는 것이 정말로 있는가, 아니면 인간이 자기 의지대로 운명을 좌지우지할 수 있는가? 운명과의 이 한판 승부에서 불리치는, 어쩐지 그가 오늘 죽을 것 같다며 운명 쪽에 패를 걸었던 페초린을 이긴다. 하지만 귀갓길에 비명횡사함으로써 결과적으로 페초린의 예언이 실현된 셈이다.

이어, 페초린의 운명과의 한판 승부가 시작된다. 여기서 그는 불리치의 살해범이기도 한 카자크를 거의 혼자 힘으로 생포함으로써 운명에 맞선 인간 의지의 승리를 확증해주는 것 같다. 하지만 '의지-운명'의 변증법보다 더 절대적인 진리는 다른 곳에 있다. 살해된 멧돼지를 발견했을 때 페초린은 "형이상학을 저쪽으로 내팽개치고 발밑을 내려다보기 시작했다"라고 말한다. 이 말 속에는 어떤 '형이상학'도 없으며 그가 '발밑'에서 발견한 것도 한낱 돼지 시체일 뿐이다. 그러나 이 돼지가 불가해한 운명의 힘과 연결되어 있음을 생각한다면 진리는 정녕 '형이상학'이 아닌 '발밑'에 도사리고 있는 것이 아닐까. '형이상학적인 것'을 전혀 좋아하지 않는, 막심의 심드렁하지만 동정이 흠뻑 배어 있는 한마디는 이를 집약적으로 표현해준다. "무슨 귀신에 씌어서 한밤중에 술 취한 사람한테 말을 붙였는지……! 하긴 그럴 팔자였겠지……" 안타깝게도, 페초린 역시 막심의 투정 섞인 예언(「막심 막시미치」)대로 젊은 나이에 객사한다.

주인공 페초린의 삶이 마감되는 순간("Finita la commedia!"라는 말은 그루시니츠키뿐만 아니라 페초린에게도 해당된다) 독자의 시선은 자연스레 작가 레르몬토프에게로 향한다. 구체적인 양상이야 어떻든 인물과 작가의 운명 사이에 다분히 신비스러운 유비 관계가 성립되어, 모종의 신비감마저 불러일으킨다. 그리고 페초린-레르몬토프는 데카브리스트 난 이후 이른바 환멸과 절망의 시대를 살아내야 했던 청년의 전형으로서, 심지어 하나의 아이콘으로서 러시아문학사에 아로새겨진다. 물론, 톨스토이와 도스토옙스키의 소설을 러시아소설의 정점으로 본다면 『우리 시대의 영웅』은 이 작품을 영어로 옮기고 훌륭한 서문까지 단 나보코프의 냉혹한 지적대로 결함이 많은 작품이다. 작품의 많은 부분이 건방진 아포리즘과 진부한 비유로 가득 차 있고 베라를 비롯한 많은 인물들이 실제 삶이 아니라 서유럽의 낭만주의 소설에서 옮아온 것처럼 창백하다. 작가의 부단한 노력에도 불구하고 서사적 거리는 결단코 확보되지 못했으며 '장편소설'에 대한 야심에도 불구하고 이 작품은 어쨌거나 '기나긴 이야기 사슬'에 머물고 말았다.

하지만 역시나 나보코프의 애정과 감탄 섞인 말을 빌리자면, 러시아소설이 이제 막 걸음마를 시작한 수준에 머물러 있을 때 겨우 이십대 중반의 작가가 이처럼 훌륭한 소설을 쓴 것이다. 레르몬토프의 젊음-어림은 당시 러시아문학의 연령이었던 셈이다. 그의 정신세계를 지배했던 도저한 낭만성과 소설적, 즉 리얼리즘적 형식을 통해 그것으로부터 벗어나고자 했던 시도 사이의 긴장, 그리고 '나의 영혼을 증명하기 위해서 떠나는' 근대적 주인공 페초린의 창조는 러시아문학사에서 가히 혁명적인 성취로 평가될 수 있겠다.

***

불혹의 나이가 되면 절로 대가가 되는 줄 알았던 이십대 초반, 처음으로 레르몬토프라는 이름을 알게 되었다. 낭만적이고 감성적인, 때론 열정적이고 강렬한 그의 시에 매료되는 데는 그다지 오랜 시간이 걸리지 않았다. 「우리는 헤어졌지만, 너의 초상은」은 대학교 4학년 때 발표된 내 등단작의 제목과 제사의 일부가 되기도 했다. 역시나 그 무렵에 처음 읽은 『우리 시대의 영웅』은 그 자체로 충격이었다. 실상 이 작품은 괴테의 『젊은 베르테르의 슬픔』, 헤르만 헤세의 『수레바퀴 밑에서』나 『데미안』처럼 우리 모두의 성장기, 우리 모두의 청춘에 대한 너무나 솔직한, 그래서 아름다운 기록이다. 고로, 이 작품에서 우리가 보는 것은 대가적인 필치로 펼쳐지는 삶에 대한 깊이 있는 통찰, 즉 삶 자체가 아니라 삶에 대한 풋풋한 기대와 애달픈 불안, 때로는 낯뜨거운 엄살이다. 말하자면, 레르몬토프는 (그 시절의 우리 모두와 마찬가지로!) 사랑이 무엇인지 알기도 전에 사랑에 실패한 비극적인 연인의 역을 맡고자 했고, 삶을 채 살아보기도 전에 그것의 단맛 쓴맛을 다 맛본 양 조로와 피로의 포즈를 취했다. 또한 꿈을 제대로 키워보기도 전에 그 실현 불가능성에 탐닉하고 삶에 배반당할 겨를도 미처 없었건만 그 배반에 분노하는 환멸의 시인이고자 했다. 작가에게 있어 환멸의 유일한 형식이 침묵이라면, 레르몬토프는 차라리 가슴속에 펄펄 끓는 마그마를 담고 있었던 영원한 낭만주의자, 즉 영원한 청춘이었던 것이다. '우리 시대의 영웅(주인공)'이라니, 얼마나 당돌한 제목인가.

오랫동안 소망했지만 미루고 미루다 이제야, 내 손으로 번역한 『우리 시대의 영웅』을 내놓는다. 이로써 레르몬토프에게, 또 이 작품에 진 빚을 갚는 기분이다. 폭탄이라도 맞은 양 35세라는 나이테를 뒤집어쓰고 보니 27세라는 나이가 자살이라면 모를까 그냥 죽기에는 너무 억울한 나이라는 것을 알겠다. 그러니까 레르몬토프는 도스토옙스키와 톨스토이가 훗날 성공적인 데뷔작을 내놓으며 화려한 작가 인생을 막 시작할 나이에 덜컥 죽어버린 것이다! 27이라는 숫자를 곱씹다 보면 어쩔 수 없이, 정확히 그 나이에 동경의 썰렁한 병원에서 죽어간 우리 문학의 영원한 청춘이자 '모던 보이' 이상(李箱)이 떠오른다. 문학이 좋으면 요절도 작가에게는 비극이 아니라 희극이다. 한 인간으로서 레르몬토프의 비극은 오래전에 끝났지만, 바로 그 지점에서 작가로서 그의 희극이 시작되는 것이다.

김연경

1814년 10월 3일(현재력 15일) 모스크바에서 태어남. 아버지는 스코틀랜드 혈통의 가난한 퇴역 대위였고 어머니는 부유한 귀족 집안의 외동딸이었음.

1815년 외할머니 아르세니예바의 영지인 펜자 현의 타르하니로 이주.

1817년 어머니 마리야 미하일로브나 사망(22세).

1820년 병치레가 잦아 외할머니와 함께 캅카스의 온천장을 찾음. 이후에도 종종 요양을 감.

1825년 캅카스 온천장에서 휴양하던 중 첫사랑의 감정을 느낌. 12월 20일 12월당 사건(데카브리스트 난)이 일어남.

1827년 외할머니가 레르몬토프를 모스크바국립대학교 부속 귀족 기숙학교에 입학시킴. 이때부터 시를 쓰기 시작함.

1828년 여름 타르하니에 머무는 동안 첫 서사시 「체르케스인들 Черкесы」을 씀.

1829년 서사시 「악마Демон」 집필 시작. 이후 수차례에 걸쳐 개작, 퇴고를 거듭함.

1830년 모스크바국립대학교의 윤리정치학부에 입학. 「밤Ночь」 「역병Чума」 등 여러 편의 시를 씀.

1831년 사교계 생활에 몰입하는 한편 많은 시를 쓰고 희곡 「이상한 사람Странный человек」을 완성. 바르바라 로푸히나를 연모하게 됨. 아버지 유리 페트로비치, 폐결핵으로 사망(44세).

1832년	대학을 자퇴하고 페테르부르크로 가서 기병사관학교에 입학. 역사소설 「바짐Вадим」(미완성)을 쓰기 시작. 승마장에서 말을 타다가 정강이뼈를 다침.
1834년	기병사관학교 졸업, 근위기병연대 소위로 임관.
1835년	바르바라 로푸히나가 바흐메테프와 결혼하자 상심함. 희곡 「가면무도회Маскарад」를 씀.
1836년	희곡 「두 형제Два брата」, 소설 「공작부인 리곱스카야 Княгиня Лиговская」(미완성) 집필. 스뱌토슬라프 라엡스키를 통해 출판업자이자 편집자인 안드레이 크라엡스키를 알게 됨.
1837년	1월 푸시킨이 단테스와의 결투에서 치명상을 입고 사망. 그의 죽음을 애도하는 시 「시인의 죽음Смерть поэта」을 통해 명성을 얻지만 동시에 체포, 좌천되어 3월 19일 캅카스로 유형을 떠남. 퍄티고르스크, 젤레즈노보드스크, 타만 등을 경유함. 티플리스의 연대로 가던 도중, 올긴스크에서 니콜라이 마르티노프를 만난 것으로 보임. 자카프카지예에서 시인 알렉산드르 오도옙스키와 친교.
1838년	외할머니와 시인 주콥스키의 탄원으로 사면, 모스크바를 거쳐 페테르부르크로 돌아옴. 차르스코예 셀로 근처 기병연대에서 근무. 풍자 서사시 「탐보프의 경리 아내Тамбовская казначейша」 발표. 9월 22일 열병식에 너무 짧은 사벨을 차고 나왔다는 이유로 체포되었다가 한 달도 채 못 돼 풀려남. 10월 카람진 저택에서 서사시 「악마」를 낭독.
1839년	1월 『조국수기』에 「명상Дума」 「시인Поэт」 발표. 서사시 「악마」의 최종본, 서사시 「견습수도사Мцыри」가 발표됨. 3월 『조국수기』에 단편소설 「벨라—어느 장교의 캅카스 수기에서Бэла. Из записокофицера о Кавказе」를,

11월에는 「운명론자Фаталист」를 발표. 카람진 저택에서 『우리 시대의 영웅Герой нашего времени』 일부 낭독. 단편소설 「슈토스Штосс」(미완성) 집필. 기병 소위에서 육군 중위로 진급.

1840년 1월 『문학신문』에 시 「지루하고 서글퍼И скучно и грустно」 발표. 2월 『조국수기』에 단편소설 「타만Тамань」 발표. 5월 『우리 시대의 영웅』이 단행본으로 출간되어 호평을 받음. 10월 엄선된 26편의 시와 2편의 서사시가 수록된 시집 출간. 2월 18일 프랑스 공사의 아들 바랑과의 결투로 체포, 감금됐다가 캅카스로 추방됨.

1841년 모스크바를 거쳐 페테르부르크로 돌아옴. 『우리 시대의 영웅』이 재판(1200부 인쇄)을 찍음. 당국의 명령에 따라 캅카스로 떠남. 여로에서 「논쟁Спор」 「꿈Сон」 「타마라Тамара」 「나 홀로 길을 나서네Выхожу один я на дорогу」 「예언자Пророк」 등의 시를 씀. 여행 중 열병에 걸려 퍄티고르스크에 체류하게 됨. 7월 13일 어느 야회에서 마르티노프와 말다툼을 벌인 끝에 7월 15일 그와의 결투에서 사망함.

1842년 4월 23일 타르하니의 가족묘지에 이장됨.

문학동네 세계문학전집 발간에 부쳐

　세계문학은 국민문학 혹은 지역문학을 떠나 존재하는 문학이 아니지만 그것들의 총합도 아니다. 세계문학이라는 용어에는 그 나름의 언어와 전통을 갖고 있는 국민문학이나 지역문학의 존재를 인정하면서 그것을 넘어서는 문학의 보편적 질서에 대한 관념이 새겨져 있다. 그 용어를 처음 고안한 19세기 유럽인들은 유럽문학을 중심으로 그 질서를 구축했지만 풍부한 국민문학의 전통을 가지고 있는 현대의 문학 강국들은 나름의 방식으로 세계문학을 이해하면서 정전(正典)의 목록을 작성하고 또 수정한다.

　한국에서도 세계문학 관념은 우리 사회와 문화의 변화 속에서 거듭 수정돼왔다. 어느 시기에는 제국 일본의 교양주의를 반영한 세계문학 관념이, 어느 시기에는 제3세계 민족주의에 동조한 세계문학 관념이 출현했고, 그러한 관념을 실천한 전집물이 출판됐다. 21세기 한국에 새로운 세계문학전집이 필요하다는 것은 명백하다. 우리의 지성과 감성의 기준에 부합하는 세계문학을 다시 구상할 때가 되었다.

　문학동네 세계문학전집은 범세계적으로 통용되는 고전에 대한 상식을 존중하면서도 지난 반세기 동안 해외 주요 언어권에서 창작과 연구의 진전에 따라 일어난 정전의 변동을 고려하여 편성되었다. 그래서 불멸의 명작은 물론 동시대 세계의 중요한 정치·문화적 실천에 영감을 준 새로운 작품들을 두루 포함시켰다.

　창립 이후 지금까지 한국문학 및 번역문학 출판에서 가장 전문적이고 생산적인 그룹을 대표해온 문학동네가 그간 축적한 문학 출판 경험을 바탕으로 새로운 세계문학전집을 펴낸다. 인류가 무지와 몽매의 어둠 속을 방황하면서도 끝내 길을 잃지 않은 것은 세계문학사의 하늘에 떠 있는 빛나는 별들이 길잡이가 되어주었기 때문이다. 우리가 자부심과 사명감 속에서 그리게 될 이 새로운 별자리가 독자들의 관심과 애정에 힘입어 우리 모두의 뿌듯한 자산이 되기를 소망한다.

문학동네 세계문학전집 편집위원
민은경, 박유하, 변현태, 송병선, 이재룡, 홍길표, 남진우, 황종연

지은이 **미하일 레르몬토프**

1814년 모스크바에서 태어났다. 페테르부르크의 기병학교를 졸업하고 소위로 임관된 후 희곡
과 소설 등을 썼고, 1837년 푸시킨의 죽음을 애도한 시 「시인의 죽음」을 발표했다. 문학잡지
『조국수기』에 여러 시를 발표하며 시인으로서 재능을 인정받다가 1840년 소설 『우리 시대의
영웅』을 출간해 호평을 받았다. 1841년 결투로 총상을 입고 스물일곱의 나이에 사망했다.

옮긴이 **김연경**

서울대학교 노어노문학과를 졸업했으며, 동 대학원 석사 과정을 졸업하고 박사 과정을 수료했다. 모
스크바 국립사범대학교에서 도스토옙스키의 『분신』 연구로 박사학위를 받았고, 현재 서울대학교에
서 러시아문학과 소설 창작을 가르치고 있다. 옮긴 책으로 『카라마조프 가의 형제들』 『죄와 벌』 『닥
터 지바고』 등이 있으며, 소설집 『고양이의, 고양이에 의한, 고양이를 위한 소설』 『내 아내의 모든
것』 『파우스트 박사의 오류』, 장편소설 『고양이의 이중생활』 『다시, 스침들』 등을 발표했고, 독서에
세이집 『살다, 읽다, 쓰다』를 냈다.

세계문학전집 032

우리 시대의 영웅

1판 1쇄 2010년 5월 17일
1판 4쇄 2020년 2월 26일

지은이 미하일 레르몬토프 | 옮긴이 김연경 | 펴낸이 염현숙
책임편집 이은현 | 편집 고유진 이승희 | 독자모니터 현호
디자인 엄혜리 송윤형 한충현 김민하 최미영 | 저작권 한문숙 김지영
마케팅 정민호 정진아 함유지 김혜연 김수현
홍보 김희숙 김상만 오혜림 지문희 우상희 김현지
제작 강신은 김동욱 임현식 | 제작처 영신사

펴낸곳 (주)문학동네
출판등록 1993년 10월 22일 제406-2003-000045호
주소 10881 경기도 파주시 회동길 210
전자우편 editor@munhak.com | 대표전화 031) 955-8888 | 팩스 031) 955-8855
문의전화 031) 955-8862(마케팅), 031) 955-3560(편집)
문학동네카페 http://cafe.naver.com/mhdn
문학동네트위터 http://twitter.com/munhakdongne
북클럽문학동네 http://bookclubmunhak.com

ISBN 978-89-546-1093-3 04890
        978-89-546-0901-2 (세트)

www.munhak.com

● 문학동네 세계문학전집은 계속 출간됩니다